中公文庫

史実は謎を呼ぶ

時代ミステリ傑作選

細谷正充編

中央公論新社

目次

史実は謎を呼ぶ

時代ミステリ傑作選

明智光秀の密書

井沢元彦

井沢元彦（いざわ　もとひこ）

一九五四年生まれ。八〇年、『猿丸幻視行』で第二十六回江戸川乱歩賞受賞。『逆説の日本史』など、歴史推理の著書多数。

底本
『暗鬼』新潮文庫　一九八九年

一

騎馬武者の一団が闇《やみ》の中を進んでいた。

総勢一万三千余の大軍団である。鉄砲隊、槍《やり》隊もいる。馬蹄《ばてい》の響きと具足の触れ合う音の他《ほか》、兵に私語はない。

天正十年（一五八二）六月一日、山城《やましろ》国境に近い老《おい》の坂《さか》。軍団は京の都へ向いつつある。惟任日向守《これとうひゅうがのかみ》こと明智《あけち》光秀《みつひで》の軍団であった。

光秀は主君織田信長《おだのぶなが》の命を受け、備中《びっちゅう》高松城で毛利《もうり》の大軍と対峙《たいじ》している羽柴秀吉《はしばひでよし》軍を応援に行く途中である。備中に向うにしては方向が反対だが、明智軍の手勢は不思議に思ってはいない。光秀から京の信長に陣容を見せるためだと説明されている。だが、それは偽りだった。

「弥平次《やへいじ》――」

と先頭から少し後ろにいた大将の光秀は、突如女婿《じょせい》で腹心の部下でもある明智弥平次光春を呼んだ。いらいらをぶつけるような声だった。弥平次は急いで自分の馬を光秀の馬に寄せた。

「弥平次、重臣どもを集めるのだ」

光秀は弥平次が何も聞かないうちに言った。

弥平次は首を傾《かし》げた。行軍の途中に重臣を集めて、いまさら何を話すというのだ。

ぐずぐずしている弥平次に光秀は一喝《いっかつ》した。弥平次は慌《あわ》てて、重臣の斎藤利三《さいとうとしみつ》、藤田《ふじた》伝五、溝尾庄兵衛《みぞおしょうべえ》らを呼び集め、行軍を停止させると街道沿いの木陰に馬を揃《そろ》えた。光秀はそこに床几《しょうぎ》をすえさせ、弥平次らを招き寄せた。

光秀は陽《ひ》に焼けているものの細面《ほそおもて》の公達《きんだち》顔を持っている。その顔が闇の中でも異常に紅潮しているのがわかった。

「殿、なんでござる」

只《ただ》ならぬ光秀の様子に、家老格の斎藤内蔵助《くらのすけ》利三が声をかけた。

「内蔵助、弥平次、──それに他の者も聞くがよい。わしはな、わしは──」

と光秀は一旦《いったん》言葉を切った。重臣たちは固唾《かたず》をのんで次の言葉を待った。

「信長公を討とうと思う」

あっ──という声が誰《だれ》かの口から出た。家来たちの予想もしないことだった。

光秀と信長はそりが合わない。それは誰もが知っている。しかし一介の牢人《ろうにん》だった光秀を近江丹波《おうみたんば》両国の大守にしてくれたのも信長なのである。

「殿、その秘事、他にお漏らしになりましたのか」

そう訊《き》いたのは内蔵助である。光秀の部下の中では最も剛勇をうたわれ、いかなるときにも冷静さを失わない男である。

光秀はゆっくりと頷《うなず》いた。

既に敵国毛利の重鎮小早川隆景《こばやかわたかかげ》と連絡を取ってある。信長を討滅した後は、秀吉軍を挟《はさ》み撃ちにしようという計画ができていた。

「それならば、もはや何も申すことはござらぬ。このまま一刻も早く兵を進め信長公を討つべきでござる」

と弥平次が覚悟を決めたような口振りで進言した。あの猜疑心《さいぎしん》の強い信長のことだ。たとえここから兵を返したところで、一度反逆の噂《うわさ》が流れれば、どういう目に会わされるかわからない。それなら一か八《ばち》か、天下を狙《ねら》った方が得策というものである。幸い京の信長はまったくの無警戒で、警護の人数はいないも同然の数である。

「わかった」

と光秀は床几を蹴《け》って立ち上がった。どうしても決断できなかった信長討滅を、他人に漏らすことによってようやく決意したのである。このような時は、徐々に自分を追い込む形でしか、光秀は決断できなかった。軍略にも優れ世渡りの知恵もある光秀だったが、決断ということは苦手だった。気の進まない時には、周囲の人間に計画を話し、周囲がその気になったところで、ようやく決断を下すのである。

「殿がかような英傑であったとは――」

と再び馬を進めながら弥平次は笑顔で言った。

「思いもよりませなんだ」

光秀は苦い顔で手綱をとっている。正直、弥平次の変り身の早い爽《さわ》やかな笑顔がうらやましかった。

光秀と弥平次はいとこ同士である。その上、弥平次は光秀の娘を妻にしていた。そういう気安さもあって、弥平次はときどき主従の垣根《かきね》を越えた言葉遣いをする。もっとも小声の時に限るのだが、そういう弥平次の野放図《のほうず》さを光秀は常々うらやましく思っていた。それは自分に最も欠けているところだからだ。

「されど殿、毛利への手配り、安心してよいのでござるか」

と弥平次は真顔になって言った。

いま織田方の最大の敵は毛利である。

それまでの強敵であった武田《たけだ》はこの年の三月滅亡し、上杉謙信《うえすぎけんしん》も既に亡《な》い。しかし、毛利は中国一帯の備後《びんご》、安芸《あき》、周防《すおう》など数ヵ国を領し、主家の輝元《てるもと》は凡庸ながら吉川《きっかわ》元春、小早川隆景の〝両川《りょうせん》〟が補佐し、あなどりがたい実力を持っている。

「義昭《よしあき》様がな――隆景殿とのわたりを付けて下さったわ。案ずるな」

光秀が前を向いたまま呟《つぶや》くように言った。

（そうか義昭様が動いたのか――）

弥平次はすべてを了解した。

義昭は足利《あしかが》十五代目の将軍、室町幕府の最後の当主である。もとは信長のところにいた。というより信長の後押しで将軍の位に就けてもらったのである。一時は感謝のあまり、年下の信長を御父と呼ぶほどであった。しかし、自分が天下を狙う信長の人形にすぎないと知ったときから、義昭は打倒信長の急先鋒《せんぽう》に変った。将軍の名を以《も》って、武田、上杉、本願寺など信長の仇敵《きゅうてき》に書状を送り、信長を討てと命じた。そのためついに都を追われ、今は毛利氏の庇護《ひご》下にある。

光秀はもともとは義昭の家来であった。義昭にくっついた形で織田家に入り込み、現在のような地位に就いたのである。しかし、ここ数年、物質面では優遇されながら、何かと感情的に対立することが多かった。

ついに我慢しきれなくなった光秀は、旧主の義昭とよりを戻《もど》し、毛利と連絡をとって反乱の決意を固めたのであろう。

〝殿もなかなかおやりになる〟

弥平次は胸を撫《な》でおろしていた。実はこの一挙がまったくの思い付きではないかと秘《ひそ》かに恐れていたのだ。もし、何の準備もなく始められた謀叛《むほん》なら、失敗の可能性が高い。

しかし、事前に毛利と連絡を取っているぐらいなら大丈夫だろう。織田家の他の諸将、柴《しば》田《た》勝家《かついえ》、滝川一益《かずます》、丹《に》羽《わ》長秀《ながひで》といった連中がすぐに京に戻ってこられるわけはないし、最大の軍団を持っている羽柴秀吉も、毛利との挟み撃ちなら葬《ほうむ》り去るのはたやすいことだ。只一つ、そのような大事を胸に秘めて少しも漏らしてくれなかったのが、弥平次の不満であった。

〝まあよい、殿もそのようにしなければ御決心できなかったのだ〟

と弥平次は自分に言いきかせた。計画を進める段階で相談したら、重臣たちは反対しただろう。反対されることによって、決心がぐらつくのを恐れる光秀としては、ぎりぎりの今日になるまで何も言えなかったのに違いない。

弥平次はそんな詮索《せんさく》は時間の無駄《むだ》だと気が付いた。今はただ信長と息子の信忠《のぶただ》を討ち取るのみである。

明智軍団は旗印の水色桔梗《ききょう》をなびかせて、六月二日未明、京の朝もやの中へ突入した。

反乱は呆気《あっけ》なく成功した。

京の四条西洞院《にしのとういん》にある信長の宿舎本能寺は明智の軍勢に取り囲まれてすぐに炎に包まれた。

信長は奥の座敷で自害。長男の信忠は手勢五百を率いて二条御所に籠《こも》ったが、奮戦の甲《か》斐《い》もなく同じく自害した。信長四十九歳、信忠二十六歳であった。

光秀は戦いの片がつくと、すぐに各地に急使を派遣した。言うまでもなく、信長討滅を昨日までの敵方に知らせ、昨日までの同僚の動きを牽制《けんせい》するためである。

「伝八郎――」

と光秀は家臣の中で最も足が達者の藤田伝八郎を側《そば》近く呼び寄せた。

「これを備中の陣にある義昭様にな。急げ、ただし気取《けど》られるな」

秀吉のことを最後に注意した。毛利の領国に入るには秀吉の陣近くを通らねばならない。

伝八郎はかしこまって一礼すると、光秀の手から書状を受け取り西へ走り去った。

光秀はこの他に北陸、関東、四国など各地に密使を放った。

弥平次はそのうちに驚くべきことを知った。

光秀は反乱することを、細川藤孝忠興《ふじたかただおき》父子に知らせていなかったのだ。光秀はいま初めて反乱を知らせる手紙を細川父子宛《あて》に書いている。

「殿、細川様は御存知《ごぞんじ》なかったのでござるか」

弥平次の問いに光秀は不機嫌《ふきげん》そうに頷いた。

「敵をあざむくにはまず味方からと申すではないか」

光秀は陳腐な警句を吐いてみせた。

弥平次は舌打ちをしていた。細川家は明智家と最も関係が深い大名で、ことに忠興などは光秀の娘を貰《もら》っている義理の親子の間柄《あいだがら》なのである。それなのに事前に了解を取っておかないとは、何といううかつさであろうか。同じ女婿でも弥平次は部下である。主君が何をしようと従う気持ちはある。しかし、細川は格下とはいえ、いわば同盟軍である。事後承諾のような形で、果たして相手は反乱に加担してくれるだろうか。

弥平次は初めて前途に暗雲を見た。

二

備中国高松城、この城を挟《はさ》んで東西に大軍団が対峙《たいじ》している。織田方は羽柴秀吉、同秀長、蜂須賀《はちすか》小六《ころく》、堀秀政《ほりひでまさ》、それに軍師格の黒田官兵衛ら軍勢およそ三万、毛利方は吉川元春、小早川隆景ら四万。そして高松城内には毛利方の猛将清水宗治《むねはる》が籠《こも》っている。

高松城はいま水の中に浮かんでいた。

周囲を山にかこまれた平地にある高松城の位置を利用して、秀吉は水攻めの計画をたてた。すなわち城のまわりに堤防を築き、近くの足守《あしもり》川の水を引き入れて城を水の底に沈めようという奇想天外な作戦であった。秀吉は近くの土民に布令《ふれ》をだし、土を一俵持ってくる者に銭百文米一升という法外な手間賃を払うと知らせた。ただの土が米と金に変わるのである。民衆は狂喜し我も我もと押し寄せた。あっという間に堤の土手は完成し、折よく豪雨が降り高松城は半分ほど水の中に沈んだ。急を知ってかけつけた毛利の応援部隊もなす術《すべ》もなく、城の外側に陣を敷くのが精一杯だった。

秀吉は京で信長が討たれたことなど露知らず、満足気に笑みを浮かべながら毛利との講和談判を進めていた。高松城は落ちたも同然、さらに本国からは明智光秀を先鋒《せんぽう》として信長自身が大軍団を率いて応援にかけつけてくれることになっている。秀吉の仕事といえば、これらを背景に毛利方に無条件降伏に近い講和条件をのませることである。その内容は、「備中、備後、美作《みまさか》、伯耆《ほうき》、出雲《いずも》の五カ国を織田方に譲り、高松城の将清水宗治が切腹する」というものだった。

本能寺の変から一日たった六月三日夕刻、秀吉は本陣を構えた蛙《かえる》ヶ鼻《はな》の陣屋の中でくつろいでいた。ここは高松城の東南にあり、水攻めで出来た人造の湖を見下ろす場所にある。

秀吉は小男である。顔は真黒に陽《ひ》に焼け年に似合わず皺《しわ》が多い、しかし眼《め》だけは大きく深い光をたたえている。この時、年四十六。

突然、ばたばたとあわただしい足音が聞こえた。秀吉はにやりとした。不規則な歩き方は片足の不自由な黒田官兵衛に違いない。

黒田官兵衛は秀吉より十歳下の播州《ばんしゅう》姫路の武士である。軍略に長じ、後に秀吉が天下を取った時、自分の死後天下を取ることのできる男の一人として官兵衛の名をあげた、それほどの人物である。

「殿、お人払いを」

と官兵衛は入ってくるなり言った。

顔色が蒼《あお》ざめている。極度に緊張したときの官兵衛の癖であった。

秀吉は官兵衛に絶対の信頼を置いている。すぐに人払いを命じ、二人きりとなった。

「どうした、官兵衛」

「珍しい男を捕えましてな」

秀吉は黙って官兵衛の顔を見た。

「藤田伝八郎でござるよ」

「藤田？」

秀吉はその名に記憶がなかった。

「殿は御存知ないかもしれませぬが、惟任日向守《これとうひゅうがのかみ》殿の家臣で随一の健脚をうたわれた男で――」

「待て、官兵衛。どうして日向殿の家臣がここにおる」

「それ故《ゆえ》、面白《おもしろ》いのでござる。人相風体《ふうてい》を変え山陽道を西へ向うところを捕え申した」

と官兵衛は説明した。伝八郎は百姓姿に身をやつし街道を備中方面へ向うところを、関所を設けて警戒していた羽柴方の兵に捕えられたのである。

伝八郎、その風体は何ぞ――という官兵衛の問いに、伝八郎は適当な返答を考えつかなかった。そして不審のかどありとして召捕《めしと》られてしまった。

「西へか――」

と秀吉は呟《つぶや》いた。

「左様、西に向っておりました」

官兵衛も相槌《あいづち》を打った。

二人の脳裏には共通の考えが浮かんでいた。

惟任日向守明智光秀の裏切りである。しかし、それはまさかという思いもあった。もう一つ考えられるのは、伝八郎が毛利方の密偵《みってい》だったということである。

「いずれにしても吐かせねばなるまい」

秀吉は言った。事は急を要する。もし明智が裏切ったり、伝八郎が織田方の重要な軍事機密を毛利へもたらそうとしていたりしたら、大変なことになる。

「その者はいずれに？」

「御案内つかまつる」

と官兵衛は先に立って陣屋の外に出た。

かがり火のたかれている戸外の広場に、伝八郎はしばられて正座していた。着物は粗末なものながら、秀吉と官兵衛を見つめる眼光は鋭い。

「伝八郎とやら、何をしに中国路を西へ向った」

秀吉の問いに、伝八郎は答えない。

「その方、毛利の密偵か」

「いやしくも武士たるもの、そのような者には成り申さぬ」

と秀吉を睨《にら》み付けながら伝八郎は言った。

「では、何のために西へ向った」

「……」

「武士たるもの、当然、日向守殿の命を受けたのであろうな」

「そうではござらぬ。拙者の一存で――」

「一存で、何をする。毛利の陣立てでも見に行くか――」

からかうように秀吉が言うと、伝八郎はむっとした面持《おもも》ちで口を閉ざした。その後は、秀吉が何を言っても答えない。

「強情な男だの――」

秀吉は官兵衛に視線を向けた。何とかしろと目で命令した。

「この男、密偵がつとまる器量はござらぬ」

と官兵衛は断言した。

密偵がつとまるにはもっと融通のきく者でなくてはならない。頑固者《がんこもの》で無器用な男にはむかない役目である。とすれば、この男がつとめる役目は決まっている。健脚が第一の仕事——密使であろう。それも緊急の使いに違いない。

「密書をたずさえているものと思われまする。体をあらためてはいかが」

官兵衛は進言した。

「よかろう」

秀吉は許した。

官兵衛の指図でその場にいた足軽が、伝八郎の体をあらためようとした時、突然伝八郎は足軽に体当りして縄目《なわめ》姿のまま逃げ出そうとした。

「や、逃すな」

慌《あわ》てた秀吉の声を足軽達《たち》は拡大解釈した。手持ちの槍《やり》で伝八郎の胸を刺してしまったのである。

「馬鹿者《ばかもの》」

官兵衛が怒鳴りつけて足軽を止めようとした時はもう遅かった。

伝八郎は既に物言わぬ死人となっていた。

その死を確認すると、官兵衛は、伝八郎の縄を解き衣服を脱がせて一々あらためた。

やがて官兵衛は帯の中に隠されていた一通の書状を見つけた。幾重《いくえ》にも折りたたまれたその書状を官兵衛はかがり火にかざしてみた。

杆脢梅坶烸婧淋
錆肝肛淋錆炘炘
汀暠淋埜脢釘腈
埜杠肝灴塙埜脢
釬埜灯埜炘炘杠
釘熇腈杆脢埜杠
炘婧晴晦汗熇腈

それは実に奇妙な書状だった。

「何じゃ、これは？」

後ろから覗《のぞ》き込んだ秀吉が素頓狂《すっとんきょう》な声を出した。

「わかりませぬ」

官兵衛は首を傾《かし》げた。

「経文か？」

「違いまするな。このような書状見たこともござらぬ」

とにかく官兵衛は足軽に死体の跡始末を命じ、秀吉と共に陣屋に入った。

あらためて明るい灯《ひ》の下で書状を見たが、二人とも首を傾げる他《ほか》はなかった。

「経典でも、漢詩でもござらぬ」

と幼年時代から学問に親しみ、かなりの文字をあやつることのできる官兵衛が言った。

秀吉にはまったく漢籍の素養がない。というより文字の教養はないのである。小さい頃《ころ》に家を飛び出し各地を放浪した秀吉は、必要最小限の読み書きしかできなかった。

「とすると、日向守殿の知恵か」

秀吉は言った。光秀は戦国武士には珍しく文学の教養があり、和歌、連歌、漢詩など得意中の得意である。このような判じ物をこしらえそうな男だ。そういう知識人であるがゆえに、織田家の武辺一点張の連中とはそりが合わないのかもしれない。

「坊主《ぼうず》の寝言というわけでもございますまい。伝八郎が命懸けで渡すまいとした密書。必ずや大事が隠されていましょうな」

と官兵衛も秀吉の見解に同意した。

「官兵衛、そちに任せる」

と秀吉は早々に書状の解読作業を放棄した。

「任せると仰《おお》せられましても」

実際、官兵衛は当惑していた。軍略のことなら大抵の知恵は出せるが、判じ物の謎《なぞ》解《と》きなど正直御免こうむりたい。

「これが、裏切りであったら何とする。とにかく一刻も早く書状の内容を知るべきではないか」

それだけ言うと秀吉はさっさと奥へ引き上げてしまった。

残された官兵衛は畳の上に広げられた密書の字面《じづら》を眺《なが》め、深い溜息《ためいき》をついた。

三

自分の陣所に戻《もど》った官兵衛は、文机《ふづくえ》の上に問題の密書を広げ考え続けていた。

まったく解読の糸口が掴《つか》めないのである。

燭台《しょくだい》の蠟燭《ろうそく》が燃えるかすかな音しか部屋の中にはない。しかし、官兵衛のいらいらはつのるばかりである。

不思議な字面であった。

肛、淋、肝、錆、汀といった官兵衛の知っている字があるかと思うと、暠、灴、脢といったまるで見たこともない字があり、それがいり混っている。また文中に見られる繰り返し〝灴灴〟は一体何を意味するのだろう。

官兵衛は幼少の頃《ころ》を思い出し、漢籍の中に載せられていた故事を一つ一つ点検してみた。

例えば、こんな話がある。漢の時代のこと、ある娘が揚子江《ようすこう》に身投げをした。父が溺死《できし》したので後を追ったのである。数日後、その娘は死んだ父親の体を背負った形で浮かび上がった。娘の孝心が生んだ奇譚《きたん》として土地の人々は石碑をたてて娘の名を讃《たた》えた。

後世になって或《あ》る学者がその地を訪れ、石碑の碑文を読んで、次のような文章を付け加えた。

黄絹《こうけん》幼《よう》婦《ふ》外孫《がいそん》韲臼《せいきゅう》

意味不明の文章である。三国志で有名な魏《ぎ》の武帝曹操《そうそう》がそこを通りかかった時、この文章を読める者を探した。部下に一人だけ解読できたものがいた。詩人としても一流であった曹操は自分では解けないのを恥じ、解決を伏せたまま軍を進めたところ、三十里歩いたところで、ようやく気が付いた。

すなわち、〝黄絹〟とは色の糸を意味し一字で表わせば〝絶〟、〝幼婦〟とは少女の意で一字に合成すれば〝妙〟、以下同じように〝外孫〟は女《むすめ》の子で〝好〟（息子の子は内孫）、韲臼とは五辛《ごしん》（にんにく、らっきょう、ひる、など辛味のある野菜）を受ける器で〝辭〟

（辞）

つまり、〝絶妙好辞〟という、碑文に対する讃辞《さんじ》を意味していたのだ。

この故事は〝有智無智三十里〟という、知恵のある者とない者の差を表わす成語を生んだ。

「世説新語」という中国南北朝時代の漢籍に載せられている話である。

〝或《ある》いはそれか――〟

と官兵衛は考えてみた。

しかし、それでは〝灴灴〟という繰り返しの意味がよくわからなくなる。

それではこれら意味不明の文字を省いてみてはどうであろうか。

淋鋳肝肛淋鋳……

まったく意味が通じない。

では、一字が各々《おのおの》イロハなど意味のある字に置き換えられているというのはどうだろうか。つまり、〝淋〟が〝イ〟、鋳が〝ロ〟のように置き換えられていると考えるのである。

もっともどの字がイで、どの字がロかは特定することができない。せめて、何について書いてあるのかがわかれば、推測のしようもあるが、手がかりは何もない。

名軍師とうたわれた黒田官兵衛も、この言葉の城は攻めあぐねた。

四

一刻《いっとき》ほど後、官兵衛は秀吉に呼ばれた。

「どうじゃ官兵衛解けたか」

座敷に入ってきた官兵衛の顔を見るなり、秀吉は勢い込んで言った。

「解けませぬ」

官兵衛は苦々しげに首を振った。

秀吉の顔にも失望の表情が浮かんだ。

「そうか解けぬか――」

と秀吉は脇息《きょうそく》に体をあずけながら、扇子を取り出し小刻みに開閉させた。扇子は金地に朱の丸を大きく描いたものである。

「あれは何やら重大な知らせのような気がしてならぬ」

「拙者もそのように考えます」

官兵衛も同意した。だからこそ早く解かねばならぬ。軍事情報は時が過ぎれば何の価値もなくなることが少なくない。早い時点で手に入れれば、相手の死命を制することもできるのだが。

「殿、とりあえず京へ向けて、気のきいた者をおくるべきかと存じます」

と官兵衛は情報の収集のための人員の派遣を秀吉に進言した。

「よかろう」

秀吉は手を打って近侍《きんじ》の者を呼ぶと、その旨《むね》申しつけた。秀吉も不安なのである。本来なら救援にかけつけてくるべき光秀の手の者が、敵の毛利へ何か重大な連絡をしようとしている。伝八郎は単に毛利方の密偵で明智軍団の情報を毛利へもたらそうとしただけなのか、それとも伝八郎のやろうとしたことは光秀の命令なのか。どちらにしても、ここは敵国である。一刻も早く状況を把握《はあく》することだ。

「その書状だが、解く手立てはないのか？」

秀吉はいら立ちを隠さずに言った。

「はて」

と官兵衛は首をひねった。

漢籍の教養が深い光秀のことだから、何か官兵衛の知らない故実を使って、あのような書状を作ったのかもしれない。そのように教養の深い人物が、敵国の中で探せるならば解読の望みはあるかもしれない。

「そうじゃ、安国寺《あんこくじ》に相談してみてはどうか」

秀吉は膝《ひざ》を叩《たた》いて言った。

「それはよき御思案」

官兵衛は救われた思いだった。

「早速、使いを出す」

と秀吉は再び近習《きんじゅう》の者を呼んだ。

五

安国寺《あんこくじ》恵瓊《えけい》はその頃《ころ》、高松城の西側毛利の陣にいた。

彼は元々は安芸国《あきのくに》安国寺に所属する僧であったが、その弁説の才を買われて毛利の外交使節として活躍した。彼は、信長に擁立され、後に追放された将軍足利義昭と、織田方との調停工作も行なっており、信長、秀吉とも面識がある。内心では織田が天下を取るものと考えており、最近では織田方に有利なように事を運んでいる。今は、高松城を挟《はさ》んで対《たい》峙《じ》している毛利と織田の和議の世話役といったところである。

この日も恵瓊は、毛利方に織田方が示す講和条件を受け入れる余地があるかどうかを打診していた。条件は五カ国の割譲と城将の切腹——毛利方にとっては無条件降伏に近い屈辱的なものである。

「うけるわけにはいかんな」

と毛利の副将格の小早川隆景《たかかげ》が言った。隆景は毛利家の当主輝元の叔父にあたり、凡庸な輝元を補佐する事実上の大将である。

「――やはり、いけませぬか」

と恵瓊は溜息《ためいき》をついた。実のところ、ここ数日おなじ問答の繰り返しなのである。

「五ヵ国のうえ、宗治に腹を切らせるとは、筑前《ちくぜん》（秀吉）め、ようも吹っかけたものよ」

隆景は呆《あき》れ顔である。

「しかし、殿。もし織田殿が手勢を引きつれ当国を攻めれば、その程度で済みますかな」

と恵瓊はおだやかな表情で脅《おど》しをかけた。

「ふ、ふ」

と隆景は声を出して笑い、

「信長、京を発し、こちらへ向おうとも、果たして備中までたどりつけるかな」

「これは異なことを仰せられる」

と恵瓊は不審気な表情を浮かべた。今や信長の軍勢をさまたげる勢力など存在しない。

「今川義元公もそうであった。上洛《じょうらく》して天下を治めるため、尾《お》張《わり》を通った時はまさか討ち取られるとは思わなかったであろうな」

今をさること二十二年前、永禄《えいろく》三年五月、当時の大大名今川義元は上洛の途中、まだ小身の大名だった信長の奇襲を受け見事討ち取られたことを言っている——世に云《い》う桶狭間《おけはざま》の合戦である。

「何やら良策がございますのか？」

恵瓊の質問に隆景は笑って答えない。

〝もしや、信長公に対して奇襲の計でも——〟

恵瓊はすぐに秀吉に知らせるべきだと思った。だが表情はむしろおだやかなものに変え、

「それでは、そろそろおいとまをいたしまする」

と言った。

隆景は恵瓊をそのまま去らせた。

「狸坊主《たぬきぼうず》めが——」

恵瓊が去った後、隆景はそう呟《つぶや》くと立ち上がって外出の仕度をした。そして供侍を連れ近くの寺へ向った。

既に夜半を過ぎていたが奥座敷には灯《あか》りがともり、初老の男が隆景を待っていた。流浪《るろう》の将軍足利義昭である。彼は十年前、宇治槙島《まきしま》城で信長との戦いに敗れ追放された。そして毛利を頼り備後国《びんごのくに》の鞆《とも》というところに隠栖《いんせい》していた。だがそのまま引っ込む義昭ではない。かつての京時代には、武田、上杉、浅井、朝倉などの反信長派の大名や本願寺、根来寺《ねごろじ》といった寺院勢力に檄《げき》を飛ばし、反信長包囲陣ともいうべきものを結成させたほど

の策士である。彼にとって今度の毛利対織田の戦いは千載《せんざい》一遇の好機であった。

「上様には御尊顔うるわしく、隆景恐悦至極に存じ奉《たてまつ》ります」

奥座敷の上座にいる義昭に向って、隆景は丁重に挨拶《あいさつ》した。落ちぶれたとはいえ足利将軍である。義昭は機嫌《きげん》がよかった。その狐《きつね》のような顔に赤味がさし笑みを浮かべている。

「隆景、よう参った」

と義昭は声をかけた。

隆景は早速用件に入った。

隆景と義昭の間で信長討滅の作戦が進んでいたのである。

「上様、明智殿裏切りのこと確かでござろうな」

と隆景は念を押した。

「うむ、案ずるな。まもなく吉報がまいるであろう」

この作戦は義昭が持ち込んだものであった。

義昭はかつての腹心の部下光秀が、織田家中でうとんぜられていることを知り、使いを送ってついに説得に成功したのである。本能寺で裸同然の信長を、光秀が奇襲して討ち取る計画である。首尾よく成功すれば、光秀からその旨《むね》の吉報が届く筈《はず》であった。

「しかし、その使者無事に着きますかどうか」

隆景はなおも追及した。

「そちも心配が過ぎるの。万一、使いが敵の手に捕われても、秘密が洩《も》れる筈はない」

「と仰せられますと」

「これじゃ――」

と義昭は懐《ふところ》から紙を取り出し、隆景の前へ投げた。

それには次のように書かれてある。

　⿰火千肛肛埥

隆景は眉《まゆ》をひそめた。見たこともない字が入っている。

「どうじゃ読めるか」

にやにやしながら義昭が言った。

隆景は首を振った。

「これは何でござる」

「光秀とわしだけが読める廋詞《しゅうし》（暗号）じゃ。――それはな、そちの名が書いてあるのじゃ。タカカゲとな」

義昭は得意そうに言った。

隆景は不愉快だった。

自分の名前をあらわす文字の中に〝肛〟などという下卑た字が入っているのである。どうも義昭という人は貴人のくせに、時々下品な言葉を使って喜ぶ癖がある。隆景が義昭に忠誠を尽くす気になりきれないのも、そんな性格にいまひとつ従《つ》いていけないものを感じるからだった。

「光秀からの密書はこの文字で書くよう申し付けてある。万一、敵の手中に落ちたとしても読めはせぬ」

義昭は光秀との連絡のために、この暗号を考え出した。これならば書状で連絡をとっても心配はない。

「この文字で書かれておれば光秀の連絡であることの証《あか》しにもなるのじゃ。偽《にせ》の手蹟《しゅせき》や花《か》押《おう》（サイン）にだまされることもあるまい」

それを聞くと隆景はまた嫌《いや》な顔をした。彼の父毛利元就《もとなり》は謀略の天才で、よく偽手紙などを使い敵を欺《あざむ》いたのである。今の義昭の言葉は、考えようによっては皮肉ともとれる。

「いや、これは余の失言であった。許せ」

義昭は隆景の心の動きを見透して言った。

こういった点はさすがに鋭いものを持っている。

〝しかし、策士策に溺《おぼ》れるのたとえもあるが〟

隆景は浮かれて騒ぐ義昭を目の前にして、秘《ひそ》かにそう考えていた。

六

夜はまだ明けていなかった。

高松城の東側蛙《かえる》ヶ鼻《はな》の秀吉陣所では、三人の男が額を寄せ合って密談していた。

秀吉、官兵衛、恵瓊の三人である。

毛利方に織田を討つ秘策があるらしい――恵瓊のもたらした情報は重要であった。それは伝八郎の持っていた書状と何らかの関係があるに違いない。

「これは、ぜひとも謎解《なぞと》きをせねばならぬな」

秀吉は言った。官兵衛も恵瓊も同感である。ただ読み方がどうしてもわからない。

「恵瓊殿、貴殿のお知恵を拝借したい。このような文字、御覧になったことがおありかな」

官兵衛の問いに、恵瓊は当惑したように坊主頭を何度も撫《な》でた。

「拙僧も見たことのない字でござるな」

まずそう言って、恵瓊は書状を詳細に調べた。〝㶥〟〝脢〟などという字は、経典の中にも出てこない。

「うーむ、わからぬ」

恵瓊は書状を床の上に置いた。

「唐の国や本朝の故事で、このような判じ物を解く話はござらぬのか」

と訊《き》く官兵衛。

「左様、字面《じづら》だけを見た限りでは――」

と恵瓊はある故事を話し始めた。

「野馬台詩というものがござる。これは平安の昔、後の右大臣吉備真備《きびのまきび》公が入唐《にっとう》のおり、唐人が公の学才を試さんと示したものでしてな――」

と恵瓊はすらすらと懐紙に次のような詩を書いた。

始定壊天本宗初功元建
終臣君周枝祖興治法主
谷孫走生羽祭成終事衡
塡田魚膾翔世代天工翼
孫枝動戈葛百国氏右輔
昌徴中干後東海姫司為
白失水寄胡空為遂国喧
龍游窘急城土茫茫中鼓

牛喰食人黄赤与丘青鐘
腸鼠黒代鶏流異竭猿外
丹尽後在三王英称犬野
水流天命公百雄星流飛

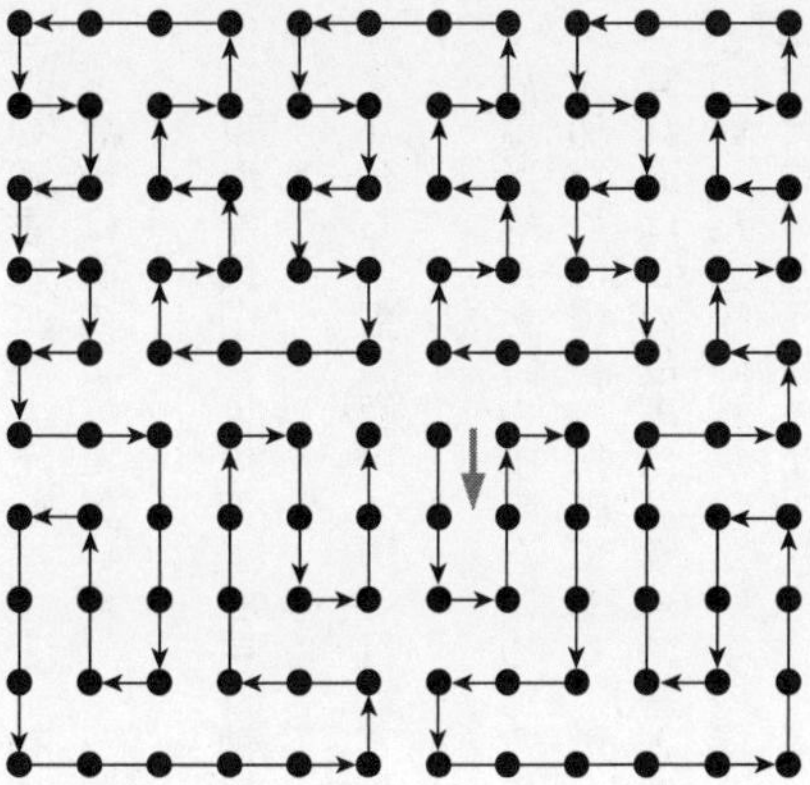

秀吉はもちろんのこと官兵衛もこれが読めず、目をぱちくりさせていると、恵瓊は早速種明しをしてみせた。

「読みあぐねた真備公が、思い余って祖国長谷《はせ》寺《でら》の観世音菩薩《かんぜおんぼさつ》に祈願しますと、それが聞きとどけられたのか一匹の蜘蛛《くも》が天井から降りてきて、中央の〝東〟の字の上に落ち、詩の上を糸を引いて歩み始めたと申します。それをたどることによって、見事に詩の解読に成功したのでござる」

恵瓊は筆をとると詩文の上を前図のようになぞった。

「この順番にて書き下しますと、初めの行は」
と恵瓊は次のように書いた。

　東海姫氏国百世代天工右司為輔翼

すなわち「東海姫氏《きし》ノ国、百世、天工ニ代ル右司《ゆうし》輔翼《ほよく》ト為《な》ル」

恵瓊が延々と詩の講義を始めそうになったので、官兵衛は慌《あわ》てて丁重に押しとどめた。

大切なのは密書の解読である。官兵衛はこの故事はどうも密書とは関係がないような気がしていた。なぜなら、〝⿰火干⿰火干〟とかいった意味のわからない字の繰り返しの説明ができないからである。

「官兵衛、どうじゃな？」

秀吉は、官兵衛が恵瓊を止めたので、何かひらめいたのかと期待をして尋ねた。

官兵衛は黙ってかぶりをふった。

「御坊はいかがじゃ。何ぞいい知恵でも？」

「いや、わかり申さぬ」

恵瓊も首を傾《かし》げている。

業《ごう》を煮やした秀吉は、

「人の書いたものじゃ、人に読めないわけがあろうか」

と言い放つと立ち上がった。

「官兵衛、明日までじゃぞ」

秀吉は恵瓊をつれて奥へ入った。

これから恵瓊と善後策を練り、毛利の出方を待つつもりなのだろう。

当惑顔の官兵衛は一人残される形となった。

七

居室に戻《もど》った官兵衛は書状を前に思案投げ首のていであった。

残念ながら未《いま》だにどこから手をつけていいのかわからない。

（知恵の底が見えるわ）

官兵衛は苦笑いする他《ほか》はなかった。

床の上にごろりと寝そべった官兵衛は、そのうち名案を思いついた。

「誰《たれ》かある、継之介《つぎのすけ》を呼べ」

官兵衛はがばとおきあがると家来の名を呼んだ。

呼ばれてきた男は三十歳そこそこの武士で、名を河村継之介という。最近召しかかえたもので、元は近江《おうみ》甲賀郡の地侍であった。甲賀は素《す》っ破《ぱ》（忍者）の本拠地の一つである。

「お召しにより。何か御用でござるか？」

「そちの知恵を借りたくてな」

「はい、手前のような者の知恵でよろしければ何なりと」

かしこまって継之介は答えた。

「素っ破どもが使う秘密の廋詞《しゅうし》を存じおるか」

官兵衛は実際に使われている暗号法を知ることによって、解読の参考にしようと思い立ったのである。

「七字の仮名――というものがございます」

と継之介は硯《すずり》と筆を取り寄せ、半紙に図を書いて説明した。

	み	か	た	そ	つ	よ	き
て	い	ろ	は	に	ほ	へ	と
き	ち	り	ぬ	る	を	わ	か
わ	よ	た	れ	そ	つ	ね	な
ほ	ら	む	う	ゐ	の	お	く
ろ	や	ま	け	ふ	こ	え	て

平文

子に夜討ち

（子の刻に夜討ちあり）

←

ね	に	よ	う
よわ	そて	みわ	たほ

ふあさきゆめみし　ち
るゑひもせすん　　みき

「かように、一字を二字で表わしまする」

「成程、成程、味方ぞ強気、敵は滅ぶるか、覚えやすいのう」

「はい、勿論《もちろん》、この言葉は変えてもよいわけで、いろはの順を逆にしてもよいわけでござる」

一通りの説明が終わると、官兵衛は初めて問題の書状を取り出し、継之介に示した。

「どうじゃ、これが読めるか？」

受け取ってしばらく眺《なが》めていた継之介は逆に質問してきた。

「これは手紙でござるか、それとも証文の類《たぐ》いでござるか？」

「何故《なぜ》、そんなことを訊《き》く」

「もし手紙なれば――」

と継之介は言った。

「初めに宛先《あてさき》、終りに書き手の名がある筈《はず》でございますから」

それを聞いて、官兵衛は膝《ひざ》をぽんと叩《たた》いた。

そういう考えの進め方もあったのである。

官兵衛は継之介の知恵を褒《ほ》め讃《たた》え、部屋から下がらせた。今の言葉で糸口を摑《つか》んだのである。問題の書状の最後の一行、

灴婧晴晦汗熇腈

これは差出人の名ではないだろうか。だとすると、それは一人の名しかない。伝八郎が死してまで忠義立てをする人物、主君の明智光秀である。では、光秀は自分の名を何と書いたであろうか。惟任日向守か、明智日向守だろうか、いやいや、そんなに長い名を使えばわずらわしい。これは簡潔な方がよい筈だ。だとすれば光秀（ミツヒデ）の二文字か四文字であろう。

すなわち、

熇腈→光秀　か、

晦汗熇腈《ミツヒデ》

のどちらかである。

官兵衛は後者をとった。カタカナを使う方が沢山の言葉を容易に表わせる。漢字は何千

何万とあるが、カナは四十八種しかないのだから。

そこまで考えてきて、突然官兵衛は気が付いた。ここに使われている漢字、偏《へん》と旁《つくり》に特徴があることを発見したのだ。

まず偏だが、木、火、土、金、水、日、月の七種類しかない。そして旁の方も、丁、工、干、林、青、毎、高の七種類である。

〝埜〟の上下は偏や旁ではないが、それに準じたものと考えればよかろう。

問題は七×七で四十九になるということである。すなわち四十八種のカナを表わすのに充分な数だということである。

まずイロハの表を書き、晦《ミ》汗《ツ》熇《ヒ》腈《デ》の四文字を当てはめてみる。

七	六	五	四	三	二	一	
ヱ	ア	ヤ	ラ	ヨ	チ	イ	一
ヒ	サ	マ	ム	タ	リ	ロ	二
モ	キ	ケ	ウ	レ	ヌ	ハ	三
セ	ユ	フ	ヰ	ソ	ル	ニ	四
ス	メ	コ	ノ	ツ	ヲ	ホ	五
	ミ	エ	オ	ネ	ワ	ヘ	六
ン	シ	テ	ク	ナ	カ	ト	七

七	六	五	四	三	二	一	
							一
熇《ヒ》							二
							三
							四
				汗《ツ》			五
	晦《ミ》						六
		腈《テ》					七

となると、こういう図式が考えられる。

旁＼偏	火	氵(水)	日	月
干		ツ		
青				テ
毎			ミ	
高	ヒ			

「これでよい、これでよい」

と官兵衛は歓喜の叫びを上げた。

おそらく右側の縦の列は、陰陽《おんよう》五行説による順番通り″木火土金水″となり、それに″日月″がつくのであろう。氵（サンズイ）は水を表わしていること言うまでもない。

旁＼偏	木	火	土	金	氵(水)	日	月

高	毎	青	干
槁ヱ	梅ア	精ヤ	杆ヨ
熇ヒ	烸サ	婧マ	炘タ
塙モ	塰キ	埥ケ	圩レ
鎬セ	鋂ユ	錆フ	釬ソ
滈ス	海メ	清コ	汗ツ
暠ン	晦ミ	晴エ	旰ネ
□	脢シ	腈テ	肝ナ

わかった文字だけで文を解読すると、次のようになった。

ヨシアキサマ□
フナ□□フタタ
□ン□□シ□テ
□□□□モ□シ
ソ□□□タタ□
□ヒテヨシ□□
タマエミツヒテ

ヨシアキサマ、
□フナ□□フタタ□ン□□シ□テ□□□□モ□シ
ソ□□□タタ□□ヒテヨシ□□タマエ、　ミツヒテ

官兵衛は再び頭を抱えた。

密書の相手は足利義昭だった。ヨシアキサマ——義昭様であろう。光秀は毛利方に保護されている義昭と通じていたのだ。ところが肝心の内容がわからない。——タマエとある点からみても、光秀は義昭に〝——し給《たま》え〟つまり何かをしろと勧めているのだ。だが肝心かなめの〝何か〟がわからない。

官兵衛は唇《くちびる》を噛《か》んで考え続けた。

〝タマエの前にあるヒテヨシは秀吉殿のことであろう。そうなら、ヒテヨシ[ウ][チ]タマエとすればどうだ〟

林	工	
	杠チ	木
埜ウ		土

すなわち、〝秀吉（を）討ち給え〟と、光秀が勧めていることにすると、〝埜〟がウ、〝杠〟がチということになる。こうすれば、図のように、右側の列の〝木〟〝土〟と矛盾しない。

官兵衛はしめたと思った。

新発見を加えると、図は次のようになる。

旁／偏	工	干	林	青	毎	高
木	杠チ	杆ヨ	森ラ	棈ヤ	梅ア	槁ヱ
火	灴リ	⿰火干タ	焚ム	⿰火青マ	烸サ	熇ヒ
土	⿰土工ヌ	⿰土干レ	埜ウ	埥ケ	⿰土毎キ	塙モ
金	釭ル	釬ソ	⿰金林ヰ	錆フ	鋂ユ	鎬セ
氵(水)	江ヲ	汗ツ	淋ノ	清コ	海メ	滈ス
日	⿰日工ワ	旰ネ	晽オ	晴エ	晦ミ	⿰日高ン
月	肛カ	肝ナ	⿰月林ク	腈テ	脢シ	□

そうなれば最後の一行はおのずと決まる。〝丁〟である。

朾《イ》灯《ロ》圢《ハ》釘《ニ》汀《ホ》町《ヘ》⿰月丁《ト》

〃ようやく解いたか〃

官兵衛はほっとした。しばらく字をあてはめることすら忘れる程だった。それにしても、おそらく覚えやすくするためだろうが、右側の行を〃木、火、土、金、水〃と五行説通りの順番に並べておいてくれて助かった。

官兵衛は大きく息を吸い込むと、解読の結果を別紙に写し始めた。

途中から表情は蒼白《そうはく》になり、彼は筆を放《ほう》り出して立ち上がった。

八

「なんじゃ官兵衛、こんな夜更《よふ》けに――」

秀吉は寝入りばなを起こされ不機嫌《ふきげん》な声を出した。さすがの秀吉も、待ち切れずに寝ようとしたところであったのだ。

「解けたのでござる」

官兵衛はまっ青な顔で震えていた。寒いのではない、緊張のあまりである。

「何、解いたか、さすがは官兵衛、見事である」

「殿、お人払いを」

と官兵衛は秀吉に言い、二人きりになったところで懐《ふところ》から半紙を取り出した。それは例の書状を官兵衛がわかり易《やす》いように漢字混りで書き直したものである。

「げっ、これは」

一読した秀吉は腰を抜かした、それにはこう書かれてあったのである。

義昭様

信長、信忠、本能寺にて討ち取り申し候《そうろう》ただちに秀吉討ち給え

光秀

「馬《ば》鹿《か》な、こんなことが――」

秀吉は呆然《ぼうぜん》自失、体の力が抜けていく思いだった。

「しっかりなさいませ。お気を確かに」

官兵衛は冷静な口調で言った。

「調略じゃ、敵の罠《わな》じゃ。上様（信長）が明智ごときに討ち取られる筈《はず》はない」

秀吉はわめいた。

「お静かに、お声が高うございます」

「官兵衛、そちもそう思うであろう」

官兵衛はかぶりを振った。

「罠なれば、このように回りくどい判じ物にせずともよいではありませぬか」

と逆に秀吉の思考を促すような話し方をした。

秀吉も段々と冷静な思考がよみがえってきた。偽《にせ》の情報で織田方をまどわせるためなら、手紙を暗号にする必要はないのである。それに藤田伝八郎を捕えたのも、いわば偶然のなせる業《わざ》であった。

ふうっと大きな溜息《ためいき》をついて秀吉は床の上に腰をおろした。

「――官兵衛、これからどうする？」

「殿が天下の権を握るときが来たのでござる。急ぎ毛利との和議をまとめ、兵を京へ返し光秀を討ちなされ」

官兵衛は事も無げに言った。

「そんなことはわかっておる」

と秀吉は一喝《いっかつ》した。問題はどうやって毛利との和議をまとめるかだ。信長討滅の黒幕が将軍義昭である以上、光秀の謀叛《むほん》は毛利も承知の上のことで、その成功の知らせを待っている筈だ。慌《あわ》てて講和しようとしても、向うがのってくるわけがない。しかし、このまま動かずにいても、いずれは信長の死が相手に伝わり、敵は勇気百倍し味方は意気消沈して敗北は必至である。いまや秀吉軍は絶体絶命であるといえた。

兵をまとめて京へ向っても、毛利は追撃してくるだろう。いずれは信長の死が伝わるのだから。それに慌てて動いたりすれば、光秀の謀叛の成功を相手に知らせてやるようなものだ。動いても動かなくても、秀吉軍は危機に陥るのである。

この窮地をどうやって脱するか？

「ご安心あれ、この官兵衛に秘策がござる」

と官兵衛は秀吉に何事か耳打ちをした。

それを聞いた秀吉の顔に生気が蘇《よみがえ》った。

九

夜が明けた。

宿舎にあてられた寺の寝所でやすんでいた義昭は、急使の到着を知らされ飛び起きた。

「来たか」

義昭は寝巻きのまま使者と面接した。

使者は三十そこそこの男である。百姓姿に身をやつしていた男は、懐から細かく折りたたんだ書状を義昭に差し出した。

義昭はひったくるようにして受け取ると、隆景を呼ぶように言いつけ、早速解読にかかった。

杅脢梅坶烸焨《ヨシアキサマ》——といういつもの書き出しで始まっていた密書の内容は、義昭の予想とまったく食い違うものだった。

義昭は失望のあまり、畳の上に座り込んだ。

隆景がやってきて、その様子を見て言った。

「上様、首尾よう参りましたかな」

その声は冷ややかだった。隆景は義昭の顔を見ただけで、密書の内容の見当がついた。

義昭は密書を隠すような仕草をみせ口ごもった。

「上様」

と厳しく隆景は返答を求めた。

「——失敗したようじゃ」

肩を落として義昭は言った。

書状には、信長を取り逃したこと、やがて丹羽長秀、柴田勝家らと合流し反撃に出てくるであろうこと、が記されていた。

「なれば明智はもちませぬな」

と隆景は現状を分析した。信長が手持ちの軍団を各地へ派遣し、自己の防備が手薄になった時点こそ、絶好の機会だったのだ。そのような好機を逃すようでは、明智光秀に明日はない。

「早速、筑前めと和議を結びましょう。もはや上様のお手をわずらわせることもございませんな」

と、隆景が言うと義昭は、

「調略じゃ、これは。偽の手紙ぞ、そうに決まっておる」

「光秀殿と上様だけが御存知《ごぞんじ》の、確かな方法でござりましたな」

皮肉っぽい声で隆景は言い、その場から去った。

義昭は座り込んだままだった。

光秀の手を借りて長年の宿望が遂げられると確信していたのに、なんという結果に終わったことだろう。

「御使者の者が京へ戻りたいと申しておりますが――」

近習《きんじゅう》の者の声で義昭は我に返った。

「そうか、大儀であった」

と義昭は力の無い声で、庭先でかしこまっている使者の労をねぎらった。

「その方、名を聞いておこうか」

義昭は使者の男にそう言った。

「――山村継之介と申しまする」

と男は平伏しながら言った。

その顔には笑みが浮かんでいた。

十

その日のうちに和議はまとまった。

秀吉が講和条件を緩和し、備中・備後・美作《みまさか》の三カ国を割譲してくれればよいとしたのである。最後までもめた高松城将清水宗治の切腹も、恵瓊が宗治に直談判した結果すんなりとまとまった。宗治は喜んで腹を切ることを承知したのである。

宗治の切腹は、巳《み》の刻（午前十時）から始まった。宗治は白装束《しろしょうぞく》で舟に乗り、蛙ヶ鼻の秀吉陣所下まで漕《こ》ぎよせ、見事に腹を切った。

年四十六。秀吉と同い年であった。

浮世をば今こそわたれ武士《もののふ》の
　名を高松の苔《こけ》にのこして

辞世である。宗治の兄の月清法師も、本来なら自分が家を継ぐ筈《はず》だったのだからと、一緒に腹を切った。供侍も全員が追腹《おいばら》を切った。

秀吉は明け渡された高松城に家来の杉原《すぎはら》家次を籠《こも》らせ、怒濤《どとう》の勢いで京へ向って出発した。信長の仇《かたき》を討ち、天下を取るためである。

「それにしても――」

と秀吉は官兵衛とくつわを並べながら、

「その方の功は大きい。戦さが終われば、大いに天下に喧伝《けんでん》せねばな」

「おそれながら、その儀はいかがかと――」

と官兵衛は密書解読の功の恩賞を辞退した。

それよりも光秀の家来が誤って秀吉に本能寺の変報を届けたことにした方がよい。

「さすれば、惟任殿の運の無さ、家来の間抜けさ加減が世間に広まり、戦いにも利するところがありましょう」

秀吉は官兵衛の抜目なさに舌を巻いた。

「お主、天下を取れる男だの――」

秀吉は官兵衛にそう言った。

皮肉ではなく本心であった。

官兵衛は心中舌打ちした。

秀吉が自分を警戒し始めたことにいま気が付いたのである。

本能寺の変報は秀吉が京へ向って出発したのち、毛利の陣に届いた。もたらしたのは信長の長年の宿敵根来寺《ねごろじ》の僧である。秀吉が陣を敷いている間は、警戒が厳しく毛利側へ入れなかったが、京へ出発し、陣が引き払われたため、ようやくたどりつくことができたのだ。

毛利方は秀吉にだまされたことを知った。

口々に秀吉をののしり、追撃を主張する家中の者を、隆景は押しとどめた。

「まあ待て、互いに誓紙を交したのだ」

一応の理屈だが、向うはだましてきたのである。誓約を破ったところで文句を言われる筋合いはない。しかし、それでも隆景は追撃に反対した。

(ひょっとしたら、あの男、天下を取るかもしれぬ)

言わば先物買いであった。

隆景は絶体絶命の窮地から脱した秀吉の運の好《よ》さに賭《か》けてみたくなったのである。

仮に秀吉を追撃して葬《ほうむ》り去ったところで、織田軍団には柴田勝家、丹羽長秀、滝川一益などがおり、明智もいる。むしろ、これらの諸将に相争わせ、それを傍観している方が得策である。ここで秀吉に恩を売っておくことは、将来生きてくるかもしれぬ。隆景はそう考えたのである。

九日後の六月十三日、秀吉は京都近くの山崎《やまざき》で、光秀の軍勢を散々に打ち破った。世に云《い》う山崎の戦いである。敗れた光秀は逃げる途中、土民の手にかかってあえない最期《さいご》を遂げた。

のちに、秀吉が天下をとった時、隆景と毛利輝元は政権の中枢《ちゅうすう》である五大老に任ぜられた。

功臣の末路

上田秀人

上田秀人（うえだ　ひでと）

一九五九年生まれ。二〇一〇年、『孤闘　立花宗茂』で第十六回中山義秀文学賞、二二年、「百万石の留守居役」シリーズで第七回吉川英治文庫賞を受賞。

底本
『軍師の挑戦　上田秀人初期作品集』講談社文庫　二〇一二年

一

貞享《じょうきょう》元年（一六八四）八月二十八日は秋の彼岸《ひがん》である。同時に幕府の式日にも当たっている。この日江戸は、江戸城に登城する在府の大名たちの行列と六阿弥陀詣《ろくあみだもうで》（阿弥陀如来《にょらい》を安置している寺院六ヵ所を太陽の運行にあわせて一日で参拝する）に出かける庶民たちで混雑の極みを迎える。

しかし、江戸城西の丸下に屋敷をあてがわれている老中たちは、町中の混雑も関係なく、西の丸二重橋から登城、予定時刻に本丸御用部屋に入った。

「おお、御大老はまだのようじゃ」

現老中のなかで最古参の稲葉《いなば》美濃守正則《みののかみまさのり》が、御用部屋の襖《ふすま》を開けて言った。美濃守は明《めい》暦《れき》三年（一六五七）に老中に就任して以来、二十七年にわたってその職にある。いわば御用部屋の主《ぬし》のような存在である。

「今頃、大手前の大名たちを蹴散《けち》らしておられることでしょう」

答えたのは大久保《おおくぼ》加賀守《かがのかみ》忠朝《ただとも》である。美濃守には及ばないが、老中に就任して七年、実務に明るい能吏である。

残り二人、阿部《あべ》豊後守《ぶんごのかみ》正武《まさたけ》、戸田《とだ》山城守《やましろのかみ》忠昌《ただまさ》が微笑《ほほえ》んだ。

居並ぶ大名の間を得意げに刻み足と呼ばれる駆け足で駕籠《かご》を走らせる大老、堀田《ほった》筑前《ちくぜんの》守正俊《かみまさとし》の姿が、皆の頭の中に浮かんだ。

天和《てんな》元年（一六八一）、老中であった堀田筑前守が大老に推挙されて以来、幕政はこの五人で切り盛りされていた。

老中の仕事は多岐にわたる。大名、禁裏《きんり》、堂上《どうじょう》の相手、それに幕府直轄地《ちょっかつち》の行政全般である。忙しくて当たり前である。しかし、堀田が大老に就任して以来、老中の仕事は目に見えてなくなっていた。それは、堀田の独裁を意味していた。

もっとも今日のような式日には仕事もない。四人はいつものように御用部屋でときを無為に過ごしていた。

「遅れたようだの」

四人が退屈の味を噛《か》みしめ始めたころ、幕府の最高権力者である大老、堀田筑前守正俊が、御殿坊主に先導されて御用部屋に入ってきた。

「おはようござる」

「ご機嫌うるわしゅう」

阿部、戸田の二人が、頭を下げた。稲葉、大久保は軽く黙礼をしただけである。

堀田は、御用部屋のもっとも奥にあるその席につくと、御用部屋詰めの茶坊主に抹茶《まっちゃ》を一服点《た》てるように命じた。

「今日は一段と大手前が混んでおった。これは間に合わんかなと思うたが、黒田が気づいてくれての、差配《さはい》が前の連中に知らせてくれおったおかげで、なんとかなったわ」

黒田といえば、筑前福岡で五十二万石を領している外様の大大名である。

大老、老中は御三家ご一門以外であれば、たとえ加賀百万石の前田《まえだ》家といえども呼び捨てにできた。が、老中四人はよほどのことがない限り、加賀殿《どの》とか薩摩《さつま》殿、修理大夫《しゅりだいぶ》殿とか内匠頭《たくみのかみ》殿とか、その領国や官職に殿をつけて呼ぶ。一人、堀田だけが、誰彼《だれかれ》かまわず呼び捨てにしていた。

「そろそろ、大名たちもそろいましょう。後は上様のお成りをお待ち申し上げるのみ」

一人気炎を吐《は》いている堀田に水を差すかのように、稲葉が言葉を発した。

「…………」

続けて喋《しゃべ》ろうとしていた堀田は勢いをそがれ、露骨に眉《まゆ》をひそめた。

「御免《ごめん》」

御用部屋の外から声が響いた。慌《あわ》てて坊主が、襖を開ける。

この御用部屋には茶坊主と奥右筆《おくゆうひつ》以外の入室は禁じられている。式日の今日、この部屋を訪ねる者はないはずであった。

「これは石見守《いわみのかみ》さま」

茶坊主が、慌てて平伏した。廊下に立っていたのは若年寄の一人、稲葉石見守正休《まさやす》であった。

「御大老にいささかの御用があり……」

正休は、茶坊主に目を向けることさえせず、御用部屋に向かって喋った。正休の声はよく通る。御用部屋の奥にいた堀田の耳にも十分聞こえていた。

「なんじゃ、忙しいときに」

堀田と稲葉正休とはいとこ同士である。他の者なら一喝《いっかつ》して、蹴散らす堀田でも、正休相手では仕方がなかった。堀田はさっきの不機嫌を引きずったまま、入《い》り側《がわ》と呼ばれる畳《たたみ》廊下に出た。

「どうした、正休」

堀田は怪訝《けげん》な顔をした。無理もなかった。正休とは昨夜、屋敷で遅くまで一緒に酒を酌《く》み交わしていたのである。そのために今日の登城が遅れかけたのだ。用ならばそのときにすませていたはずである。

「天下のため……御免《ごめん》」

堀田が十分に近づくのを待っていた正休は、いきなり腰の脇差《わきざし》を抜くと肩口から斬り付け、さらに身体《からだ》ごとぶつかるようにして右脇腹を刺した。

「石見、狂ったか」

堀田は、一言叫ぶとそのまま倒れた。即死であった。

「なにごとぞ」

御用部屋でもっとも入り側に近いところにいた大久保忠朝が、堀田の断末魔の声に驚いて飛び出してきた。

忠朝の目の前には、背中を向けている正休と血の海に沈んでいる大老、堀田正俊の姿があった。

「狼藉者《ろうぜきもの》」

忠朝の怒声に正休はゆっくりと振り返ると手にしていた血塗《ちぬ》られた脇差を落とした。抵抗の素振りを見せない正休に、忠朝が脇差を抜くと斬り付けた。

忠朝の一撃は、正休の肩衣《かたぎぬ》にあたって滑った。そこへ、騒動に気づいた御用部屋の老中はおろか若年寄まで集まって、有無を言わせず斬り付けた。

稲葉石見守正休は、十人近くの老中若年寄によって切り刻まれるようにして殺された。

江戸城御用部屋という重要な場所で起こった刃傷事件は、あっさりと被害者、加害者、両者の死をもって終了した。

この事件によって堀田という目の上のたんこぶのなくなった将軍綱吉は、この後独裁の色合いを濃くし、やがて日本史上最悪の法律、『生類《しょうるい》憐《あわれ》みの令』へと向かっていくことになる。

二

宝永《ほうえい》六年（一七〇九）五月、甲府《こうふ》宰相《さいしょう》綱豊《つなとよ》は江戸城内にて将軍宣下《せんげ》を受けた、六代将軍徳川家宣《いえのぶ》の誕生である。

その四ヵ月前、家宣の腹心、新井《あらい》白石《はくせき》も幕府の中枢に登用されていた。

「急がねばならんな」

白石は、主君の将軍宣下を見ながら呟いた。今年五十三歳、雌伏の期間の長かった白石が、ようやく政治の表舞台に登場したのであった。父新井正済《まさなり》の浪人に始まる苦節三十年であった。ようやく仕官した堀田正俊が殺されたことでふたたび浪人、続いて得たのは江戸から遠い甲府への仕官と、いつかは幕政に参画したいという大望を抱いていた白石にとっては、意に染まぬ長い雌伏であった。

それが今報われたのである。仕官以来白石の才能を認め、厚遇してくれた家宣が、将軍の座についたのである。まさに待望の一瞬であった。

だが、白石は喜びに浸《ひた》っているわけにはいかなかった。たずさわってみれば、幕政には難問が山積みされていた。

先代将軍綱吉によって大きく揺らいだ幕府の信頼を取り戻さなければならず、と同時に破綻《はたん》を来した財政の建て直しをせねばならない。

暴君と言われた五代将軍綱吉の跡を受けた家宣は、まるで正反対の人物である。

よく言えば家宣は聖人君子である。言い換えれば、お人好《よ》しとなる。日本全土の政《まつりごと》に責任を持つ将軍としては、頼りないことは否めない。

その人の好い将軍を支えていくには、白石一人では無理である。今、白石がもっとも急がなければならないのは、己《おのれ》と同様に幕府を支えていくに足る人材の発掘と登用であった。

「だが、私のような立場では困る。やはり老中、若年寄といった権限を持てる人物を探さねば」

白石の立場は微妙である。役職としてはお側衆《そばしゅう》支配と呼ばれる家宣の側近中の側近。

しかし、お側衆支配では、幕政を左右することはかなわない。やはり老中の判がいる。

幕府には老中就任にかんして内規があった。老中職は、帝鑑間《ていかんのま》もしくは雁間《かりのま》詰《づ》めの譜《ふ》代《だい》の大名で、五万石以上で城持ちであることとなっていた。この城持ちというところがみそである。五万石くらいの譜代ならば、それこそ掃《は》いて捨てるほどいる。だが、城持ちとなると限られてくるのだ。その上、老中になるには前もって経験しておくべき役職が、慣例的に決まっている。おおむね、老中になるにはお側御用人、大坂城代、京都所司代《しょしだい》を経ることが多い。

こうなると元禄六年（一六九三）、当時甲府城主であった家宣に仕えてわずか十六年、ようやく五百石を拝領するに至ったばかりのお側衆頭《がしら》新井白石では、逆立ちしても老中にはなれない。

もっとも、綱吉の御世には、お気に入りということで、わずか三百五十石取りから十五万石の大名、大老格にまで昇進した柳沢吉保《やなぎさわよしやす》の例もあるが、おとなしい家宣にそれだけの引き立てを求めるのは不可能である。

「早速《さっそく》この条件に合う家柄から人材を探さねばならないな」

白石は、すべての行事が滞《とどこお》りなく終わった後も一人、お側衆詰めの間に座ったまま独りごちた。

「どうした白石、顔色がすぐれんではないか」

小川町《おがわまち》に新しく与えられた屋敷に戻ってきた白石を迎えたのは、白石の数少ない友人西《にし》山順泰《やまじゅんたい》であった。

「これは、順泰先生」

西山順泰、対馬《つしま》の国の産で阿比留《あびる》と称していた。つい最近、名字を変えたところである。白石とは同じ木下順庵《きのしたじゅんあん》のもとで学んだ相《あい》弟子であった。もっとも入門は順泰のほうが早く、兄弟子にあたった。

狷介《けんかい》で尊大《そんだい》、人付き合いの下手な白石にとっては唯一といえる親友であった。

「家宣公の将軍宣下のお祝いに参じたのだが、なにかあったのか」

順泰が心配そうに白石の顔を覗《のぞ》き込んだ。

「いえ、そういうわけではないのですが。まっ、玄関先ではお話もかないません。奥に」

白石の先導で順泰は奥の書斎へと通った。

「まずは、お茶など」

白石は、書斎に切られた炉から茶を点てると順泰に振る舞った。

「相変わらず、お見事なお手前」

一服した順泰が、じっと白石の顔を見た。

「じつは、順泰先生。困っておりまして」

白石は、順泰に悩みごとを語った。

「確かに、貴君が老中になることはできんな。世間は綱吉公の治世にこりておる。その治世と同じ御側政治は反発を招くだけであろう」

順泰の言葉は、あっさりと白石の夢を砕いた。

「かといって、今の老中方ではこの難局は乗り切れまい。柳沢は幕閣を去ったとはいえ、残った老中も大したことはないからの」

大老格であった柳沢吉保は、そのまま留任するであろうというおおかたの予想を裏切ってこの正月に職を辞していた。

「残ったのは、大久保隠岐守《おきのかみ》、井上《いのうえ》大和守《やまとのかみ》、土屋《つちや》相模守《さがみのかみ》の三人か」

順泰は今の老中の名前を挙げた。

「どいつも、生類憐みの令に逆らえなんだ奴ばかり」

順泰の口調はきつい。恨みが籠《こ》もっている。対馬生まれの順泰にとって魚の売り買いまで禁止した生類憐みの令は、最大の悪法以外のなにものでもない。食いものの恨みは何とやらと言うが、まさにその通りであった。

「ですが、順泰先生。いきなり全員を取り替えるというわけには参りませぬ」

白石の言葉ももっともである。何ら失政のないものを辞めさせるということは、政道の公正さを疑わせ、辞めさせる対象となった人物の名誉に傷がつく。

「そうじゃの。迂闊《うかつ》に入れ替えて堀田公と稲葉公のようになられても困るしの。敵は多くても味方の少ないおぬしじゃから」

白石のことを気遣《きづか》った順泰の言葉であったが、かえって白石に大きな衝撃を与えることとなった。

「これは、要《い》らぬことを申したようじゃ」

そそくさと順泰が帰っていった。

白石に大きな衝撃を与えたのも無理はなかった。あの事件のおり、白石は刺された大老堀田正俊の家臣であったからである。

失意の浪人時代にようやく終止符を打てたのが、天和二年（一六八二）。一年前に大老になった堀田正俊が、藩中教育のための儒学者を求めたのに対し、白石が推挙され、召し抱えられることとなった。

もし、あの事件がなく堀田正俊の時代がもう少し続いていたら、白石の登場はもう十年、いや二十年早かった。

「あの事件のおかげで、堀田家は左遷され、減知《げんち》された。そのために新しく召し抱えとなったわたくしも致仕《ちし》せざるを得なくなったのだ。だが、あの事件はあのまま詳細な調査がなされず、うやむやの内に片づけられている。何故《なぜ》だ」

灯油の皿がじじっと鳴いたが、白石は微動だにしなかった。

「すまぬが、常憲院《じょうけんいん》御《ご》事蹟《じせき》を記録したものを持ってきてくれぬか。そうよな延宝《えんぽう》から貞享の項を頼む」

翌日出仕《しゅっし》した白石は、家宣の御前から下がると書物《しょもつ》奉《ぶ》行《ぎょう》の元に出向き、本を借り出した。常憲院とは綱吉の戒名である。

書物奉行から借り出した記録を白石は自宅に持ち帰った。城中では白石に面会を求める者も多く、また御用繁多のため、目を通すひまがなかったからであった。

改めて記録を読んだ白石は、事件の当事者である堀田正俊と稲葉正休のことを調べることにした。もっとも、『藩翰譜《はんかんふ》』の作成で各家の系統には精通した白石であったが、この二人についてはもう一度詳《くわ》しく調べ直すことにした。

【堀田家】正俊の父正盛《まさもり》が、三代将軍家光《いえみつ》の小姓《こしょう》として召し出されたのが、始まり。後に家光の側近として幕政に参画、一万石の大名から老中、最後は佐倉《さくら》十一万石にまで出世した。後、正盛は家光の死に殉《じゅん》じている。ただし、本家を継いだ嫡男正信は、殉死しなかった松平《まつだいら》伊豆守《いずのかみ》を憎んで幕府政策に反発、改易《かいえき》されている。

正俊は正盛の三男である。出生とともに曽祖母に当たる春日局《かすがのつぼね》の養子となる。八歳で四代将軍家綱《いえつな》の小姓となる。春日局の死によって遺領三千石を継ぐ。以後加増を受け、老中になった延宝七年（一六七九）には四万石、大老になったのち天和三年（一六八三）に九万石、翌年には十三万石にと異例の出世を続けた。

【稲葉家】美濃《みの》の豪族。正成《まさなり》は、斎藤《さいとう》家、織田《おだ》家、豊臣《とよとみ》家と主君を変えた。小早川《こばやかわ》家の家老として関ヶ原の合戦に参加、小早川家の寝返りを策して東軍の勝利に貢献。功をもって家康より下野《しもつけ》に二万石を賜《たまわ》る。明智《あけち》光秀《みつひで》の与力として共に織田信長《のぶなが》を討った斎藤利《とし》三《みつ》の娘阿福《おふく》と再婚した。正成と阿福の間の子供正勝《まさかつ》が、家光の元に出仕《しゅっし》、小田原《おだわら》城と八万五千石を領す。その子正則《まさのり》が遺領を継ぎ、老中になり、さらに加増されて十一万石になった。

正休の家系は、正成の十男正吉《まさよし》に始まる。正吉は、美濃にて五千石を与えられた。正吉の死後家を継いだ正休は天和二年若年寄となり、続いて加増を受け、一万二千石の大名となった。

「この両家は近い親類ではないか。特に正俊の内室は正則の娘、正休にとってはいとこの子供ということになる。正成正盛、正俊正休の時代と婚姻《こんいん》を重ねた親戚同士であるのに、なにがあったというのだ」

白石は、呟《つぶや》いた。

両家とも春日局の引き立てによって世に出たもの同士である。しかし、稲葉家が春日局の子供の家系であるのに対して、堀田家は稲葉正成と前妻の間の娘、春日局にとっては義理の娘の末である。厳密にいえば、堀田家に春日局の血は流れていない。

「だが、石高的には十一万石と十三万石、あまり変わりはない。稲葉が小田原、堀田が古《こ》河《が》、ともに要地であり、格も城主と本当によく似ている」

堀田、稲葉両家の系譜をだいたい把握した白石は、いよいよ事件について調べ始めた。

「貞享元年、八月二十八日、式日総登城。ほとんど式典の準備が整ったときに事件は起こった。不意をつかれた正俊が、刺し殺された」

書斎で考えていた白石の声は自然と大きくなった。

「なに物騒なことを大きな声で言っている。宝永の張孔堂《ちょうこうどう》、二代目由井正雪《ゆいしょうせつ》になるつもりか」

勝手知ったる他人の家、この間逃げるように帰った順泰が、足音も高く書斎に入ってきた。

「順泰先生、なにを言われるか。冗談にもほどがありますぞ」

白石は真っ青になって抗議した。幕府の中枢にいるものに謀反の噂が立とうものならたいへんである。特にこれから大きな権力を振るうことが目に見えている白石を快く思わない人間は、いくらでもいる。

なんども挫折《ざせつ》を経てここまで来ただけに、今の地位を守るのに必死な白石は、思わず声を荒らげた。

「これはすまん。気づかぬことをいたした」

笑いながら口にした順泰であったが、白石の真剣な顔に表情を引きしめた。目を落とした順泰が、白石の前に置かれた本の山に目をやった。

「白石、これは」

「先代さまの記録でござる」

白石が差し出した記録を見た順泰は察したらしい。

「堀田公と稲葉正休のことを調べておるのか」

「ええ」

「何か分かったか」

「いえ、まだ何も。まあ、両家が仲の良い親戚であったということだけで」

「白石。あの当時おぬしは堀田公の御家中であった。なにか覚えていたり、聞いたりしたことはないのか」

順泰の言葉は至極もっともなことである。

「それが」

当時の白石は儒学をもって仕える、いわば堀田公の教師のような存在である。毎日藩邸に詰めることもなく、決められた日に屋敷へ参り、講義をして帰る。歴代の家臣のように藩の内情に精通したり、藩主の側に侍《はべ》るようなことはなかった。当時、いろいろな噂が堀田家江戸藩邸に流れていたのは事実であった。しかし、事件の後始末、続く転封《てんぽう》に忙殺されていつの間にか消え去っていった。

「あの後堀田家は、譜代名誉の土地、下総《しもうさ》古河《こが》から出羽《でわ》山形へ、間をおかず奥州福島にと移されている。表高は変わらないが、実収入には大きな差がある。もちろん江戸からは遠くなるから、参勤交代の費用もかさむ」

順泰の言葉に白石は胸が痛むのを感じた。度《たび》重なる転封による財政の悪化、それに伴う人件費削減によって、新参者の白石は堀田家から退身せざるを得なくなったのであった。

「これはすまなかった」

「いえ、もう昔の話でござる」

白石は、軽く流した。そのていどで顔色を変えるようでは、これからの政争に勝ち抜いていくことは出来ない。

「このころの話を知っている者はいないのか」

順泰が聞いた。

「左様ですなあ」

白石は当時のことを思い出してみた。何人かの顔が浮かぶ。だが、今も堀田家に籍を置く者は除外しなければならない。新しい執政が堀田家に興味を持っていると思われては、話がややこしくなる。

「おう、立花《たちばな》どのがおられた」

白石が、膝《ひざ》を叩《たた》いた。

「どなたじゃな。その立花殿とは」

順泰の問いに、

「私と同じ時期に藩を致仕いたしましたお方で、お留守居《るすい》添役《そえやく》を勤めておられました。たしか、係累《けいるい》がないということで無理矢理辞めさせられたはず」

と白石は答えた。

「聞いてみることだな」

順泰はそう言うと手にしていた本を放り出し帰っていった。

三

西山順泰にそう言われはしたが、将軍交代直後で白石はとてつもなく忙しい。制令の廃止施行、人事の刷新などで、白石は長い間、事件の謎に迫ることはできなかった。

「疲れたであろう。しばらく休め」

白石が将軍家宣からねぎらいの言葉を掛けられたのは、将軍宣下から三ヵ月が経とうとしていたころであった。

「いえ、大丈夫でございます」

「いや、翁に体をこわされては余が困る。休め。これは将軍命《めい》じゃ」

家宣の勧めにしたがい、白石は、三日間の休みを貰《もら》ってお城を下がった。

「そうじゃ、帰りに立花どののところに寄ってみようか」

白石は供に寄り道することを伝え、自宅とは反対方向の日本橋へ向かった。すでに人を介して立花の居場所は調べてあった。

江戸という町の人別《にんべつ》は整備されている。人別のはっきりしている人物を探すのは容易であった。

立花は、堀田家を去った後、しばらく浪人していたが、やがて日本橋の中堅どころの商家の婿養子に入り、今では、義父の跡を継いで店を切り盛りしていた。

「御免。主《あるじ》はご在宅かな」

お城を七つ（午後四時ごろ）に下がった白石が、日本橋に着いたのは、暮れ六つも近づいた夕刻であった。店は後かたづけに忙しい最中である。

「へえ、おりますが、失礼でございますが、どちらさまで」

身分ありげな武家の来訪に戸惑った様子は見せながらも、番頭らしきものが応対した。

「新井白石と申す」

「これは、どうも。しばらくお待ちを」

江戸の庶民の耳は早い。今度の将軍の後ろにいるのは、新井白石という儒学者らしいと知っている。その白石が店に来たのである。大慌《おおあわ》てで番頭は奥に駆け込んだ。

「これは先生。よくぞ、ここがおわかりに」

番頭と入れ替わりぐらいに主が飛び出してきた。すっかり商家言葉が身に付いている。

昔と違って体にみっしりと肉が付いて身のこなしも武家らしいところは何一つ見えない。

「ご無沙汰《ぶさた》しております。立花氏。いや今は、上総屋《かずさや》どのとお呼びするべきでしたな」

「ごていねいなご挨拶《あいさつ》恐れ入ります。ささっ、奥へ。ここでは話も出来ません」

白石は、上総屋に案内されて奥の客間に通った。

「おひさしゅうございます。もうあれから二十年になりましょうか。この度はご出世、おめでとうございまする」

上座へ腰をおろした白石に上総屋は手をついてお祝いを述べた。

「いや、そうかしこまらんでほしい。今日は不意に訪れて迷惑を掛ける」

「いえいえ、おい」

上総屋が声を掛けると襖がすっと開いて、中年のしっとりとした女と若いはつらつとした女が目の位置に膳を捧げて入ってきた。

「家内と娘でございまする」

二人は膳を置くと言葉も出さずに下がっていった。

「まずは、お祝いにお一つ」

上総屋のさしだした酒を白石は受けた。しばらく返杯の応酬と昔話に花を咲かせた。

「ところで、立花どの。お伺《うかが》いしたいことがある」

しばらく話をしている間に白石は上総屋のことを立花と旧名で呼んでいた。

「はい」

「あの事件のことでござる」

こう言うだけで話が通じた。現在の身分は違うとはいえ、あの事件によって人生を変えられた者同士だからである。

「どのようなことでもよい。覚えていることを教えてはくださらんか」

白石の問いに上総屋は考え込んでいたが、ぽつりぽつりと話し始めた。

上総屋の話をまとめるとこういうことであった。

堀田正俊が異例の出世を遂げたのは、春日局の養子となったからとされている。しかし、それは違ったのである。確かに春日局の引きで四代将軍家綱のもとに小姓に上がってはいた。だが、春日局の養子には意味がなかった。大奥の総支配職など男子に継がせられる性質のものではない。しかも春日局には別れた稲葉正成との間に正勝、正定《まささだ》、正利《まさとし》の三人の子供がいる。その春日局に堀田正俊を養子に迎えるように強要した者がいた。もちろん、そんなことのできる者は決まっている。ときの将軍家光である。

ではなぜ、家光がそこまでしたのか。

堀田正俊が家綱の小姓として江戸城に上がったのは八歳、どんどん少年らしくなっていくときである。女に興味がなく男の尻ばかり追いかけていた家光にとっては、馬の前の人《にん》参《じん》であった。当然、手を付ける。しかし、堀田家は譜代というわけではない。しかも、本家の堀田正盛を優遇して老中にしている今、徳川家にとって功績のない美濃の小豪族の分家をあらためて取り立てる理由がない。そこで、家光は春日局に無理矢理正俊を引き受けさせたのである。

当時並ぶ者のなかった春日局の養子である。正俊は家光公の譜代として出世した。やがて春日局、家光もこの世を去るが、正俊は順調に出世、家綱の将軍宣下とともに若年寄に任じられ、やがて老中に昇った。そこで起こったのが家綱の病気に伴う徳川将軍家継嗣《けいし》問題であった。

家綱には跡継ぎの子供がなかった。当時、最大の権勢を誇っていた大老の酒井《さかい》忠清《ただきよ》が権力を後ろ盾に、鎌倉幕府にならって新たな将軍を京から迎えようとしたのである。酒井の前に逆らう者もなく決まりかけたとき、一人反対を唱えたのが堀田正俊であった。堀田は、家綱の弟綱吉を推薦したのであった。

堀田の正論の前に酒井もいったんは引いたが、巻き返しをはかっていた。しかし、堀田は素早く綱吉を江戸城に引き入れると病床の家綱へ拝謁《はいえつ》、将軍継嗣の承認を取り付けてしまう。

こうして五代将軍になった綱吉が堀田正俊に恩を感じるのは当たり前である。堀田正俊は綱吉将軍宣下の一年後大老となった。

「堀田家にかんしてはこのようなところでしょうか。問題の稲葉正休さまとは親しく、正俊さまが大老になられるまではよく行き来されていました。さすがにその後、正俊さまがお忙しくなられてからは、ほとんどなくなりましたが」

　上総屋は話を終えた。

「事件のことは」

　白石は重ねて問うた。

「あの事件の前日、稲葉正休さまが堀田家にお見えになって、正俊さまと酒を酌み交わしておられたのは知っておりますが、何分まだ添役の身。そのような席に出られるわけもなく、詳しい話までは」

「誰か、詳しい話を知っている者はおりませぬか」

　白石は食い下がった。余裕がない。三日後にはまた忙しい政の世界に戻らなければならないのだ。

「そうでございますなあ。一人おるにはおるのですが」

　上総屋の言葉は歯切れが悪い。

「誰でござる」

「覚えておられませぬか、正俊さまのお気に入りであった祐《ゆう》乃《の》進《しん》、工藤《くどう》を」

　言われて白石も思い出した。堀田正俊のお気に入り、というか家光に男色の味を仕込まれた正俊の相手であった。

「確か、真っ先に追い放たれたように覚えておりますが」

正俊の寵愛《ちょうあい》をよいことに専横をほしいままにしていただけに、庇護者《ひごしゃ》を失ったとたん放逐《ほうちく》されたのである。

「はい。じつは数年前に偶然見かけまして、つい懐かしさのあまり声を掛けましたところ……」

上総屋は言いよどんでいる。

「教えてくだされ」

「今は上野《うえの》不忍《しのばず》の陰間《かげま》茶屋につとめておるようで」

「な、なんと。工藤は今や四十を過ぎておりましょう」

「はい。おそらく四十三、四かと。聞きますれば、放逐されてよりずっとそこで働いていたそうで」

「いまだに客を取っていると申すのですか」

「はい。若いころほどではないにせよ、客は来ているそうで」

白石は思わず、顔をしかめてしまった。元々そういう趣味はない、その上、四十男となると気味が悪いだけである。

「お行きになりますか」

上総屋の言葉に白石は、きっぱりと答えた。

「行く。行かねばならん」

翌日の昼過ぎ、白石は上野にいた。顔を隠すために頭巾《ずきん》をしている。朝のうちにでも行きたかったのだが、世情に詳しい上総屋に止められたのである。

「その手の店に行くときは昼過ぎが暇で良いですよ。朝一番に行こうものなら、帰る客と見送る男娼でごった返しております。誰に見られるかわかりませぬ」

白石は上総屋に感謝していた。何も知らずに来た日にはひどい目にあったであろうから。

「御免」

白石は桔梗屋《ききょうや》と書かれた紫ののれんを潜《くぐ》った。

「へい。いらっしゃいませ。どなたかお馴染《なじ》みさんはありますか」

下足番らしい爺《じい》に声を掛けられて白石は慌てた。

「き、客ではない」

「じゃ、なんでえ、てめえは。用がないならどきな。掃除のじゃまでえ」

下足番の口調が急に変わった。そこで白石は上総屋の忠告を思い出した。心付けをやらないと動きませんよあいつらは、という忠告を。

「これを」

白石の差し出した包みを素早く手ではかってみた下足番の顔がほころんだ。

「旦那。なにか御用でございますか」

驚くほどの変わりようである。

「工藤を呼んでほしいのだ」

「ええと、工藤さんとおっしゃいましたか。ここではその名前じゃあ、わかりません。ここは仙界《せんかい》、源氏名でおっしゃってくださいな」

下足番に言われて白石も諦《あきら》めた。これも上総屋に聞いている。だが、あまりの恥ずかしさに口に出来なかったのだ。

「は、花、花紫《はなむらさき》の君を」

白石は真っ赤になった。五十になってこのようなところで、このような名前を口にするとは、白石は情けない思いで一杯であった。

「へい。花紫さんですか。あいにく花紫さんは風呂に参っております。よろしかったらお部屋でお待ちになりますか」

白石は、下足番の案内で花紫の部屋で工藤の帰りを待った。

「ぬしさんかえ、あたしに御用の方とは」

声に振り向いた白石の目に薄い紫の長襦袢《ながじゅばん》を羽《は》織《お》った中年男が映った。男は白石の視線を確認するとしなをつくった。

「お主、工藤か」

白石の声に、男もしっかりと白石を見た。

「もしや。新井さま」

工藤は、一瞬目を見開いたが、すぐに元通りの眠たげな半眼に戻った。

「お上の執政ともあろうお方が、このようなところにお見えになっていてよろしいのですか。人に知られましたら困るのでは」

工藤は、自分の部屋に入ると白石に背を向けて、鏡の前で化粧を始めた。

「おぬしに、聞きたいことがあって来た」

白石は、用件を工藤に話した。しかし、工藤は白石の方を見ることなく黙々と白粉《おしろい》を塗り続けていた。

「おぬしも悔《くや》しくないのか。もし、あのまま堀田公が生きておられたら、このようなところで体を売らずとも、今頃は堀田家の家老職になっていたかもしれんのだぞ」

とたんに工藤が振り向いた。中途半端に塗られた白粉が、白粉荒れした肌に大きな縞《しま》を作っていた。白石はそのくすんだ目つきに寒いものを感じた。

「ふっ、あのことがなくっても、あたしは変わりはしなかったさ。やがて殿の寵愛は別の者に移る。そしてあたしは薄禄で飼い殺しにされていた。しちめんどくさい武家の習慣にだけは縛られて、廻《まわ》りからは尻で出世した蛍《ほたる》、蛍と陰口をたたかれる。そんな暮らしがここよりましとは思えないねえ」

再び工藤は鏡に向かうと白粉の刷毛《はけ》を上下させ始めた。

「第一、白石先生は今や飛ぶ鳥を落とす勢いの将軍さまがお側衆。そのような立派なお方が、どうして今更《いまさら》過去の事件のことなどに首を突っこみになるんです」

「気になるのだ。殿中での刃傷《にんじょう》が。稲葉、阿部、大久保、戸田、板倉《いたくら》、土井《どい》、土屋、小《お》笠原《がさわら》、松平と累代の譜代の者たち全員が、あの事件にかかわっているが、誰一人として真相を述べているものがいない。記録にもわずか数行しか出てこぬのだぞ。浅野《あさの》と吉良《きら》の刃傷については、記録以外にもたくさんものがあるのにだ」

白石は堰《せき》を切ったように口を開いた。

「………」

ようやく白粉を塗り終わった工藤が、紅の筆を持って唇を描き始めた。

「底辺でこうやってはいずり回って生きていると、世のなかがよく見えるんですよ。先生がこれからしていこうとしていることも、みんな読めてしまう。結果もね。結局なにも変わりゃしませんよ」

紅を引き終わった工藤が、体ごと白石のほうに向いた。そこにはうらぶれた中年の男ではない、別のものがいた。

「でも、先生は今真剣に政道のことを考えている」

白石は工藤の言葉に夢中で頷《うなず》いた。

「何がお聞きになりたいんです」

工藤が聞いた。

「あの事件の前の日。稲葉正休が上屋敷を訪ねて堀田正俊公と長時間にわたって酒を酌み交わしている。そのときのことを知りたい」

「よろしゅうございましょう。先生が思いきってここまでこられたおみやげにお話ししましょう。そのかわり、あたしも商売です。ただで部屋を使って貰《もら》うわけにはいきません。一仕切りあたしを買ってくださいな。なんて顔をされるんで。何もしないで良いんですよ。あたしだって先生をとって喰《く》おうという訳じゃない」

紅のついた唇を開けて工藤が笑った。

ようやく緊張を解いた白石は懐《ふところ》から小判を出した。

「これで足りるか」

「まあ、一晩買っていただけるのでございまするか」

「馬鹿を言うな。残りは心付けじゃ」

「ありがとうございまする」

工藤は、酒と肴《さかな》を注文すると白石に勧めながら、自らも杯を干した。

「あの日、稲葉が来たのは五つ（午後八時ごろ）過ぎでした。お城から下がってお休みになっておられた殿は、稲葉を客間に通しました」

　工藤の話を総合するとこうなる。

　最初はお互いの身内の近況や政治の話であった。やがて、その話も尽きたころ、稲葉が不意に春日局と家光公の話を始めた。途端に堀田正俊は人払いを命じた。しかし、工藤は襖のかげでなかをうかがっていた。万が一、主君の身に何かあってはいけないからである。そのおかげで少しだけ話は聞こえていた。

「初姫《はつひめ》」「九ヵ月」「慶長《けいちょう》九年」「京都」「忠長」「秀忠」「御三家」とかが言われ、やがて怒声とともに稲葉は席を立ち、後も見ずに帰っていった。その後、堀田正俊は荒れるように酒を飲んでいた。

「助かった。礼を言うぞ」

　白石は、あたふたと店を出た。来しなに被《かぶ》っていた頭巾をすることを忘れるほどに。

四

　翌日、休みにもかかわらず白石は登城した。

「どうした、白石翁。まだ休んでいてよいのだぞ」

　家宣は笑いながら白石の顔を見た。

「上様、お願いが」

「申してみよ」

「紅葉山《もみじやま》文庫を拝見いたしたく」

白石は、真剣な眼差しで家宣を見上げた。

「紅葉山文庫とな」

「はっ」

紅葉山文庫とは江戸城内にある徳川家の記録等を保管してある蔵のことである。火事での類焼を避けるため、他の建物から離れた、通称紅葉山と呼ばれる高台の上に建てられていた。

「あれか。あれはみだりに人の目に晒《さら》してはならぬと」

「そこを曲げてお願いつかまつる」

白石は畳に額をこすりつけた。

「他ならぬ翁の頼みじゃ。許す。だが、その結果は余にも知らせてくれよ」

「ははっ」

白石は文庫の鍵を受け取ると紅葉山に急いだ。その日一日白石は文庫の中を調べ尽くした。

ようやく出てきた白石の顔色は陰間茶屋を訪れたとき以上に悪かった。

与えられた休みの最後の一日を、白石は自宅の書斎から出ることなく過ごした。そして仕事に戻るため翌日、登城した白石は、真っ先に家宣のご機嫌伺いに出た。

「休めたかの」

「ありがとうございました。おかげを持ちまして」

「左様か。ところで紅葉狩りはいかがであった」

家宣が微笑《ほほえ》みながら聞いた。

「はっ。貴重なる記録、拝見いたしまして感銘を受けました」

「なにか、得たものはあったのか」

「それが」

嘘《うそ》のつけない白石は、うつむいてしまった。

「申せ」

「…………」

「余にも話せぬことか」

「そのようなことは」

「では、語ってくれい」

家宣の度重なる要求に白石は平伏したまま嘆願した。

「今しばらく、今しばらくお待ちくださいませ」

「しばらくじゃな。必ず報告するのじゃぞ」

「ははっ」

白石は這々《ほうほう》の体《てい》で御前を下がった。

いつもより早めに自宅にもどった白石を順泰が迎えた。

「顔色がすぐれんな。どうやら真相を摑《つか》んだようじゃの」

順泰は白石の様子からすぐに悟ったらしい。

「お帰りくだされ」

「そうはいかん。白石のことだからまちがった答を出してはおらぬとは思うが、もしかしたらということもある。それに小生とて他人にしていい話とよくない話ぐらいは区別が出来る」

順泰にそこまで言われて白石の心も揺らいだ。果たして自分の考えが合っているのかどうか不安になった。

「他言は命にかかわります。よろしいですね」

「かまわない。どうせ、そう長生きする歳でもない」

二人は書斎に入った。

「まずあの事件のことはご存じのとおり。ときの大老堀田正俊が、若年寄の稲葉正休に刺し殺され、稲葉はその場で他の老中若年寄たちによって殺されました」

「ああ」

「ではなぜ、稲葉正休はその場で殺されたのでござろうか。抵抗の素振りも見せなかったというのに」

「それは異常事態に遭遇した老中たちが、慌てたからであろう」

「おかしくはござらぬか。老中若年寄といえば一流の人物でござろう。胆力もあり年齢も重ねている。それが、殿中の刃傷ぐらいで驚き自失するとは考えにくうござる。現実、浅野の刃傷のおり、浅野は殺されるどころか傷さえ受けておりませぬ。寛永五年に西の丸で老中井上正就《いのうえまさなり》を目付《めつけ》豊島正次《としままさつぐ》が刺し殺した事件でも、豊島は取り押さえられて翌日切腹しております。この事件だけが寄ってたかって下手人をその場で殺しておりまする」

「そう言われればそうじゃが」

「その場に居合わせたのは、阿部、土屋、大久保と譜代の名門ばかり。とくに老中の稲葉正則に至っては、犯人の稲葉正休とは、いとこ同士の仲。なにも一緒になって斬り付けなくとも、事情を訊いてから将軍家の判断を仰ぐのが当然。それなのに事件以後も口をつぐんだまま。しかも、事件の責任をとるどころか、問われもせずに事件後も老中職にありました」

「それはおかしいな。浅野の刃傷でも弟の大学《だいがく》は直《ただ》ちに閉門となっている。本家の広島浅野家も登城遠慮を命じられたはず」

「次におかしいのは、事件の前日に稲葉正休が、堀田正俊を訪ねて長話をしていたということです。もし、殺さねばならない理由があったなら、なぜその場で殺さなかったのでしょう。親戚同士それも近い仲ということで警固は薄い。成功の確率は城中よりは遥かに高い」

「ふむ」

「そこで何が話されたかを知る人物から私は話を聞きました。なんと春日局と家光公のことを話していたというのです」

「でも不思議ではないであろう。稲葉は義理とはいえ、春日局の子供の家系であるし、堀田は養子なのだから」

「ええ、でもそれ以外にも初姫さまのことや御三家のことが、話題に出ていたらしいのです」

「初姫さま」

順泰は初姫さまのことを知らなかった。

「秀忠公の長女千姫さまの妹君、家光公のすぐ上の姉君です」

「それがどうかしたのか」

「私はちょっと気になる噂を聞いていましたので、翌日、上様にお願いして紅葉山文庫を見せていただきました」

「紅葉山文庫だと」

学問を志すものにとって紅葉山文庫は宝の山のようなところであった。鎖国前に入ってきた洋書や名家に伝わる貴重な文書などが山積みされているからである。順泰の顔色が変わったのも無理はなかった。

「そのなかに家康公のことについて書いた本『松のさかへ』があります。そこには家康公の業績と、お子さま方について書いてあります。このお子は何処《どこ》で誰のお腹から生まれたのかと。その最後に問題の部分がございました」

白石は激しいのどの渇きを覚えたが、それを押して声を出した。

「十一男家光公。慶長九年（一六〇四）のお生まれ。お腹は斎藤利三の娘阿福」

「なんだと」

順泰が驚きの声を挙げた。

「まさかと思われましょう。家光公は秀忠公の次男でお腹は正室の小督《おごう》の方と公にはなっておりますから」

「ああ」

「ですが、小督の方の子供としてはおかしいのです。小督の方はその九ヵ月前に初姫さまをお産みになったばかり。産後の肥立ちがすむまで、将軍のお渡りはない慣例でござる。

そうなれば、勘定が合いませぬ」

白石の言葉に順泰も指を折った。

「それに秀忠公のお子さま方の中で乳母がついたのも家光公だけ。そして生母であるはずの小督の方さまが亡くなられたとき、家光公は喪《も》に服してさえおられませぬ。実母であればこれは許されることではありません。しかし、義理の姉となれば喪に服さなくてもよいのです。さらに家光公は春日局が亡くなられたときは七日間の喪に服しておられます。これは両親の喪の期間でござる」

白石は続けた。

「かつて家光公は、こうおっしゃったそうでござる。そう、公が将軍宣下を受けられ、大名たちを前にされたおりのこと。

『余は生まれながらの将軍である』。これは将軍の子として将軍になるべくして生まれたのだということ。家光公が生まれた慶長九年の時点での将軍は家康公です。父であるはずの秀忠公の将軍宣下は、翌年慶長十年（一六〇五）のことです」

順泰は押し黙ったままである。

「ではなぜ、家光公が家康公の子供ではつごうが悪かったのでしょう。家光公御誕生の三年前には水戸《みと》の頼房《よりふさ》公をお認めになっておられますのに」

白石の問いに順泰が明確に答えた。

「それは、春日局の血統に問題があるからだ。春日局の父斎藤利三は、主君を討った反逆者の明智《あけち》光秀《みつひで》の配下として京で磔《はりつけ》になった罪人である。その謀反人の血が将軍の身体のなかに流れていると分かればつごう悪いではないか」

そのとおりであった。そのようなことがわかれば徳川幕府の根幹である忠義の考えが崩れ去ってしまう。それこそ明日にでも外様大名、いや御親藩のなかから反乱の火の手が上がるかもしれない。

「そうか、そうだったのか」

白石は順泰の言葉ですべてが読めた。

「なんだ、白石」

「家綱公が亡くなったときの将軍継嗣問題が、発端だったのでござろう。あのとき大老の酒井忠清は、次期将軍を京から迎えようといたしました。あれは、このことを知っていたからではござらぬか。おそらく秀忠公からときの執政土井《どい》利勝《としかつ》公へこの話は伝えられていたのでございましょう。そして土井公は自分の死の寸前に酒井忠清を自宅に呼んでおられる。新しい執政酒井公の傲慢《ごうまん》をしかるというのは表向き、そのじつは……それを伝えられた酒井公は、家光公の血統を切りたかったのではござらぬか。しかし、ちょうど慶安《けいあん》の変、そう由井正雪の乱が起こってしまった。この時期に将軍継嗣でもめるのはまずい。機会を逃した酒井公たちは、次の好機を待った。そして家綱公のご病気。ここぞとばかりに酒井公は家光公いや、春日局の血を消しにかかった。京から将軍を迎えようとした。ほとんどの老中が賛成するなか、家光公から後を頼まれていた堀田公が、反対した。家光公の息子である綱吉公が世継ぎとなることに、表立って反対することはできない。なにせ事情は明かせないのだ。酒井公たちの弱気につけ込んだ堀田公が、強引に綱吉公を世継ぎにしてしまった。そして力を蓄える堀田家。このままでは血統を換えることができない」

「そこで執政たちは、まず家光公にご恩を感じている堀田正俊を暗殺することにした。それに選ばれたのが稲葉正休だというわけか」

順泰が、白石の考えを受けた。

「たぶん、正休公は前日に堀田公に事情を話して将軍交代を促した。しかし、家光公の血筋を何よりと考える堀田公はこれをはねつける。そして八月二十八日の惨劇が起こったのです」

「おそらく稲葉正休は、天下のためと思ってやったのだろう。でなければ親しい相手は刺せない。もちろんまわりの老中方と話もついていた。しかし、正休公は裏切られた。下手人の口は封じるに限る」

順泰の声も沈んでいた。

「でもどうして稲葉家が選ばれたのであろう。もっと下役《したやく》の者でもよかったはずであろう」

順泰の問いに白石が答えた。

「近い親戚ながら両家の間には大きな溝がありました。稲葉家は春日局の義理の子供を始祖としていますが、稲葉正勝、正定、正利の三人は、長男の正勝が五歳のころという幼いときに春日局に捨てられた。ちょうどそのころは稲葉正成が浪人して、かなり生活が苦しかったようで、春日局は貧乏が嫌さに逃げ出した。まだ母の恋しい幼子たち、捨てられた子供のなかに何が生まれたかは、想像に難《かた》くありますまい。しかし春日局のおかげで己たちも立身した。春日局へ恨みをぶつけられない。ならば、血筋でなく子供のおりに捨てられたわけでもないのに、その引きで出世した堀田家へ屈折した想いを向けるしかなくなる。いや、稲葉家は春日局の野望を打ち砕くためならば何でもしたのではないのか。そのためにはたとえ憎い女の引きでも世に出ようと我慢していた」

白石の最後の言葉を聞くと順泰は黙って立った。そして部屋を出しなに一言投げかけた。

「白石、おぬしはどうするのだ」

順泰の言葉が、綱吉公の甥である現将軍家宣公のことを指していることは、明らかであった。

そして順泰の姿が消えたとき、白石は小さな声で呟いた。

「どうして家康公は、ここまでして春日局の子家光を将軍にしたのであろうか。それは斎藤利三に対する報償《ほうしょう》ではないのか。天正《てんしょう》十年（一五八二）六月二日、本能寺《ほんのうじ》にいた信長《のぶなが》を襲ったのは、明智光秀ではない。その与力であった斎藤利三であったのだから」

白石が将軍家宣にこのことを話したかどうかは、残念ながら知る由《よし》もない。

家宣公の治世はわずか三年半ではあったが、正徳《しょうとく》の治《ち》としてたたえられていた。そして、家宣公はその死に際して将軍位を自分の息子家継《いえつぐ》ではなく、御三家筆頭の尾張藩主徳川吉《よし》通《みち》に譲ろうとした。しかし、新井白石、間部《まなべ》詮房《あきふさ》らに説得され、家継へと代は譲られた。

やがて、七代将軍家継の早世によって家光直系の血は絶えた。八代将軍となったのは、家康の玄孫で春日局の血を引かない紀州徳川家の徳川吉宗《よしむね》であった。

忠臣蔵の密室

田中啓文

田中啓文（たなか　ひろふみ）
一九六二年生まれ。二〇〇二年、「銀河帝国の弘法も筆の誤り」で第三十三回星雲賞、〇九年、「渋い夢」で第六十二回日本推理作家協会賞、一六年、「怪獣ルクスビグラの足型を取った男」で第四十七回星雲賞を受賞。

底本
『シャーロック・ホームズたちの冒険』創元推理文庫　二〇一六年

「この九寸五分は汝へ形見。この短刀を以て我が存念を」

「仮名手本忠臣蔵」より
塩冶《えんや》判官《はんがん》高貞《たかさだ》の台詞

プロローグ

あれほど降りつづいた雪もやみ、空には星がくっきりと輝いていた。月明かりに黒々と浮かびあがる吉良《きら》屋敷の表門には、すでにいくつものはしごが掛けられていた。隣接する長屋の屋根にもはしごが立てかけてあった。

「ご家老、下知《げち》を」

原惣右衛門《はらそうえもん》の言葉に、大石内蔵助良雄《おおいしくらのすけよしたか》は軽くうなずくと、采配《さいはい》をざっとうち振った。

「目指すは上野介《こうずけのすけ》の首のみ。ものども、参れ」

その言葉を聞くや、火事装束を身につけた大勢の浪士たちがわれ先にとはしごに突進していった。表門の一番乗りを果たしたのは大高源吾《おおたかげんご》であった。

ほとんどの浪士たちが邸内に消えたあと、内蔵助が言った。

「さ、惣右衛門どのも参られよ」

「ならば、ひと働きしてまいりますかなあ。さきほど食うたうどんが、まだこなれておらぬゆえ……」

でっぷりと肥えふとった惣右衛門は、相撲とりのように見えるし、ゆでたまごのようにつるりとした顔だちも滑稽な感をあたえるが、これでどうしてなかなかの豪傑である。勅使《ちょくし》饗応役《きょうおうやく》だった主君内匠頭《たくみのかみ》が江戸城松の廊下で刃傷《にんじょう》事件を引きおこしたとき、彼は江戸詰めで、ちょうど勅使の宿所にいた。刃傷によって饗応役がほかの大名に交代になったので、惣右衛門はただちに饗応に使うべく赤穂《あこう》から取りよせた家具・道具類をかたづけ、宿所に船を横づけさせて、それに運びこませた。予想もしなかった事態に取りみだし、うろたえ騒ぐものの多かったなかで、水際《みずぎわ》だった処理であったという。その直後、国もとに事件を知らせるための第二報として（第一報は、早水藤左衛門《はやみとうざえもん》と萱野三平《かやのさんぺい》）、早駕籠《はやかご》を走らせた。ふだんなら十七、八日ほどかかる江戸・赤穂間をたったの四日半で駆けぬけたのである。もちろん不眠不休で、当年五十四歳、肥満体の惣右衛門には相当つらかっただろうが、彼はおくびにも出さず、見事に使者の役目を果たした。また、家老大野九郎兵衛《おおのくろべえ》が城属金《しろつききん》分配に際して義弟の岡島八十右衛門《おかじまやそえもん》に対して吐いた暴言を耳にして憤激し、弟ともに九郎兵衛の屋敷にまで押しかけていって斬りころそうとしたという、権威に屈しない傲岸《ごうがん》さも持ちあわせている。

「おおい、わしも行くぞ」

大声で叫びながら、はしごをよちよちよじのぼる。いったん、長屋の屋根のうえに立ち、飛びおりようと身がまえたとき、足もとで猫がニャアと鳴いた。

「ぬわあっ」

惣右衛門は足を滑らせ、そのまま尻から地面へ落下した。地響きがして、聞きつけた若い浪士がなにごとならんと駆けつけてきた。

「これは原どの、しっかりなされよ」

「ば、馬鹿もの、わしにかまわず、持ち場に向かえっ」

そう怒鳴りつけたあと、腰を痛そうにさすりながら立ちあがる。

二千五百五十坪もある広い吉良邸の諸処《しょしょ》かたがたで、鉄と鉄を叩きつけあうガチッという音、斬ったもの、斬られたものの双方の雄叫び、なにかを蹴たおす音、めりめりという木の裂ける音、弓鳴りの音……などがわきあがって、ひとつのうわあ……んという騒音になっている。

「いたか」

「おらぬ」

「探せ。屋敷からは出ておらぬはずだ」

「心えた」

そういった会話が何度となく聞こえてくる。

そして、半刻あまりが過ぎた。寝所はいうまでもなく、屋敷内のあらゆる場所を探しに探したが、目指す吉良上野介の姿はなかった。戦闘と捜索に疲れはてた浪士たちの顔に、焦りの色が濃くなっていった。

「やはり、吉良は在宅しておらなんだのでは」

「茶会があったのだから、そんなはずはない」

「我らの気づかぬうちに、外に逃げのびたのではないか」

しかし、内蔵助は動ずることはなかった。

「押しいれや床下、天井裏……いま一度丹念に隅から隅まで探してみよ。厠《かわや》や台所、炭小屋なぞは調べたのか」

「炭小屋……」

誰かが声をあげた。

「そういえば、上野介の寝所と長屋のあいだに、炭小屋がござる。あそこはいまだ探しておらぬはず」

「ならば、間《はざま》、堀部《ほりべ》、武林《たけばやし》の三名にてその小屋を探れ」

名指しされた三名が炭小屋に向かった。

「誰ぞおるのか」

堀部安兵衛《やすべえ》が、小屋の入り口のまえで叫んだ。なんの応答もない。間十次郎《じゅうじろう》が引き戸に手をかけると、どうやら釘づけになっているらしく、ぴくりとも動かぬ。気短な十次郎は、ただちに戸を蹴やぶった。

「いざ出あえ」

誰も出てこぬ。小屋のなかの空気は凍りついており、埃ひとつたたぬ様子である。

「ひとの気配がせぬようです。ここもまた……」

間が、気落ちした声で言った。

「あきらめるな。まだ、奥がある」

堀部安兵衛が、年若の間を励ますように言うと、十次郎も槍を小脇に抱えて、小屋の奥へと踏みこんだ。そのとき……。

なにかが、積みあげてあった炭俵の陰から倒れかかってきた。十次郎が飛びしさると、その「なにか」は小屋の床に長々と寝そべってしまった。

「なにやつ！」

十次郎が槍を向け、武林唯七《ただしち》が刀を突きつけたが、相手はぐったりしたまま微動だにしない。安兵衛が龕灯《がんとう》を向けた。それは……白衣を着た、白髪の老人であった。顔には血の気がない。

「上野介どのでござるか」

安兵衛が声をかけたが、返事はない。彼はかがみこんで、その老人の脈をとった。

ややあって、蒼白な顔で小屋から出てきた三人を、大勢の浪士たちが取り囲んだ。中央

から進みでた内蔵助が、

「いかがいたした」

安兵衛が苦々しげな口調で言った。

「すでに……こときれておりまする」

「おぬしらが斬りつけたゆえか」

「いえ……我らが踏んごんだときにはもう……」

「病死か」

「これをご覧じろ」

十次郎が、老人の脇腹を指さした。そこには、短刀が深々と突きたっているではないか。

皆、岩のように押しだまった。沈黙をやぶったのは内蔵助だった。

「各々がた、これは……」

そこで一旦絶句したが、言葉をふりしぼるようにして、

「これはじつに困ったことにあいなり申した。我ら一統が艱難辛苦《かんなんしんく》のすえに討ちいったときすでに、目指す仇の吉良は殺されておった……では世間のよい笑いものじゃ。このことはここにおる四十七人のあいだのみの大秘事にて、けっしてよそに漏らしてはならぬ。

――よいな」

一同はうなずいた。

「しかし、なにものがかようなことを……」

安兵衛の言葉に、足首をねんざした原惣右衛門が顔をしかめながら、

「なにもののしわざかはわからぬが、これは摩訶不思議なることじゃ」

「なんのことでござる」

「見られよ。炭小屋には窓はなく、出入り口はここひとつだけ。しかも、雪上の足跡はおぬしたち三人のものしかついておらぬではないか。――上野介どのを弑《しい》したくせ者は、どうやってこの小屋に入り、そして、出たのか……」

言われてみればそのとおりであった。惣右衛門の指示で、十次郎と唯七がふたたび炭小屋の内部を調べたが、ほかに隠れているものはなく、隠し扉や抜け穴なども見あたらぬ。天井も頑丈なつくりで、入りこめそうな隙間はない。入り口は一ヵ所のみ、そして、足跡は安兵衛、十次郎、唯七のものしかない……。

「これは、『閉じたる場』にござる」

惣右衛門は重い声でそう言った。

1

遠近《おちこち》に雪の残る山里の、禅画のように白と黒だけの風景が、冷えびえとして眼前に広が

っている。その冷気は、りくの今の心情をあらわしているかのようだった。胸にぽっかりと黒い空洞が口をあけていた。

夫である大石内蔵助良雄に離別され、実家のあるこの豊岡《とよおか》の地に戻ってはや九ヵ月が過ぎた。夫内蔵助と長男主税《ちから》を含む赤穂の浪人四十七人が、昨年の十二月十四日の深夜、本所吉良邸に討ちいった。彼らは亡君浅野《あさの》内匠頭の仇である吉良上野介の首をとり、隊列を組んで高輪泉岳寺《たかなわせんがくじ》まで堂々行進のすえ、大目付の指図《さしず》によって細川《ほそかわ》、松平《まつだいら》、毛利《もうり》、水野《みずの》の四家にお預けとなった。りくがそのことを知ったのはちょうどひと月ほどまえの年末のことで、江戸にいる遠戚のものが手紙で教えてくれたのだ。それによると、彼ら四十七士は「赤穂義士」と呼ばれ、江戸ではたいそうな人気であるそうだ。江戸市民にすれば、生類《しょうるい》憐れみの令をはじめとする暴政や高騰《こうとう》する物価に苦しむ自分たちの鬱憤《うっぷん》を、義士たちがかわって晴らしてくれた、という思いなのであろう。幕府裁定に真っ向からたてついて、将軍家のお膝元であっぱれ主君の仇討ちをした義士たちに、庶民は喝采を送っているという。りくは、そのことをうれしく思う反面、当惑を覚えざるをえなかった。

内匠頭刃傷の際は、その日のうちに切腹の沙汰《さた》があった。しかし、今回は討ちいりからひと月以上もたつというに幕府の評定はいまだないらしい。幕府内でもこの行為の評価がまっぷたつに割れているからである。老中や諸大名のなかには、赤穂浪人たちの討ちいりは武士道にかなった義挙であり、とかく柔弱に流れがちの太平の世に文武《ぶんぶ》忠孝《ちゅうこう》の心を示した、と賞賛するものがあり、一方では、天下の法を犯した不届きな謀反《むほん》人であり、磔《たっ》刑《けい》・さらし首などの厳罰に処すべしという意見もあった。そういった相反する意見を耳にするたびに、りくは身をよじりたくなるほどの焦燥《しょうそう》におそわれるのだった。考えてはならぬ、と自らを戒《いまし》めてはいるが、ひょっとすると、

（罪を許されるやも……）

そういう期待感が胸のうちにふくらむのをおさえることができぬ。

犯罪者の家族（男児）は連座《れんざ》して責任を負わねばならぬことが当たりまえの時代であったから、内蔵助はそういう事態に備えて、次男吉千代《よしちよ》を出家させていた。今、りくの手もとにいる男児は、離縁されたときすでに身ごもっていた、生まれたばかりの大三郎《だいざぶろう》ひとりである。夫と長男主税を義挙に奪われ、次男は仏門に奪われ、長女くう、次女るり、赤ん坊の大三郎を抱えて、りくは日々、呆然《ぼうぜん》として過ごしていた。生まれそだった地とはいえ、豊岡の厳しい寒さが暗澹《あんたん》たる気持ちに追いうちをかけていた。

「奥さま……」

ふと我に返った。いつのまにそこにいたのか、小間づかいの春《はる》がすぐ後ろに控えていた。

「あ……お春か。なにごとです」

春は、内蔵助とともに山科《やましな》に暮らしていたときに雇いいれた、まだ十九歳の娘で、京都の二文字屋という古道具屋の娘ということであったが、言葉に京訛《なま》りはなかった。りくを

慕って、こちらに戻ることになったときも自ら志願してついてきたのである。気だてもよく、気もきくので、りくもなにかと目をかけていた。

「奥さま、これを……」

いつになく硬い表情の春をいぶかしみながら、彼女の差しだした一通の書状を受けとった。

「これは……？」

宛名もなく、裏を返しても差出人の名すらない、白紙の手紙である。

「若さまからのお手紙にございます」

りくの顔色が変わった。

◇

いまもって幕府の評定定まらぬとはいえ、赤穂浪人たちは法を犯した謀反人として各大名預けになっている謹慎者である。屋敷外に一歩たりとも出ることがかなわぬのは当然として、食事や嗜好品、日用品にいたるまで厳重な管理がなされている。刃物を持たせてはならぬとの配慮から、髪、月代《さかやき》、爪を切ることもできず、親類縁者からの書状を渡すことも禁じられているという。私《わたくし》の手紙を家族に出すなどもってのほかのはずである（実際には、数通の書状が現存しているが、それは幕命に反することを承知で、預かった大名家の世話役が私的な好意からひそかに届けたものであって、それも封をあけて、内容を確認した状態でのことであった）。

「これは……誰から預かりました」

　春は下を向いたまま答えぬ。

「なぜなにも言わぬ」

「子細《しさい》は申せませぬ。ですが、まちがいなく若さまからのお手紙でございます。どうぞお読みくださいますよう……」

　りくはきっとした顔で小間づかいをにらみつけ、

「武士の妻として、素性のあやしきものは開封できませぬ。捨ててしまいなさい」

「奥さま……お願いでございます。どうか……どうかお読みくださいませ。今は奥さまとわたくしのふたりだけ。ほかのものの目はございません」

　すがるような面持ちで言う春を見おろし、りくは今にも手紙を破りすてようとした。内心は、すぐにでも開封して、息子からだというこの手紙を読みくだしたかったが、公儀をはばかって暮らす今、誤解を生むような行為は厳に慎まねばならなかった。家族の軽はずみな言動が、内蔵助や主税の身のうえにどのような影を投げかけるかわからぬからだ。途中まで破られた手紙を見て、春は額を板の間にすりつけ、

「——わかりました。申しあげます。その手紙は、わが党のつなぎ役より預かりました」

「わが党……？」

りくははっとした。赤穂にはかつて「塩の党」と称する忍びのものの伝統があった、という話をりくは夫内蔵助より耳にしていた。伊賀の忍びの流れをくむとかで、内蔵助の祖父で家老職だった大石良欽《よしたか》の代には、彼らが腕をみせる機会もあったようだ。しかし、それは戦国のすさんだ空気がまだ残っていた時代のことで、大坂の陣からすでに八十余年が過ぎた元禄の世には無縁の存在であり、一種のおとぎ話のように思っていたのだが……。

「お春、そなたはなにものじゃ」

りくは、山科で雇いいれた田舎娘とばかり思っていた女の顔を見つめた。

「わたくしは……奥さまのご身辺をお守りするよう、あるかたから申しつけられた『塩』のものにございます」

そうだったのか……りくは愕然とした。将軍家をはじめ諸大名も旗本も弛緩《しかん》しきった、かかる泰平の天下においても、忍びのものの働き場所があったのだ。

「それは、旦那さまの言いつけですか」

「いえ……」

春はかぶりを振った。誰かが離縁されたのちのりくたちの安全に気をつかってくれたようだが、春はその「あるかた」の名前を頑として口にしなかった。

「まずはこれをご覧くださいませ。この手紙が若さまのものである証左にございますれば」

春は、ふところから幾重にもたたんだ薄紙を取りだし、りくに手わたした。そこには、

しゅせいとののしょ
りくとのへわたすへし
このき
ないくらとののめいにあらす
はけさる

という文章が糸のように細い筆で書かれていた。

「これは……？」

「忍びの隠し言葉にございます。しゅせいは主税、ないくらは内蔵助のこと。若さまの書を奥さまに渡せ、という、禿猿《はげざる》なるつなぎ役からの指図にございます」

りくは、ときどき来る、頭の禿げた、猿に似た顔の野菜売りのことを思いだしたが、なにも言わなかった。

「このことは、ご家老さまのご命令ではない、ともございます。おそらくは、わが党を司《つかさど》るおかたが、若さまにじかに申しでられたことではないかと……」

内蔵助と主税は別々の屋敷に預けられており、連絡をとりあうことはかなわぬはずである。

「では……これはまことに松之丞《まつのじょう》のものなのですね」

松之丞は、主税の幼名である。

「はい、どうかわたくしをご信用いただいて、そのお手紙を……」

「おお……おお、さようなこととはつゆ知らなんだ。よう届けてくれました。礼を申します」

りくは、手紙を捧げて、春を拝むようにした。

「そ、そんなもったいない。それよりも早《はよ》うお手紙を……」

りくは、震える手で手紙を開封した。

一筆啓上いたし候。母御人《ごじん》さまご気分、寒気厳しき折から、お心もとなく存じたてまつり候。ご息災にてお暮らし申し候や。くう、吉千代、るり、大さぶろうも息災にて候や。私儀、松平さまお屋敷にて、一段無事にて候まま、心安かるべく候。

さて、母御人さまには、今月十四日の夜、我々同志四十七名あい催し、本所吉良上野介どのの邸に討ちいり、本意のごとく上野介どのの御首級《みしるし》挙げ、仇討ちの本懐を遂げたる旨、すでに風説その他にてお聞きおよびのことと推量せしめ候。

なれど、討ちいりの次第は、流布している顚末とはまるで違いおり候。このことは、我ら四十七名のあいだだけの秘事にて、父上さまからも、けっしてよそに漏らしてはならじと厳命されておりましたるなれども、母御人さまにだけはどうしても我らの仇討ちのあらましの儀お伝えいたしたく、赤穂におりし頃よりの「塩のもの」にこの手紙を託したるものに候。くれぐれもご不審あるまじくお願い申し候。

もし、この手紙無事そちらに届きましたるならば、なるたけ早々のご披見後、かならず火中くださるべく候。他のものの目に触れぬようご処分お願いいたしたく候。

　十二月十三日は朝から大雪にて……。

久しぶりに接する息子の言の葉である。かなりの長文ではあったが、りくはとり憑かれたように読みすすんだ。主税自身の見聞だけでなく、ほかの浪士から聞いたことも多く含まれているようだ。

以下はその手紙の内容である。

2

十二月十三日は朝から大雪だった。

吉良邸で十二月五日に茶会が催される、との報告が、大高源吾よりもたらされ、浪士一同は勇みたっていた。四十七士の一、大高源吾は、子葉《しよう》という俳名を持つ本格の俳人でもある。江戸では脇屋新兵衛《わきやしんべえ》となのり、得意の風流の知識をいかして、吉良邸出入りの茶人に入門し、たびたび情報を得ていたのだ。

思えば、昨年の三月十四日、勅使饗応役だった浅野内匠頭長矩《ながのり》が、江戸城松の廊下で高家筆頭吉良上野介義央《よしひさ》に斬りつけ、即日切腹の沙汰がくだって以来、お家断絶、城明けわたし、大学《だいがく》（内匠頭の弟）浅野本家に永預け……と浪士たちをめぐる状況はめまぐるしく変化した。改易になった浪人の江戸での生活はきわめて苦しく、ほとんどのものは家財を売り、その金で細々と暮らしていたが、なかには親類縁者から返すあてのない借金をしたおすもの、貧苦のあまりに自殺するもの、盗みをはたらくものまでもいた。矢頭右衛門七《やとうえもしち》などは餓死寸前というありさまで、討ちいりの時節が延びれば延びるほど、困窮《こんきゅう》の度合いは強くなっていく。また、堀部弥兵衛《やへえ》、吉田忠左衛門《よしだちゅうざえもん》、間瀬久太夫《ませきゅうだゆう》、小野寺十内《おのでらじゅうない》、間喜兵衛《きへえ》、村松《むらまつ》喜兵衛といった齢《よわい》六十を超えるものたちは、

「老い先短い我ら、このまま朽ちはてるのも残念」

と、自分たちの命のあるうちの決着を強く希望していた。仇の上野介も老齢であり、いつみまかるかわからないうえ、上杉《うえすぎ》家（上野介の長男は上杉家の養子となり、今は上杉家当主となっていた）に引きとられでもしたら、討ちはたすことは今以上に困難になる。し

かし、万事において慎重な内蔵助は、

「下手大工衆急ぐべからず。隠居が不都合ならば若旦那にてもよろし」

と、挙行を急ぐものたちを手際の悪い大工になぞらえていさめた。隠居というのは上野介、若旦那というのは吉良の当主であり上野介の孫の左兵衛《さへえ》義周《よしちか》のこと、つまり、上野介を討ちとることができねば、当主義周を討てばよいではないか、という意である。しかし、主君である浅野内匠頭が恨みを抱いていたのは上野介である。それを討てないからといって別のものを、というのはおさまりがつかない。だから、浪士たちは一刻も早い討ちいりをのぞんで、内蔵助をせっついたが、「昼行灯《あんどん》」と呼ばれた元家老はなかなか動こうとしなかった。

それが、ついに十二月五日が決行と決まったのである。皆は喜んだが、その喜びもつかのま、茶《ちゃ》の湯《ゆ》会は延期になってしまった。長いあいだ待ちに待ってのことだったため、一同の落胆ぶりは激しかった。だが、内蔵助は動ずることなく、ならばつぎの決行日はいつに、とわめきたてる同志に、

「急いてはことをし損じるのたとえあり。ゆるりと決め申そう」

と、泰然《たいぜん》自若《じじゃく》ぶりを崩さなかった。浪士たちの不満は煮えたぎり、

「もう待っておれぬ。我らだけで吉良の首をあげようではないか」

と言いだすものも一人ふたりではなかった。

みなが苛だちながら、年の瀬の到来を肌で感じていた。そんな十二月十三日の夕刻。

「これはこれはおめずらしや。ご家老ではございませぬか」

前原《まえばら》伊助《いすけ》は、店のまえに積もった雪をとりのぞこうとしていた手をとめ、小声で言った。

伊助は、吉良邸のすぐ裏にあたる本所二ツ目相生町で米屋五兵衛と名のって、神崎《かんざき》与五郎《よごろう》や岡野《おかの》金《きん》右衛門《えもん》らとともに米穀商を営んでいた。もちろん、吉良家の様子を探るためである。

「お……伊助か」

傘を持った浪人もの——大石内蔵助はたちどまると、伊助に顔を向けた。

「お屋敷の様子を見にこられたのですか」

内蔵助は、東下りをしてからこちら、主税らとともに日本橋石町の裏店に長屋住まいをし、めったに外に出ることはなかった。

「うむ、そうじゃ。この雪ゆえ、まず見とがめられることもないと思うてな。——なんぞ変わった様子はないか」

「とくにこれといった動きはございませぬ」

「それにしてもえらい雪じゃな。寒うてたまらぬ」

「ご家老は寒がりにございますゆえ。熱い茶でもおいれしましょうか」

「そうしたいが、ひと目も気になる。あきらめよう」

「さようで……。ところで、ご家老」

「なんじゃ」

「日はいつになりましょう」

伊助としては、五日の決行が土壇場で流れてから、つぎの決行日がいっこう決まらぬ苛々をぶつけただけで、回答は期待していなかった。いつものように、

「まあ待て。ことを急いでし損じては我ら四十七人、天下の笑いものじゃ。待てば海路の日和ありと申すぞ」

という悠長な応《いら》えがあるものとたかをくくっていたが、内蔵助は目を細め、低い声をいちだんと低くして、

「案ずるな、まもなくじゃ……もうまもなくじゃ」

　まるで自分に言いきかせているような語調だった。

「まもなく、と申されますと」

「明日の夜、年忘れの茶会がある。上野介はかならず屋敷におる」

「え？　で、では、明日の夜……」

　それは、誰からの情報かをたずねようとしたとき、内蔵助は泳ぐような足どりで、す……と伊助から離れていった。まるで、自分に言いきかせているような語調だった。伊助はあわてて、奥に入ると、神崎与五郎たちを呼びあつめた。

そして、そのとおりになった。その日の夕刻、降りつづいていた大雪がようやくやんだころ、大高源吾が、茶の師匠である山田某より、明日十四日に茶会がある、という報をもたらしたのである。

◇

「父上、これは願ってもない好機到来……！」

すわこそとはやる主税たちを内蔵助はおっとりとした口調でたしなめた。

「万一、討ちいって、上野介どののおわさぬときは大恥をかく。念には念を入れねばならぬ」

とそれだけでは満足せず、吉良邸出入りの国学者羽倉斎《はぐらいつき》（のちの荷田春満《かだのあずままろ》）に確認したうえ、大高源吾に命じて、もう一度山田某を訪ねさせたのである。

一転して天上まで透きとおるような快晴となった十四日朝、大高源吾は自在竹（炉の自在鉤《かぎ》に用いる竹）を手みやげに、茶の師匠を訪問し、今日、まちがいなく吉良邸で茶会が催されることを確かめた。源吾は勢いこんでそのことを内蔵助に報告した。

「もうまちがいないようじゃ」

さすがの内蔵助も腹をくくったようだ。

「みなに伝えよ。本日、ことを挙ぐる。かねて申しあわせた場所に、丑《うし》の上刻（午前二時頃）までに集まるべし、とな」

　たちまち伝令が走り、十四ヵ所にわかれて暮らしていた浪士たちに「決行」の知らせが伝えられた。浪士たちは、何度も打ちあわせされていたとおり、それぞれの住んでいた家の店主《たなぬし》に、故郷《くに》に帰ることになったので本日かぎり引きはらいたい、と支払いなどをすませ、身のまわりのものも片づけて、風呂敷ひとつ手にした状態で、集合場所へ向かった。集合場所は、本所林町の堀部安兵衛の借家、本所二ツ目相生町の前原伊助たちの借家、本所三ツ目横町の杉野《すぎの》十平次《じゅうへいじ》の借家の三ヵ所であるが、時間がたっぷりあるので、なかには泉岳寺に詣でて、内匠頭の墓前に今日の討ちいりのことを報告するものや、うどんやそばを食べにいくものなどもいた。内蔵助は、一統の最長老である堀部弥兵衛の家に行き、同志数名とともに、縁起をかついだ食事をとり、酒を飲んだ。士気を鼓舞するために謡《うたい》をうたったともいう。

　皆、思いおもいのうちに刻を過ごすなか、原惣右衛門、大高源吾、大石主税ら数名は、「うどん屋久兵衛」なるうどん屋を訪れた。

「おい、亭主」

　相撲とりのような体軀の惣右衛門が、主の久兵衛に向かって、

「わしは五杯、いや、十杯は食うぞ。うどんを十杯、熱くしてくれ」

「うちのうどんは盛りがようございます。いくら大食のおかたでも十杯はご無理ではござ

いませぬか」

久兵衛が言うと、大高源吾もうなずいて、

「腹も身のうちと申しまするぞ。ましてや今は、大事を控えておる。お慎みくだされ」

「たわけ。腹が減っては戦ができぬと申す。それに、十杯や二十杯のうどん、それがしにとっては大食でもなんでもない。ただのおやつよ。さあ、どんどん持ってこい」

そう言って、便々たる腹を叩いた。これが今生《こんじょう》の名残の食事になるやもしれぬ、と思うと、ほかのものも強くはとめなかった。やがて、うどんが運ばれてきた。惣右衛門は酒も頼み、皆にすすめた。十六歳の主税も、生まれてはじめて少量を口にした。大汗をかきながらうどんをずるずるすすりこんでいる惣右衛門をよそに、大高源吾がしみじみと、

「主税どのは若年ながらあっぱれ勇猛の士であることは存じおるが、母御にお手紙など書かれておられるのか」

主税がむっとした顔つきで、

「このたびの連判に名を連ねたるときから、親子の縁はなきものとの覚悟にござりまする。それに、母は大石の家を去りたる身。なんで女々しく手紙など書きましょう」

「それはいかぬ。大事の息子を武士《もののふ》の意地をたてるため死地に送らねばならぬ母御の心中をお察しなされ」

主税の目からほろりと涙がこぼれ、うどんの鉢のなかに落ちた。

「私とて、母のこと、妹たちのこと、思わぬでもありません。ですが、もう遅い」

そのとおりであった。あと数時間後には彼らはこの世のものではないかもしれぬのだ。

「これ、我ら今から修羅の戦場へ赴く身。勇気のくじけるような話をするでない！」

原惣右衛門が、顔じゅうをうどんの汁でべちゃべちゃにしたまま怒鳴った。

「こ、これは失礼つかまつった」

源吾と主税はすなおに頭を下げた。

「わかればよろしい」

言いながら、惣右衛門は十杯目のうどんを平らげていた。

「ふう……食った食った食ろうたわい。これで大いに働けるというものじゃ」

ほかの浪士たちはあきれたように惣右衛門を見つめた。彼らはさすがに食欲がなく、ほとんど箸も進まなかったのである。

「貴公ら、討ちいりのことで頭がいっぱいになり、身体ががちがちにかたまっておる。それでは存分な働きはできぬぞ」

「さ、されど、どうすればよいのか……」

「もっと気を楽にすることじゃ。わしらは今から上野介に苦痛を与えにまいる。吉良が苦を受ければ、わしらは吉良苦《きらく》になる」

「はははは。吉良に苦を与えて吉良苦か」

「気楽な心持ちで、討ちいりに備えておれば、なにが手に入るか存じおるか」

「気楽に備えておれば……いや、わかり申さぬ」

「気楽備《きらくび》……吉良の首よ」

「なるほど、あいかわらず惣右衛門どのは謎々遊びが達者でござるのう」

「わしは、『謎』と聞くとじっとしておられぬ性分でな。亡き殿とも、幾度となく謎々遊びをしたものじゃ」

「ほんに、惣右衛門どのは赤穂藩いちばんの謎解き好きじゃ」

「いやいや……じつはわしよりもずんと謎々が好きなおかたがひとりおられる」

「惣右衛門どのより謎がお好きとは……いったいどなたですか」

主税がたずねると惣右衛門はにやりと笑い、

「そなたの母《かか》さま……りくどのじゃ」

「は、母上が……？」

「さよう、あのおかたは生来の謎々好きでな、謎尽くしなどの本を見せても、たちどころに答えてしまわれる」

「そういえば、幼きころ、寝物語に謎々をしてもろうたような……」

二度と会えぬであろう母親に思いをはせ、遠い目をした主税をちらと見て、大高源吾が、口を挟んだ。

「惣右衛門どののやりくどのはいざしらず、謎々などわしらには真似のできぬことゆえ……」

「なにを申さるる。なんでもよいのじゃ。貴公らも頭をほぐせ。たとえば……」

惣右衛門は少し考えたあと、

「つけ句はどうかのう。題は『なんのその』じゃ」

つけ句というのは、上の五文字を出しておいて、そのあとの七五をつけさせる遊びである。大石主税がまず口火を切り、

「これはいかがでしょうか。『なんのその荒瀬をのぼる鯉のぼり』」

「悪くない。そのほうは」

武辺ものの不破《ふわ》数右衛門《かずえもん》が、

「それがし、こういうものは大の苦手でござってな、なんのその……なんのその……おお、できた。『なんのその熊を投げたる金太郎』」

「わははは……まあ、それでよしということにしておこうか。大高どのは、俳諧《はいかい》をたしなまれる由。なんぞ手本を見せてくれぬか」

「さようですな……『なんのその意気地でのぼる富士の山』とはいかがでござる」

「おお、これはようできた。我ら一同、今より富士の山をのぼるに等しい挙に挑むのじゃ。数右衛門の金太郎とはえらいちがいじゃ」

「な、ならば、惣右衛門どのはなんと詠まれたかお聞かせねがいたい！」

「では、ご披露いたそう。『なんのそのうどん十膳一気食い』……とはいかがじゃ」

一同はあきれはて、そして大笑いとなった。大事をまえにした心と身体の凝りが、すっかりほぐれていることに皆気づいていた。

「さ、参ろうか。亭主、うまかったぞ」

惣右衛門は心づけを含んだ金子《きんす》を台のうえに置いた。

「ありがとうさんで」

惣右衛門を先頭に、皆は寒風吹きすさぶなかを歩きだした。

◇

三ヵ所に分散していた浪士たちは、最終的に本所林町五丁目の堀部安兵衛宅に集結した。

ここは安兵衛が道場主をしている剣術の道場なので、多くの道具や装束を置くにはもってこいであった。槍、長刀、野太刀、大弓、半弓、銛などの武器や、掛矢、まさかり、玄翁《げんのう》、金槌、大鋸、木てこ、金てこといった破壊用の道具類、竹梯子、細引き、鎹《かすがい》、小笛、鉦《かね》、拍子木、龕灯といった付随的な道具類などがところ狭しと並べられた。

「ご家老、お召しものが汚れておいでじゃな」

内蔵助の袴の裾が黒ずんでいるのを見て、原惣右衛門が声をかけた。

「ははは……男所帯の長屋暮らしでは、洗濯もままならぬわ。さてさて、一国の家老ともあろうものがかくも朽ち木のごとき姿をさらさねばならぬとはのう」

「お拭きいたしましょうか」

「なんのかまわぬ。どうせ今から着がえるゆえ、な」

そばで聞いていた大高源吾が、

「それがしも今朝、自在竹をかついで両国橋を渡りたるとき、思わぬ御仁に会いましてな」

「ほう、思わぬ御仁とは？」

「其《き》角《かく》どのでござる」

宝《たから》井《い》其角は松《まつ》尾《お》芭《ば》蕉《しょう》の高弟で、江戸でも一、二という俳諧の宗匠であった。

「それがしが、あまりに尾《お》羽《は》うち枯らした身なりをしておったからでありましょうか、其角どのが思わず、『年の瀬や水の流れと人の身は』と詠まれましてな……」

「ふむ、それはおもしろい。それで、なんと応えられた」

「『明日《あした》待たるるその宝船』と……」

「なるほど、さすがは子葉どのじゃ。『明日待たるるその宝船』……我らの想いがこめられておる。いや、ようつけなされた」

惣右衛門は手を打って感心した。そのやりとりをきっかけに、皆はそれぞれ用意の装束に着がえはじめた。基本的には火事装束のような衣装であるが、その下に鎖帷子《かたびら》を着こみ、手甲《しゅこう》、脚絆《きゃはん》、帯などにも鎖を入れていた。右袖に各人の姓名を書いた黒い小袖のうえからたすきがけし、なかには火事頭巾をかむっているものもいた。焼き餅や焼きめし、気つけ薬なども少しずつ携帯し、金子も襟に縫いつけた。

参謀役の間瀬久太夫が、一同をまえに最後の確認を行った。

「かねてより申しあわせのとおり、吉良を討ちとりしときは、合図の小笛を順に吹き、首を挙げしものが死骸の着物に包んで、わがもとに持参せよ。公儀役人駆けつけたるときは、首を泉岳寺に持参したき旨述べるべし。引きあげの合図は鉦《かね》じゃ。当主吉良義周の首を挙げしときは、持参におよばず。うち捨てよ。お味方のけが人はできるだけ助けて引きあげよ。引きあぐることかなわぬほどのけがのときは、介錯してさしあげるべし。裏門より出でて、回向院《えこういん》に向かう。追っ手あるときは、踏みとどまって勝負すべし……」

一同は強く合点《がてん》した。

「各々がた……」

内蔵助が立ちあがると、

「決死の覚悟でことにあたるべし。臆することなく、粉骨の働きをすることが肝要である。万が一、吉良を取りにがしたるそのときは……屋敷に火をかけ、我ら一同、猛炎のなかで腹掻《か》っきることとする。以上じゃ」

皆は、はっとして平伏した。

寅《とら》の上刻（午前四時頃）、四十七名の浪士は、松坂町の吉良上野介宅に向かって堀部安兵衛の道場を出た。思いおもいの武器を手に、雪道をざっく、ざっく、と歩く一同を満月が白く見おろしていた。

3

ここまでは、巷間《こうかん》に聞く討ちいりの様子と変わるところはほとんどない。りくは、続きに目を走らせた。いよいよ吉良邸に乗りこむ場面に至り、りくの心も妖しく高鳴った。

◇

吉良邸の間近で、浪士たちは二手にわかれた。表門組と裏門組である。ここで、内蔵助は主税とわかれることになった。表門まえに集結したのは、内蔵助を大将に、原惣右衛門、間瀬久太夫、堀部弥兵衛、岡野金右衛門、横川勘平《よこがわかんぺい》、片岡源五右衛門《かたおかげんごえもん》、武林唯七、奥田孫《おくだまご》太夫《だゆう》、勝田新左衛門《かったしんざえもん》、早水藤左衛門、神崎与五郎、矢頭右衛門七、大高源吾、間十次郎ら二十三名。裏門は、主税を大将に、吉田忠左衛門、小野寺十内、間喜兵衛、杉野十平次、赤埴源蔵《あかばねげんぞう》、堀部安兵衛、潮田又之丞《うしおだまたのじょう》、前原伊助、不破数右衛門、寺坂吉右衛門《てらさかきちえもん》ら二十四名。

「目指すは上野介の首のみ。ものども、参れ」

その言葉を聞くや、火事装束を身につけた大勢の浪士たちがわれ先にとはしごに突進していった。表門の一番乗りを果たしたのは大高源吾であった。少しおくれて、間十次郎がつづいた。堀部弥兵衛は当年七十六歳という老体ゆえ、二階建ての長屋の屋根から飛びおりることができず、大高源吾が抱きかかえておろした。原惣右衛門は、足を滑らせて尻餅をつき、足首を痛め、神崎与五郎はうかつにも肩から落ちて右腕を骨折した。

全員が内部に侵入したのを見はからい、玄関のまえに「浅野内匠頭家来口上書」なる書状を箱に入れ、青竹の先に挟んで立てかけた。検分の役人に向けた、仇討ちの趣意書である。その時点で、鉦を激しく打ちならす。裏門で、今か今かと合図を待ちこがれていた主税は、

「それ、かかれ！」

まだ少年のあどけなさを残す、凜《りん》とした声で下知した。力自慢の浪士が掛矢で門を叩きやぶった。正門、裏門からのほとんど同時の突入によって、屋敷で眠っていたものどもが目をさました。長屋で寝ていた警護の侍たちも、異変に気づいて立ちあがった。しかし、今までぐっすり眠りこんでいたものと、このときに備えて精神を研ぎすましていたものの差は大きい。廊下に飛びだしてくる敵を突入隊は楽々斬りふせていった。

「なんじゃ、木偶《でく》を斬るようで手応えがないな。これがまことに、天下に名高き高家筆頭吉良家の家臣どもか」

高田馬場の仇討ちなどで実戦の経験豊富な堀部安兵衛が、血刀を振るいながら高笑いした瞬間、ふすま越しに槍が突きだされた。あやうく飛びのいた安兵衛にかわって、若い杉野十平次がふすまごと敵を一刀両断にし、

「油断は禁物なり、安兵衛どの」

そう叫ぶとつぎの間に向かった。安兵衛は舌打ちして反対の部屋へと駆けた。不破数右衛門や矢田五郎右衛門《やだごろうえもん》、近松勘六《ちかまつかんろく》らもめざましい戦いぶりを披露したが、剣技以外にも才覚を発揮したものたちもいた。たとえば、小野寺幸右衛門《おのでらこうえもん》は、広間にあった十数張りの半弓の弦をすべて斬りはらい、次の間にあった十数本の槍をへし折った。磯貝十郎左衛門《いそがいじゅうろうざえもん》は、台所役人にろうそくを出させると、それに火をつけ、あちこちに置いてまわった。

邸内のいたるところで、阿鼻叫喚《あびきょうかん》の地獄絵図が展開していた。各部屋だけでなく、廊下、台所、泉水、玄関、門など、いたるところで激しい戦闘がくりひろげられていた。戦況はおおむね浪士たちに有利に運んでいるようだ。転がっている遺骸のほとんどは吉良方の侍と思われた。火事装束をつけた味方は、手おいこそすれ、まだ、死んだものはおらぬ様子だ。しかし、敵を倒すことは今回の目的ではない。同時に、吉良上野介の居場所を探さねばならぬのだ。だが、たとえ事前に絵図面を入手してあったとはいえ、机上と実地と

はちがう。あまりに広すぎる邸内に、浪士たちはとまどいを隠せなかった。

武林唯七が、ある部屋のふすまをがらりとあけた。どの部屋ももぬけのからなので、どうせここも、という気持ちだったのだが、なんとそこには、四名の侍が抜刀して立っていた。彼らは、薙刀を持ったひとりの若侍を護るようにしており、無言で左右のふたりが斬りかかってきた。唯七は半身にかわし、右のひとりの腰を斬りさげたうえ、蹴りとばすと、刀をぐるりと半回転させて左の侍ののど笛を切りさいた。そして、その勢いのまま、若侍に向かって突進した。のこる二名のうち、ひとりがずいとまえに進みでて、

「上杉家家臣、山吉《やまよし》新八郎《しんぱちろう》、お相手いたす」

上杉家からこの屋敷の警護のために派遣されていた腕利きの用心棒である。ふたりは激しく斬りむすんだが、わずかに唯七の腕がまさった。唯七の切っ先が相手の顎《あご》を粉砕し、山吉は仰向けに倒れた。唯七が若侍に向きなおろうとしたとき、残ったもうひとりの侍が両手をひろげ、身体を無防備にさらけだしたので、唯七は易々とその頭蓋を両断したが、そのあいだに若侍は逃げてしまった。逃げるものは追うなという内蔵助の指示が出ていたので、唯七はつぎの間に移動しようとして、ふと、若侍が捨てていった槍に目をとめた。それには「五七の桐」の紋、すなわち吉良家の家紋が刻まれていた。

(しまった、今のは当主左兵衛義周どのでござったか……)

歯がみをしてあたりを探したが、すでに若侍の姿はどこにもなかった。浪士たちにとっ

て、いちばんの仇はもちろん上野介だが、「対吉良家」として考えた場合、上野介はすでに隠居した身であるから、当主であり上野介の孫である義周こそが仇ともいえる。四人の侍は、身を挺して当主義周を護るために死を選んだ。実際には、当主が討たれるほうが吉良家にとっての打撃は大きい。「家」の存続が危うくなるからだ。

◇

「いたか」

「おらぬ」

「そちらを探してみろ」

「長屋に潜んでおるやもしれぬ」

「庭の植えこみもぬかりなく探せ」

「心えた」

　そんな声高の会話が方々で聞かれるようになった。一度探した部屋は、二度手間にならぬようふすまや障子を蹴たおして、判別できるようにした。しかし、目指す相手はどこにもいなかった。討ちいりから約一時間が経過した。邸内の抵抗はほぼなくなり、浪士たちの活動の主軸は、戦闘から捜索へと移っていたにもかかわらず、上野介の気配すら見いだすことはできなかった。

小坊主、あるいは戦う気持ちのない腰抜けどもばかりじゃ」

「女こどもは逃げてしまったし、めぼしい剣士は斬りすてた。残っておるのは、足軽や

「この屋敷にはもう誰もおらぬ」

浪士たちのあいだに次第に焦りの気配がただよいはじめた。挙が長びけば長びくほど、上杉勢や公儀の検分役がやってくる可能性が高くなるのだ。

「探せ探せ、とにかく吉良を探せ」

「草の根を分けても探しだせ」

そして……。

◇

一同は炭小屋のまえにいた。

あと一刻もたたぬうちに夜があける。

目のまえには、枯れ木のような老人の死骸が転がっていた。

「これはじつに困ったことにあいなり申した。我ら一統が艱難辛苦のすえに討ちいったときすでに、目指す仇の吉良は殺されておった……では世間のよい笑いものじゃ。このことはここにおる四十七人のあいだのみの大秘事にて、けっしてよそに漏らしてはならぬ。

——よいな」

内蔵助がそう言うと、一刻者の奥田孫太夫が食ってかかるように、

「漏らすな、とはいかに。ご公儀の検分役が参ったら、なんとご報告なさるおつもりじゃ！」

「されば……我らが今、まずせねばならぬことはただひとつ。この討ちいりが正しく成ったということを世間に知らしめることじゃ」

「正しく成った？　嘘をつく、ということか。それが武士道でござるか」

「嘘にあらず。誰が殺したかは枝葉のこと。肝心なのは、上野介がここに死んでおる、そのことじゃ。我らは結局、仇を討ったのじゃ。我ら四十七名さえ口をつぐんでおれば、それで万事うまく運ぶ」

「それを嘘と申すのじゃ。ご家老どのは世間をたばかるおつもりか。天網《てんもう》恢恢《かいかい》疎《そ》にして漏らさず。いくら取りつくろうても欺瞞《ぎまん》はいずれ知れますぞ。そうなったとき、どうやって言いわけなさるご所存か」

「武士と申すは、名をこそ惜しむもの。かかる失態を衆目にさらしては、我らの名がけがれ、ひいては亡君の名までけがれましょうぞ。そこもとは冥府の殿をさらなる恥辱にまみれさせてもよいと申すのか」

「い、いや……それは……」

内蔵助は、刀の柄《つか》に手をかけると、

「それがしに従わざるものおらば申してでてみよ。この場において斬ってすてる」

仁王のような形相で申しわたした。有無を言わせぬその迫力に一同は無言でうなずいた。

原惣右衛門が顔をしかめながら、

「これは摩訶不思議なることじゃ。炭小屋には窓はなく、出入り口はここひとつだけ。しかも、雪上の足跡はおぬしたち三人のものしかついておらぬではないか。――上野介どのを弑したくせ者は、どうやってこの小屋に入り、そして、出たのか……」

言われてみればそのとおりであった。惣右衛門の指示で、十次郎と唯七がふたたび炭小屋の内部を調べたが、ほかに隠れているものはなく、隠し扉や抜け穴なども見あたらぬ。天井も頑丈な造りで、入りこめそうな隙間はない。入り口は一カ所のみ、そして、足跡は安兵衛、十次郎、唯七のものしかない。血も、ほとんど流れていなかった。

「これは、『閉じたる場』にござる」

惣右衛門は重い声でそう言ったが、内蔵助はこともなげに、

「おおかた、忍びのもののしわざでもあろう。きゃつらはどのようなことでもしてのける」

内蔵助が言うと、惣右衛門はかぶりを振り、

「忍びのものとて鬼神にはあらず。このような真似はできますまい……」

腕ぐみをして唸る惣右衛門に内蔵助は冷ややかな声で、

「惣右衛門どの、謎々好きも時と場合によりましょう」

「しかし、この謎、このまま捨てておくわけには……」

「くだらぬ世迷い言。今はそれどころではないというのがわからぬか」

「我らが口をつぐんでいたとしても、下手人がしゃべったならば台なしではござらぬか。これはどうあっても、なにものがどのようにして上野介を殺したのかをつきとめ、そのものの口をふさがねばならぬのでは……」

「そのような時は残されておらぬ。まもなく夜が明ける。我らが、仇うちの次第を大目付に届ければ、あとで下手人が名のりでようとも信ずるものはおるまい」

「ご家老、それがしは……真実を知りとうござる！」

内蔵助はその言葉を無視して間十次郎に向きなおり、

「そのほう、一番槍をつけよ」

「は……なれど……」

「なにをしておる。はようせい」

内蔵助に強くうながされ、十次郎は老人の死骸に向けて槍を繰りだした。ずぶずぶずぶ、と豆腐を貫くような手応えで穂先が肉に沈んでいった。

「武林唯七、とどめをさしなされ」

唯七はこわばった顔で刀を抜くと、老人の肩から袈裟がけに斬りつけた。

「お見事。最後はわしが……」

内蔵助は上野介の首を掻ききると、皺くちゃの梅ぼしのようなその物体を高々と掲げ、

「我ら浅野内匠頭長矩が家来四十七名、本日上野介どの御宅に推参つかまつり、仇うち本懐を遂げもうした。各々がた、鯨波《かちどき》をあげようぞ」

見わたすかぎりの白銀のなか、えい、えい、おう……えい、えい、おう……の声がむなしくこだました。長い労苦のすえ、仇の首を挙げたというのに、誰も泣かなかった。しらけきった空気がその場にただよっていた。

◇

一同は、吉良邸を離れた。白い小袖に包んだ上野介の首を槍の穂先に結びつけた間十次郎を先頭に、隊列を組んでの堂々の行進だった。吉良方には多くの死者が出たのに、彼らは（けが人はいたが）ひとりも欠けていなかった。形としては「圧勝」である。だが、浪士たちの心は鬱々として晴れなかった。はじめ回向院に立ちよるつもりだったが、入場を拒絶されたため、そのまま泉岳寺へと向かった。途中、内蔵助の指示で吉田忠左衛門と富森助《とみのもりすけ》右衛門《えもん》が大目付仙石伯耆守《せんごくほうきのかみ》の屋敷に走った。これは「仇うち本懐を遂げた」という自訴のためである。

「すげえぞ、四十七士！」

「よくやったぞ、大石」

「日本一、赤穂義士！」

早くも討ちいりの報《しら》せを聞きつけた、物見だかい江戸庶民が、沿道にずらりと並び、彼らに声をかけ、拍手を送っている。泉岳寺が近くなるにつれ、その人数はどんどん増えていく。たいへんな騒ぎであった。

「おい……おい、寺坂」

足を痛めたため駕籠に乗っている原惣右衛門が、となりを歩いている寺坂吉右衛門に声をかけた。寺坂吉右衛門は、四十七士のなかでただひとりの足軽であり、惣右衛門は足軽頭であった。

「は……なんでござります」

「おまえに頼みたいことがある。聞いてくれるな」

惣右衛門は苦虫を嚙みつぶしたような顔でそう言った。

◇

朝早く、高輪の泉岳寺に勢揃いした一同は、浅野内匠頭の墓に上野介の首を供えた。内蔵助が涙を流しながら、

「殿……殿、我ら遺臣四十七名、昨夜吉良邸に討ちいり、見事に仇うち本懐を遂げました

ぞ。ご覧くだされ。これが、憎き上野介の首でござりまするぞ！」

僧侶たちのなかにはもらい泣きするものもいたが、ほかの浪士たちは、おおげさともいえる内蔵助の報告を黙って聞いていた。寒々とした気配が、焼香の煙とともに流れていった。

4

謎を謎のまま残しておいてはこの世への未練となりて候。原惣右衛門どのより、母御人さまは赤穂藩随一の謎解きの名人と聞きおよび候。なにとぞこの謎をお解きいただき、我らが心奥《しんおう》のつかえを取りのぞきくだされたく候。


あっという間に読みおえてしまった。信じられない話だった。これが真実だとしたら……。

(たいへんなことだ)

とりくは思った。

(上野介を殺した下手人はほかにいる。旦那さまたちではない……)

その後のことは、りくも聞いている。

泉岳寺に集った浪士たちは、上杉家からの追っ手に備えて武装を解かなかったが、結局、追っ手は来なかった。上野介の実子である上杉家当主綱憲《つなのり》は、父親が討ちとられたという報せを聞いたとき、槍をつかんで、

「赤穂の浪人どもに目にもの見せてくれん。兵を出せ」

と叫んだが、江戸家老色部又四郎《いろべまたしろう》がそのまえに立ちはだかり、

「なりませぬ。兵を出せば、上杉家がつぶれ申す。殿は、吉良家のおかたにあらず。今は上杉家のご当主であらせられる。そのことをようお考えくだされ」

身体をはって、そう押しとどめたという。

浪士たちは、大目付仙石伯耆守の屋敷に入り、そこで細川越中守《えっちゅうのかみ》、松平隠岐守《おきのかみ》、毛利甲斐守《かいのかみ》、水野監物《けんもつ》の四家に分散して預けられることになった。主だったものでいうと、大石内蔵助、原惣右衛門ら十七人が細川家、主税、堀部安兵衛、大高源吾ら十人が松平家、武林唯七、前原伊助ら十人が毛利家、間十次郎、神崎与五郎ら九人が水野家であった。寺坂吉右衛門も水野家に預けられることになっていたが、その姿はなかった。

公儀の検使十数人が午後になって吉良邸を訪れ、状況を検分した。それによると、吉良方の死者は小林平八郎《こばやしへいはちろう》や清水一学《しみずいちがく》をはじめ男性十六名（武士十三名、坊主二名、中間《ちゅうげん》一名）、そして、女性一名の計十七名である。女こどもは殺さないはずであったが、なぜか若い女中の袈裟がけに斬られた死骸が押しいれから見つかったという（浪士にたずねたが、

女やこどもを斬った覚えは誰にもなかった)。また、負傷者は当主の吉良左兵衛義周をはじめ数十名にのぼったという。

今や四十七士の人気はたいへんなものだそうである。江戸では、連日、義士たちを一目見ようとして、各屋敷に庶民が押しかけて大騒ぎがつづいているという。幕閣の意見も足なみがそろわなかった。内匠頭刃傷のときはあれほど早く切腹、お家断絶の命を下した将軍綱吉自身にしてからが、

「あっぱれなものどもよ」

と四十七士を讃えるような言葉を漏らしており、老中たちのなかでも、

「遠島にせよ。浅野家は再興を許すべし」

「永のお預けとせよ」

といった同情的な意見が多いようだ。柳沢吉保《やなぎさわよしやす》は、文書での意見を求められて白紙を提出したという。学者のあいだでも意見がわかれ、林大学頭《はやしだいがくのかみ》は、

「かかる忠義の士を罰せば、今後、天下に忠義なし」

と浪士たちを絶賛し、ほかの学者たちも彼につづいた。いっぽうでは、荻生徂徠《おぎゅうそらい》や太宰《だざい》春台《しゅんだい》らのように、私《わたくし》の恨みで天下の法を犯し、世間を騒がせた暴挙、と決めつける学者もいた。将軍綱吉も、さすがに判断を下しかね、年を越した今になっても、まだ公《おおやけ》の結論は出ていない。しかし、浪士たちはそういった世情の混乱や歓声・罵声をよそに、四家

において粛々《しゅくしゅく》として幕府の裁定を待っているものだと、りくは思っていた。それが……。

（旦那さまたちは上野介の首をとっていない……）

りくは、主税の胸のうちを思った。庶民が、幕閣が、学者が、彼らをほめればほめるほど、浪士たちの心は鬱々として暗い淵に落ちこんでいくにちがいない。なにしろ、討ちいりは実際には失敗だったのだから。また、いくら世間で義士と賞賛されても、天下の法を犯して、将軍家お膝もとを騒乱させたのは事実である。おそらく死罪をたまわるにちがいない。そのとき、自分たちが命をかけて成しとげた、成しとげようとしたことが滑稽な大失敗に終わり、その理由がわからぬまま、真相を知らずに死んでいくのはどのような情けない気持ちであろうか。りくは今ひとたび手紙を読みかえした。

（原惣右衛門どの……お懐かしい……）

りくは、肉襦袢《にくじゅばん》を着たように肥えた、人のよい惣右衛門のことを想った。たしかに、惣右衛門もりくも謎解きが好きで、謎々を新しく思いつくと、たがいに披露しあったものだ。手がかりといえるのは、今のところ、この手紙の内容しかないが……。

（やってみましょう……）

りくは無言でうなずいた。息子からの遺品ともいうべきこの品をどうするかかなり迷ったが、結局は文面どおりにした。つまり、火のなかに投じたのである。それほど、そとへ漏れてはならぬような大事であった。

「お春……」

「──はい？」

「わたくしからの手紙を主税に届けることはできますか。つまりその……誰にも知られぬように」

春の顔が輝いた。

「喜んで。我ら『塩の党』、決死の覚悟で若さまにお届けいたします」

りくはうなずくと、文箱をあけた。

◇

主税どの

母としてそなたに言うてやりたいことは多けれど、時がありませぬ。肝心のことだけをお伝えいたします。これはあくまで、わたくしが心で推しはかったこと。証拠はありませぬ。そのつもりでお読みなされよ。

そなたの手紙を二度読みかえし、わかったことを書きだします。

一、十三日は朝から大雪だったが、夕刻にはやんでいた。討ちいりの日の十四日は一日中雪は降らなかった。

一、炭小屋の周りの雪には、安兵衛どの、十次郎どの、唯七どのの足跡しかついていなかった。上野介どの自身の足跡もなかった。

一、十四日は、邸内で年忘れの茶会が催された。

一、上野介どのは、脇腹を短刀で突き刺されて死んでいた。

一、上野介どのの死骸の周囲には血はほとんど流れていなかった。

一、女中が押しいれで死んでいたが、女やこどもを斬りころしたという覚えは誰にもなかった。

これらがまちがいないとすれば、わたくしなりの考えを申しあげることができると思います。

いろいろのことを考えあわせると、炭小屋のまわりに足跡がなかったという謎の答はひとつでしょう。

上野介どのは、雪がまだ降っていた、十三日のうちに炭小屋に入ったのです。ですから、足跡は雪によって消えてしまったのでしょう。

上野介どのがなぜ死んだか、の答はふたつ考えられます。炭小屋に自ら入って、ご自害なされたか、もしくは、誰かに殺されて、炭小屋に運びこまれたか。

前者の見こみは低いでしょう。なぜなら、小屋のなかで死んだならば、あたりが血だらけであったはずですから。自害するのに、遺書もなく、また、脇腹を刺して死ぬのも解せませぬ。

ゆえに、他所で殺されて、小屋に運ばれたと思われるのです。死骸を運んだものの往復の足跡は雪が消してくれたのです。

おそらくそなたは今、合点《がてん》しておられぬはず。十四日の茶会はどうなったのだ、と。

そう、そのとおりです。十四日の茶会に、上野介どのは出席していませんでした。もう、そのときすでに亡くなられていたのですから。

つまり、茶会の出席者全員が、上野介どのの死を承知しておられ、彼が出席している体で茶会を行った、ということです。ということは、そなたたちが吉良邸に討ちいったとき、吉良家のものたちは皆、上野介どのが死んでいることを知っていたことになります。

では、誰が上野介どのを殺したのでしょう。わたくしは、ひとりだけ死んでいたという女中のしわざではないかと思います。上野介どのは、その女中に手をつけようとなさったのではないでしょうか。ところが、女中にはその気がなく、強くあらがい、どういうはずみか、上野介どのの短刀でもってその脇腹を突いてしまったのでは。

吉良邸ではおおいに驚いたと思います。天下の高家筆頭が女中風情に突きころされてしまったのですから。ことが公になれば、天下に恥をさらすことになります。

病死として届けでるのがふつうでしょうが、吉良家が上野介どのの死を隠さなければならなかった理由はもうひとつあると思います。もし上野介どのが亡くなられたならば、旦那さまがかねて申しておられたとおり、赤穂遺臣たちは、ご当主の左兵衛義周どのを討つよりほかなくなります。討ちいりの目あてが、上野介どのから義周どのに移ってしまうのです。

　すでに隠居なされている上野介どのが殺されても吉良の家には傷はつきませんが、当主が討たれてしまったら、家名断絶になるおそれが出てきます。吉良家のものたちにとって、それはいかばかり恐ろしいことでしょう。武林唯七どのが左兵衛義周どのの部屋に踏みこんだときの吉良家の侍たちの決死の守護の様子を読んでも、吉良家の、当主だけは護りたいという強い気持ちがわかります。

　ですから、吉良家としては、どうにかしてそなたたちに、上野介どのを討ったことにしてほしかったのです。討ちいってみたらすでに殺されていた……では、ご一統さまの面目もつぶれてしまいます。旦那さまとしても、ご一統に口どめをして、仇うち本懐を遂げたことにするよりほかにすべがなかったでしょう。

　おわかりですか。そなたたちは、吉良家の術策にみごとにはまってしまったのです。

　これが、真実ではないか、とわたくしは思います。

　この真実を知って、そなたはいかばかりむなしい気持ちかと推察いたします。でも、真実というのはときとして残酷でむなしいものなのです。そなたも武士なら、真実を真っ向から受けとめる勇気をお持ちなさい。母は、そなたや旦那さまが成したことを誇りに思っています。けっして、無駄であった、などとは思ってはなりませぬ。

母より

◇

封をしおえたあと、りくはなぜか心が揺れるのを感じた。

（これが……本当に真実なのか……）

りくにはわからなかった。今現在判明している事実から推理できたのは、主税への手紙に書いたことがすべてである。しかし……。

胸騒ぎがしたりくは、もう一通、手紙を書いた。それは、原惣右衛門へのものだった。主税に書いた手紙とほぼ同様の内容に、はたしてこれが真相であるかどうか教えてほしい、とつけくわえた。

「お春……お春はおりませぬか」

「はい、奥さま」

「こちらの手紙は、原惣右衛門どのに届けてほしいのです。——できますか？」

春はにっこり笑うと、

「もちろんです。惣右衛門さまは、我ら『塩の党』を司るかたでいらっしゃいますから」

りくは唖然とした。

◇

その後、いくら待っても、主税や原惣右衛門からの便りはなかった。おそらく、監視の目が幾重にもある幽閉生活で、中身を秘する手紙を書くことがかなわぬためだろうと思われた。そのうちに、りくのもとに、幕府が浪士たちに「親類書《しんるいがき》」を提出させた、という報せがもたらされた。「親類書」というのは、祖先や家族、親戚などについて本人が書きしるすもので、それを聞いてりくは、胸のうちにひそかに生まれていた希望がついえた、と感じた。義挙として罪一等を減じられ、死罪を免れるのではないか、との望みがいつしか芽生えていたのだ。「親類書」の提出要請は、武士が切腹を申しつけられる際に行われることが多い。重罪人として処罰され、その子孫（男子のみ）にまで罪が及ぶということを示すものだからである。

表面的にはふだんと変わらぬ暮らしをつづけているりくのもとに、二月某日、

「二月四日に、大石内蔵助以下四十六名が、召しあずけになった大名家において、それぞれ切腹した」

という公の報せが届いた。すでに覚悟ができていたりくは、その簡単きわまりない文面

を淡々と読了した。「親類書」のことを聞いた時点で、涙は出つくしてしまっていた。四十六名というのが気にかかったが、内蔵助も主税もりっぱに腹を切ったようだ。だが……。

（これではなにもわからない……）

失望した、というのが本当のところだ。事件の真相は、はたしてりくが謎解きをしたとおりだったのか、それともほかに別の真相があったのか……。

（わたくしは真実を知りたいのです……）

りくは、手紙をぎゅっと握りつぶした。

そして。

その日は、朝から横なぐりの激しい雪が降りつづいていた。豊岡では、二月半ばになってもときおり大雪が降る。屋根から雪の落ちる、どかっ、という音がたびたび聞こえてくる。そんななかに、人声を聞いたような気がした。

「お春……表に誰ぞおられるのではないか」

返事はない。奥で洗いものでもしているのであろう。

「お春……空耳とは思いますが、念のためにちょっと見てきておくれ」

そう言いながら、入り口に目をやったりくは絶句した。そこには、全身雪まみれの男が立っていた。

「誰じゃ……」

そう問いかけながら、りくははっとした。

「寺坂……」

「吉右衛門にございまする。お懐かしゅうございます」

突然、両目から涙があふれてきた。

「なぜ、おまえが……？」

ここにいるのか、という問いに吉右衛門は答えず、一通の書状をりくに渡した。

「――これは？」

「原惣右衛門どのからのお手紙にございます」

「えっ」

思わず声が出た。りくが、ひたすら待っていたものは、これなのだ。

「奥さまは、なにもかも存じておいでだとうかがっております。惣右衛門どのは、吉良の屋敷を出たあと、行進の中途で駕籠のなかから私をお呼びになられ……」

惣右衛門はこう言ったそうだ。

「おぬし……逐電《ちくでん》せよ」

「は……？」

吉右衛門は耳を疑った。

「さきほどのご家老のお言葉だがな、わしはやはり、あの炭小屋の謎を解かぬうちは死んでも死にきれぬ。おぬしにそれを託すゆえ、このままいなくなれ。そして、なにものがどのようにして上野介を殺したのか、それを調べよ」

「な、なれど、私も皆さまと一緒に泉岳寺に参りとうございます」

「寺に入ってしもうたら、抜けだしにくくなる。誰にもさとられず、隊列を離れられるのは今しかない。――頼む」

惣右衛門が駕籠のなかで頭を下げているのが、吉右衛門にもわかった。三百石取りの惣右衛門が足軽の吉右衛門に頭を下げている。当時の身分制度のなかでは考えられぬことであった。

「わかり申した。私とて、このまま真実を知らずして死ぬのは惜しゅうございます」

「ならばおぬしは生きよ。生きて、あの小屋のこと、上野介のことを探ってくれ。そして、どうにかしてわしに報せてくれい」

寺坂吉右衛門は軽く会釈すると、そっと隊列を離れた。そして、二度と戻らなかった。

「なんと……惣右衛門どのがそなたに……」

「以来、私はあのときの真実を確かめるべく、さまざまなことを探索し、それを惣右衛門どのにお伝えいたしました。幽閉されている屋敷への報告はむずかしゅうござりましたが、細川屋敷の接待役で堀内伝《ほりうちでん》右衛《え》門《もん》どのと申さるるおかたがことのほか我らに心をお寄せくださり、一度きり、ひそかに面会がかなったのでござります」

「それはそれは……」

「惣右衛門どのは、私の話をお聞きになり、奥さまと同じことをおっしゃいました。つまり、上野介は十三日にすでに死んでおり、雪の降っているあいだに炭小屋に運ばれたのだ、と。殺したのは、御殿女中で、やはり、上野介に手ごめにされかけ、思わず刺してしまったようでございます。女中を成敗なすったのはご当主の左兵衛義周どののようで……。惣右衛門どのは、奥さまのお手紙を拝見なされまして、さすがは赤穂藩一の謎とき達者じゃ、と舌をまいておいででした」

「なにを申します。わたくしも惣右衛門どのも同じことに思いいたったわけですから」

「いえいえ、惣右衛門どのは私が調べあげたることにもとづいてご推論なされましたが、奥さまは主税どののお手紙を読んだだけで即座にお当てなさいましたゆえ」

　りくの両ほほは少し赤らんだ。彼女は咳ばらいをすると、

「わたくしにはどうしてもわからぬことがあります。なにゆえ、吉良家ではその女中の遺骸を押しいれに押しこめておいたのでしょう。それに、なにゆえ上野介どのの遺骸を炭小屋に入れたのでしょう。突然のできごとにあわてふためき、死体の始末に困っての一時しのぎにしては、あまりに粗雑な隠しよう。浪士のかたがたの討ちいりがすぐにあったからよかったようなものの、そうでなければ腐ってしまったかもしれませぬ。まるで……」

　そこで、りくはあることに気づいた。

「まるで……十四日の夜に討ちいりがあることを知っていたような……」

りくの顔は青ざめていた。

「そう……女中の死骸を押しいれに隠しておけば、戦闘による死体にまぎれてしまう。上野介どのの死骸を炭小屋に入れておけば、いずれは浪士たちが見つけ、『我々が殺したことにしよう』と言いだすに決まっている。一連の不祥事が表沙汰にならぬようにし、赤穂浪人の復讐の矛先が左兵衛義周どのに向かぬようにするための計略だとしたら……。茶会も、延期すればよいものを、主不在で強行するとは、この日さえ乗りきればなんとかなるとわかっていたような……」

りくは、鷹のように鋭い視線を吉右衛門に向けたが、吉右衛門は目をそらし、

「私にはなにも申せません。本当に知らぬのです。——とにかく一度、その書状をご覧くだされ。親切なる接待役の堀内伝右衛門どのが、とくにお許しくだされて、私に託されたものにござります」

「ならば、この手紙、その伝右衛門どのとやらは中身は確かめずか」

「いえ……お読みなさいました。さすがに伝右衛門どのも、なにが書かれておるかわからぬ手紙を出すことはお許しくださらなんだゆえ」

「そなたは読んだのか」

「いえ……」

死者からの手紙である。りくは一礼してから封を切った。すばやく目を走らせる。りくの期待はほどなく失意に変わった。そこには、おおよそつぎのようなことが書かれていたのだ。

◇

この書状がそちらに着くころには、それがしは一足早く冥土におりまする。いずれまた、あの世とやらで謎々遊びをいたす日も参るかと存じまするが、それは当分先のこと。さて、私儀、亡君の仇を討ち、かねてよりの宿願を果たすことができて、これほど喜ばしいことはございませぬ。心晴ればれとした気持ちにて候。それはそれとして、討ちいり前夜、少し興のあることがございましたゆえ、ちょっとお知らせいたします。「うどん屋久兵衛」なる店に、大高源吾どのや御息主税どのらと参りましたるとき、主の久兵衛が、「なんのその」ではじまるつけ句を考えておりました。我らも頭をほぐすためにあれこれ口を出していたるところ、俳諧の心得深き大高源吾どのが、

「なんのその岩をも通す桑の弓」

と詠まれ、久兵衛も大いに歓び、我らもまた、討ちいりまえにかようなる勇壮なる句のできたるは、なんという吉兆であろうかと歓びあいました。あまりにおもしろきできごとゆえ、ちょっと取りつぎましたる次第。では、このあたりで永の暇《いとま》ごいでご

ざいます。

◇

（これでおわり……？）

りくは何度もその文面を読みかえした。堀内伝右衛門という人物が目を通すことを考えて、なにか裏の意味をもたせているのかと思ったが、どう読んでも単なる逸話にすぎない。桑の弓というのは、男の子が生まれたときに桑の枝で作った弓にヨモギの茎の矢をつがえて立身出世を祝った、という中国伝来の故事（桑《そう》弧《こ》蓬《ほう》矢《し》ともいう）のことである。桑の弓が岩を貫くというのは、一念あらばなさざらんことなし、という、男子の門出にふさわしい、勇ましい句ではあるが、ただ……主税から知らされたそのときの話とはまるでちがっている点が気になった。句も、主税の手紙では「なんのその意気地でのぼる富士の山」となっていたはずだ……。

「この手紙について、惣右衛門どのはなにかおっしゃっておられましたか」

「いえ……」

りくは手紙を吉右衛門に読ませたが、彼にもなんのことかわからぬようであった。りくがため息をついていると、奥から出てきた春が、

「わたくしにもお見せいただけますか」

そう言って手紙を受けとり、しばらくながめていたが、

「奥さま……旦那さまとスミ、という言葉に心あたりは？」

「スミ、というと、墨のことかえ」

「いえ、墨か炭か隅か……それはわかりませぬが、これは忍び句のように思われます」

「忍び句？」

「はい……」

忍び句とは俳句にべつの意味をこめて相手に知らせるもので、この場合、

な・んのそ・の
い・わをもとお・す
く・わのゆ・み

となり、五七五の頭の文字とおわりの文字を並べると「ないくのすみ」となる。「ないく」というのは、「ないくら」と同様内蔵助をあらわす忍びの隠し言葉だという。

「旦那さまにスミ……」

りくはその言葉を頭のなかで反芻《はんすう》していて、ふと思いだしたことがあった。主税の手紙にあった、討ちいりの直前、堀部安兵衛宅で惣右衛門が内蔵助の衣服の裾が黒ずんでいる

のに目をとめたという話を、である。あれは、炭による汚れだったのではないか。

（内蔵助に炭……）

討ちいりまえに内蔵助の衣服に炭の汚れがついていて、ということは、彼は、そのときすでに一度、炭小屋に入っていたのではないのか……。

（まさか……）

　すべての裏側が一瞬にして見えた。

　上野介が女中に殺され、その女中を左兵衛義周が斬りころしたとき、吉良家ではなんとかその場を乗りきろうと知恵をしぼっただろう。このままでは、赤穂の浪人たちの目標が当主義周に替わってしまうし、斬りすて御免の世の中とはいえ、いくら武士でもまともな理由なく人殺しをしてもよいというわけではない。当主が乱心したとして、吉良家が取りつぶされてしまう可能性もある。あくまで当主の義周は護らねばならないし、女中の手討ちも伏せておきたいところだ。誰かが……おそらく家老の左右田《そうだ》孫兵衛《まごべえ》あたりではないかと想像されるが……知恵をしぼったのだろう。すべてがうまくいく策をみいだした。それは、もっとも遠いところにおり、また、もっとも近い場所にいる相手……すなわち大石内蔵助に相談することだった。つてをたどって、なんとか内蔵助につなぎをつけ、平身低頭のすえ、

「ほかの浪士には内密に当屋敷までおいでくだされば、大秘事をお明かし申す。けっして、

そちらの損にはならぬことでござる」

などと言ったのではないか。内蔵助は危険を承知のうえ、吉良邸にたったひとりで赴いた。それが、十三日のことだ。仇の死を吉良家の家老から聞かされた内蔵助は驚きもし、また、この事態にどう対処すべきか悩んだだろう。上野介の死が明らかになったら、ただでさえ脱落していく同志が増えている今、皆は精神の張りを失ってしまうのではないか。いくらその場合は義周を討てばよい、といっても、亡君の仇は上野介であって義周は直接関係ないし、ずっと仇と思いさだめてきた相手を急に替えろといわれても無理だろう。それに、ぐずぐずして早く討ちいりをしなかったからだ、と浪士たちに批判が集中することも考えられる。

　内蔵助は決断した。吉良家の誰かとともに自ら上野介の死骸を炭小屋に運んだ。足跡は雪が消してくれた。そして、翌日の茶会はそのまま実施するように言いおくと、吉良邸を出た。そのときに前原伊助にみとがめられたのだろう。内蔵助はただちに同志に連絡網をまわし、十四日の討ちいりを急遽決定した。吉良方の抵抗がほとんどといってなかったのもうなずける。護るべき相手はすでに死んでいるのだから、張りあいのないことこのうえないわけだ。彼らは、ただ、当主左兵衛義周の命さえ無事ならそれでよかったのだ。上野介が見あたらないと浪士たちが騒いだときにもひとり落ちつきはらい、炭小屋に注意を向けさせたのも内蔵助だった。

もちろん、なにもかもりくの憶測にすぎぬ。だが、惣右衛門はりくに、すべての裏側にいたのは内蔵助だ、と教えてくれたのではないのか。

（旦那さま……）

りくは夫の苦渋《くじゅう》の決断を思った。しかし……。

（嘘は、嘘……）

虚名のために死んでいった夫と息子。りくには、最後まで理解できなかった。武士道、というものが、である。夫も息子も、そして残りの義士たちも、忠義、報恩という魔道にとり憑かれたものたちばかりであった。

「奥さま……」

吉右衛門がおずおずと言った。

「切腹のとき、ご家老は第一番でござったが、お呼びだしがあって立ちあがったおり、惣右衛門どのが耳もとでささやかれたそうでございます」

「――なんと？」

「それは、わかり申さぬ。ただ、ご家老はなにやらにやりとなされ、何度もうなずかれてから、お庭へと赴かれた由」

りくは、目を閉じた。

エピローグ1

四十七士が切腹をおおせつかったその日、吉良義周の信濃国高島藩への配流と吉良家の断絶が大目付仙石伯耆守から申しわたされた。吉良家を存続させようとした必死の試みも無駄に終わったわけである。配流の旅に付きしたがったのは、家老左右田孫兵衛と怪我まだ癒えぬ山吉新八郎のふたりだけであったという。三年後、義周は諏訪の地で病死した。

寺坂吉右衛門は、世間からは、切腹せずに姿を消した不忠ものとそしられながらも、八十三歳まで長生きをした。

大石りくは、三男大三郎が綱吉の死で大赦になり、広島藩に召しかかえられたので、次女るりとともに広島に移り、六十八歳まで齢を保った。

エピローグ2

後年、この物語は二代目竹田出雲《たけだいずも》、三好松洛《みよししょうらく》、並木千柳《なみきせんりゅう》らによって人形浄瑠璃になった。

その後歌舞伎化された「忠臣蔵」を米国で観て、すっかり魅せられてしまった米国の探偵小説好きの青年がいた。彼は、その歌舞伎に関するさまざまな資料を読破し、ついにはこの、雪の密室の物語にたどりついた。彼は、密室の謎を鮮やかに解きあかしたりくや原惣右衛門の探偵としての手腕に感銘を受け、自分も密室事件を扱った作品を書いてみようと決意した。

「忠臣蔵」では、幕府をはばかって、登場人物の名が一部変更されている。たとえば、大石内蔵助が大星《おおぼし》由良之介《ゆらのすけ》、吉良上野介が高師直《こうのもろなお》、浅野内匠頭が塩冶判官、という具合であるが、青年が書いた密室ものの作品のタイトルは、この由良之介からとって、「由良の魔道」とされた。作品の主人公の名前は、原惣右衛門元辰《もととき》の頭文字からH・M卿とした。自分のペンネームは、塩冶判官が切腹に際して、短刀（九寸五分）を大星由良之介に形見として手渡す場面から、「形見で九寸五分」を略して「形見で九寸」……カーター・ディクスンとした。彼には別名義があったが、それは、りく、春、主税らの名前から取った、りく・春・力……リク・シュン・カーというものであった。

また、彼が「忠臣蔵」を手本として作家としてのスタイルを築いたことから、誰言うともなく、「カーが手本にした忠臣蔵」すなわち「カーの手本・忠臣蔵」という言葉ができたといわれている。

殺された天一坊

浜尾四郎

浜尾四郎（はまお　しろう）

一八九六年生まれ。検事を辞し、弁護士のかたわら、一九二九年、「彼が殺したか」を『新青年』に発表。『殺人鬼』など本格探偵小説を手掛ける。三四年死去。

底本

『日本探偵小説全集5　浜尾四郎集』創元推理文庫　一九八五年

一

あれ程迄世間を騒がせた天一坊も、とうとうお処刑《しおき》となって、獄門に梟《か》けられてしまいました。あの男の体は亡びてもあの悪名はいつ迄もいつ迄も永く伝えられる事でございましょう。世にも稀な大悪人、天下を騙《だま》し取ろうとした大かたり、こんな恐ろしい名が、きっとあの男に永く永くつき纏《まと》うに違いございませぬ。

私のようなふつつか者が廻らぬ筆をとりましたのも、その事を考えましたからでございます。私からはっきりと申しますれば、あの男こそ世にも愚かな若人《わこうど》なのでございます。けれども決して大悪人ではございませんでした。ああした不思議な運命に生みつけられた人間はおとなしく此の有難い御治世の、どこかの片隅にじッと暮して行けばよかったのでございましょう。

天一坊は此の世の中というもののほんとうの恐ろしさを知らなかったのでございます。真実の事実を有りの儘《まま》に申す事、もっとむずかしく申せば真実と信じた事をはっきりと申すことが、此の世の中でどんなに恐ろしい結果を招くかという事をあの男は存じませんでした。だからあの男は愚者でございます。世にも稀な馬鹿者でございます。

それに、自分の正しく希望してよい事を、はっきりと希望した、というのもあの男の考えが至らぬ所でございました。此の世の中は法というものばかりでは治められぬ。いいえ、時によっては法というものさえも嘘をつくという事を知らなかったのでございましょう。

あの男は気の毒な愚かな、しかし美しい若人でございました。

でも、奉行様が、あの御奉行様でなかったなら、天一坊の運命は他の道を辿《たど》ったかも知れないのでございます。あの男があの御奉行様に裁かれなければならなかったのは、取り返しのつかない悲しい事だったに相違ございません。

こう申したからと云って、私は決して御奉行様のことを悪く申し上げるのではございませぬ。御奉行様は御奉行様としてほんとに云い知れぬ程の御苦労をなさったのでございます。永く御奉行様を存じ上げて居ります私は、御奉行様がほんとうに御自分の御役目の大切な所をはっきり摑もうとなさったのは、実に天一坊の御裁きの時だった、とさえ信じたいのでございます。それ程迄に御苦労なさいましたのでございますもの、御奉行様の事を悪く考えられよう筈はございませぬ。

私は御奉行様が天一坊を御調べになっていらっしゃいました頃、はじめて奉行という御役目がどんなに大切なものかをはっきり知ったのでございます。と同時に奉行という御役目の為にどんな悲しい事をも冒さなければならないかという事を知ったわけなのでございました。

御奉行様はあの一件の為にどれ程お疲《つか》れなさった事でございましょう。皆之《これ》天下の御為なのでございます。今思いましても有難い極みでございます。

一体、御奉行様と申す御方は、御聡明な、果断な、そうして自分を信じる事の大変に御強い御方なのでございます。此の御明智や御偉《えら》さは、私が御奉行様を存じ上げました頃から今に至るまで少しも御変りにはなりませぬ。

けれども、奉行という御役目で御出会いになるいろいろの事件の為に、その御考えのもち方は今まで可なり御変りになったように存ぜられるのでございます。

二

初め私が御奉行様を存じ上げました頃は、只今も申し上げました通りほんとうに御利発で御聡明である上に、御自分というものを御信じになることが大層御強くいらっしゃいました。

あの頃の御奉行様の御裁きと申すものは、どれもがほんとうにてきぱきとして、胸のすくようなもの計《ばか》りでございました。そうして、御奉行様の御名は日に日に、旭のように上り、それと並んでずんずんと御出世もなされたのでございました。

「自分のする事は間違いはないのだ。自分のする事は凡《すべ》て正しいのだ」

斯《こ》ういう心持が常に働いて居たためああした華やかしい御裁きがお出来になったのだと存じます。

貴方様方も御承知の事でございましょうが、一人の子供を二人の母親が争いました時に御奉行様が御《お》執《と》りになった御裁きなどは誰もが皆感心したものでございました。

「真実の母親なればこそ、子供が泣いた時に手を放したのだ。それにもかまわず引きずるのは真の母親ではない。偽者《いつわりもの》めが」

斯う仰言《おっしゃ》って、さっと御座をお立ち遊ばした時のあの御姿の神々しさ、私などはほんとうに有難涙にくれたものでございました。多くの方々もあっと云って感服致したものでございます。だが、私はあの時、敗けて偽者めと仰言られた女が、大勢の人々に罵られながら立って行く有様を見て何となく気の毒に思った事でございます。

御承知でもございましょうが、日本橋辺の或る大きな質屋が、自分の地内に大きな蔵を建てまして隣家の小さな家に全く日の当らないように致しました時、隣家から訴え出ました際のあの名高い御立派な御裁き振《ぶり》もやはりあの頃の事でございました。

神田お玉が池の古金買八郎兵衛の家の糠味噌桶の中から、五十両の金子《きんす》を盗み出しました男をその振舞から即座に御見出しになりました時などは、ほんとうに江戸中の大評判となりましたものでございます。

失礼な申し上げ方でございますが、御奉行様にとりましては、全くあの頃が一番御幸福だったのではなかったかと存ぜられます。勿論あれから益々御奉行様は御出世遊ばし、その御名は日に日に高くはなって参りましたけれども、私考えますには何と申しても、あの頃が御奉行様にとっては一番おしあわせな時代だったのでございます。何故ならば先程も申し上げました通り、御奉行様はどんな事に臨んでも少しも御困りになる事なく御立派に裁きを遊ばし、又その御自分のなさった御裁きを後から御考えになる事をも喜んでおいでになったようでございましたから。

毎日のように行われる名裁判を毎日江戸の人々が囃し立てるのでございます。御奉行様の御耳にも其の評判がはいらぬわけはございませぬ。はいれば御奉行様だとて悪い気もちはなさらなかったに相違ございませぬ。思い出しますのは、あの頃の御奉行様の明るい愉快そうなお顔でございます。

けれども斯うした時代はいつの間にか次の時代に移ってまいったのでございます。私の申しますのは御奉行様の御名声の事ではございませぬ。御名声はさき程も申し上げました通り旭のようにますます上る一方でございました。

三

私がはじめて御奉行様の晴やかなお顔に、暗い影を見い出しましたのは或る春の夕暮でございました。お役目が済みましてからお邸にお帰りになりました時、いつになく暗いお顔をなされご機嫌もよろしくございませぬ。余りに公事《くじ》が多すぎるお疲れかと、存じて居りましたのですが、其の夜はおそくまでお寝《やす》みになりませんでお一人で何かお考えになっておいで遊ばしたのでございます。

その翌日も同じようにお出ましにはなりましたけれどもお帰りの時には矢張りご気分がおすぐれになりませぬ。

其の夜私は、或る人から妙なお話を承りましたのでございました。

何でも二、三日前に深川辺の或る川へ女が身投《みなげ》を致してその水死体がどこかの橋の下に流れついたのだそうでございます。

お役向《やくむき》の方々がお調べになりますと、懐にぬれぬようにしっかと包んだ物がある、出して見ますと之がつまり其の女の遺書なのでございます。遺書には次のような気持が書かれてあったそうでございます。

「私は橋本さきと申す、誰もかまいつけてくれない哀れな女でございます。昨年の春、自分の腹を痛めた、愛《いと》しい愛しい子を取り返したい為にお奉行様の前に出ました女でございます。あの時、我が子を無理に引っ張って勝ッたため、偽り者め、かたり奴《め》と御奉行様に罵られて、お返し申す言葉もなく帰りました女でございます。私が何故あの時まで自分の子を手許におかなかったかと申す事はあの節申し上げました通りでございますから今更申し述べません。ただ何故私が死ぬ覚悟を致しましたかを申し上げます。あの時の公事は私がほんとの母であったにも不拘《かかわらず》、私の負となりました。私はその愚痴は申しませぬ。ただあれから後の事を申し上げたいのです。私はただ我が子を取り戻せなかっただけの筈でございます。御奉行様はきっとそうお考えになっておいでございましょう。けれども世の中という所はほんとうに恐しい所でございます。私は我が子を取り戻す望みを失うと同時に、江戸中の人々から言葉もかけられぬ身の上とならなければなりませんでした。あの公事に敗れた私は、あの子の母親だと人々に信じられなかったのみか、お上を騙《かた》る大嘘つきという事に極められてしまいました。今迄私の味方になって居てくれた親類の者共が交《つ》き合《あい》を断ってしまいます。家主は私を追い出します。私は此の世の中にたった一人になって、而《しか》も悪名を背負ってさまよい歩かなければならなくなりました。何処に参りましても使って呉れる人もございませぬ。仕事を与えて呉れる人は更にございませぬ。斯うやって恥かしい乞食のような思いをして、私は一年の間江戸中を野良犬のように歩き廻りました。今から思えばあの時お白洲で、『偽り者め、騙りめ』と仰言った御奉行様のあのお声が江戸中の人々の口からこだまして響いて来るのでございます。私はもう野良犬の様な生き方さえも出来なくなりました。雨を凌《しの》ぐ軒の端からさえも追い払われます。どうして生きて居られましょう。私は死にます。死んで此の苦しみから逃れます。唯、死ぬ前に一言、『私は騙りではない、真実の母だ。騙りと云われたのは奉行様なのだ』と申しておきたいのでございます。私が敗《まけ》公事になりました事に就いては愚痴を申しますまい。けれど御奉行様に一ことお恨みを申し上げておきます。あの時御奉行様は何と仰言いましたか。『斯《かく》なる上は其の方達両名で中の子を引っ張るより外裁きのつけ方はあるまい。首尾よく引き勝った者に其の子を渡すぞ』と仰せられたではございませんか。私は唯あの御一言を信じたのでございます。お上に偽りはある筈のものではない。此処で此の子を放したが最後、もう決して此の子は自分の手に戻っては来ないのだ。斯う堅く信じた私は、石に噛りついても子を引っ張らねばならぬと思ったのでございます。あの子が痛みに堪え難《かね》て泣き出した時、私ももとより泣きたかったのでございます。けれども一時の痛みが何でございましょう、私が手を放せばあの子は未来永劫私の許には参らないのでございます。御奉行様は御自分でお命じになった言葉が一人の母親にどれだけの決心をさせたか御承知がないのでございます。偽ったのは私ではございませぬ。御奉行様でございます。天下の御法でございます」

大体右の様なものでございましたろう。私も始めて御奉行様のお顔色の並ならぬ理由を存じたように思いました。

けれども御奉行様がずっと陰気におなり遊ばすようになりましたのは、未だ此の事のあった頃ではございませんでした。その年の冬からでございます。あなた様方もご承知の通り村井勘作という極悪人がお処刑になった事がございます。あの村井という罪人は随分色々な悪事を働いた者でございますが御奉行様御自身でお調べ中、飛んでもない罪を白状致したのでございました。

あれは何年頃《いつ》でございましたでしょうか、四谷辺で或る後家が殺された事がございます。お上で色々とお調べの末、色恋の果の出来事と申す事になり、後家が生前懇《ねんご》ろにして居たらしい男をお捜しになった事がございました。その時の御奉行様の御明智には一同皆恐れ入りましたものでございます。あの時、疑のかかった男数人（其の中に村井勘作も居りましたのでございますが）をお白洲にお呼び出しになり、一方御奉行様は殺された後家の処に永く飼われて居りました猫を人に持たせて御出になりました。扨《さて》、人が猫を放しますと猫はするすると煙草屋彦兵衛という者の所にまいり、直ぐその膝の上にのってしまいました。後家の家に飼われて居りました猫は平生しげしげ出入する男だけを見おぼえて居りまして、無心に罪人を指してしまったのでございました。

之をじっと御覧になって居られた御奉行様は直ちに彦兵衛をお捕えさせになり種々とお

糾《ただ》しになりましたが、彦兵衛は後家の家に今迄一歩も入った事がないと申して中々白状致さないのでございます。平生から生き物がすきで彦兵衛方にも猫が居ると申し、丁度近頃その遊び相手の猫がちょいちょい来るのを後家の猫とは聊かも知らず、よく食べ物などをやって可愛がって居たと、こう申し開きを致しましたので、

「それでは其の方の猫をここに連れ参れ」

と御奉行様が仰言いました。すると彦兵衛は十日程以前よりその猫が行方知れずになったと云うようなお答えを致したのでございました。此の男は独身者で、誰も彦兵衛が猫を飼って居たと申して出る者もございません。其の中、いろいろ責められて包み切れず、とうとう後家殺しの一部始終を白状致してしまいました。あなた様方もご存知の通り、申すまでもなく彦兵衛は直ちにお処刑になってしまいました。

所が、先程申し上げました村井勘作という罪人が、四谷の後家殺しを御奉行様の前で、突然白状致したのでございます。初めは御奉行様もお取り上げにもならず「何をたわけた事を申す」と仰言っていらしったそうでございますが、一方、段々役目の方々が訊して参りますと、それがすっかりあの時の事情と符合致すのでございます。そして、平生猫が大嫌いであったので後家の所へ通って居りました頃も、其処《そこ》の猫を見つけるといきなり足蹴に致したり打ったり致しますので、猫も村井の顔を見る度に恐れて逃げ廻って居たのだと申しましたのでございます。真実猫が嫌いであったのか、仮令《たとい》猫にもせよ密事《みそかごと》を外の目

に見られるのを恐れてわざと猫を追いました事やらよくは判りませぬが、左様申し上げたのでございました。何でも之をお聴きになった時の御奉行様のお顔色は土のようだったと御役目の方から承りました。御奉行様は、ただ「たわけ者」と一言仰せられた切り、すっとその場を立っておしまいになされたそうでございます。

御奉行様の明るいお顔が暗く陰気になりましたのはたしか其の日からでございました。其の日お帰りになりましても一言も口をお開きになりません。其の夜はとうとうお褥《しとね》の上にもお乗りにならなかったようでございました。其の翌日はお上へは所労と申し上げられて、とうとうお邸に引き籠っておいでになりました。そうしてお邸の中でも一室に閉じ籠ったきり、まるで物も仰言らないのでございます。

私は自分の浅智恵から、御奉行様はあの煙草屋彦兵衛の為に一室にこもって供養をなさっていらっしゃるのだ位にしか考えませんでした。けれども今から考えますればそんな小さな事だけではなかったのでございます。

私などが斯様申し上げますのは随分如何《いかが》かと存ぜられますが、御奉行様はつまり御自身の御智恵をお疑りはじめになったのでございます。御自身のお裁きをお疑りになり始めたのでございます。一言で申せば、自信をお失いになったのでございます。

今迄は御自分のお考えは何時《いつ》も正しい、自分の才智は常に正しく動く、とお考えになって居たのに、今度はその土台がぐらぐらとしてまいったのでございます。

斯うして、御奉行様は毎日毎日陰気にお暮しになるようになりました。出過ぎた事を申し上げるようでございますが、あの頃からのお裁きにはもうあの昔の才智の流れ出るような御裁断が見えませぬ。一歩一歩、それも辿るような足取りでお裁きをなすっていらっしゃったのではないかと存ぜられるのでございます。

斯様な有様で此の先いつまでも参るのかと私は存じて居りました。而も一方、世間は御奉行様のお心の中などは少しも知らず（知らないのは尤もでございますが）御奉行様をもてはやし、御奉行様の御名声は益々上るばかりなのでございました。

四

所が、斯ういう暗い陰気なお顔色が、或る時期から急に再び明るく輝き出すようになッて参りました。それはいつ頃でございましたか、又如何《どう》いう事からと申す事ははっきりおぼえませぬが、あくる年の春、或るお親しいお方とお話をなさッた後の事と存じて居ります。何でも其の時のお話の中に、先程申しました橋本さきという女と煙草屋彦兵衛という男の名が出ましたと見え御奉行様はお一人におなり遊ばしてから、頻《しき》りと其の名を繰り返しておいでになりましたが、急に晴やかなお顔色におなり遊ばして、お側の者をお召しになり不意に「世間は余を名奉行だと申して居るか」とおたずねになったのでございます。

お側の者がその旨申し上げますと、晴やかなお顔色で更に「悪人だから処刑になるのか、処刑になるから悪人なのだか、判るか」と笑いながら仰せられたのでございました。

そして其の日から再び御奉行様はもとのように大層明るく、御機嫌もよくおなり遊ばしたのでございます。ただ、何と申しましても以前のようなあの明るさ華やかさは最早見られませんでしたけれども。そうして矢張り折々は何となく暗い顔をなさるのでございました。

何故斯う又お変り遊ばしたのでございましょうか。

私今となッて考えまするに御奉行様は御自身のお裁きに疑をお懐きになるようになり、自信をお失い遊ばしましてから、きッと、長い間、苦しみと悩みの中をお迷いになったに相違ございませぬ。あれ程迄にお信じになり御頼りになッておいでになッた御自身でございます。これが思いがけない事実によッて裏切られましたのでございますもの。若し、あの儘に続いたなら、御奉行様はやがてそのお役目をお退《ひ》き遊ばしたに違いないのでございます。御奉行様がお役目をお退きにならず、而も晴やかに再び活き活きとお勤め始めになりましたのは何故でございましたでしょう。

浅墓な私の一存と致しましては斯う考えたいのでございます。御奉行様は一時大変に信頼遊ばしていらしッた自分のお智恵に対して自信をお失いになッた。けれども何か之に代るべき何物かをはッきりとお摑みになッたのでございます。それは力と申すものでございます。と申してもそれは奉行様というお役目の力ではございませぬ。御奉行様のお裁きが、天下の人々に与えます一ッの信仰、御奉行様の盲目的な信仰という一ッの力をはッきりとお知りになッたのでございます。

何故と申せ、御奉行様をお悩ませ申した事件は、一方の方では御奉行様のお智恵を裏切ッているようではございますが、一面では必ず御奉行様のお力をはッきりと示して居るではございませんか。

橋本さきは何故死ななければならなかッたか。御奉行様がお負かしになったからでございます。御奉行様が「偽り者め」と一言仰言ッたからでございます。「さき」が真の母親であッたか如何かはどうでもよい事なのでございます。天下の人々は御奉行様がお負かしになったから「さき」が嘘の母親だと信じるのでございます。煙草屋彦兵衛に致しましても左様ではございませんでしょうか。彦兵衛が罪人だからお処刑になったのだと申しますよりは、御奉行様が御処刑になさッたから悪人でもあり罪人でもある、と多くの人々は考えるのでございます。

之は並々の奉行の出来る事ではございませぬ。あの御奉行様なればこそでございます。天下の人達が神様のように尊敬致し、名奉行、名裁判と申し上げているからこそ斯様なことになるのでございます。

考えるのも恐ろしい事でございますが「橋本さき」「煙草屋彦兵衛」の外の、数多い事件に致しましても、幸か不幸か後に色々な事実が現われませぬからその儘になって居りますようなものの、凡てが天下の人々が信じて居ります通りの事実であったのだと、誰が申すことが出来るでございましょう。

所詮は神様でない限り、人が人を裁く限り、いくら御奉行様でもお間違いがないとは申せますまい。出来ない事を執拗に探るよりは、天下の御法というものの有難さをはっきり知らせる方が世の為なのでございませんでしょうか。

御奉行様に対する天下の信仰はそれで立派な一つの御治世の道具になるのでございます。なまじ事実を一つでも探り出して今更其の信仰を動かすよりは、いっその事ますます其の信仰を強くしてそれを以て世を治めて行こうとお考え遊ばしたのではございませんでしょうか。長い長い暗闇をお通りぬけになった御奉行様は、斯うやってようやく明るみにお出ましになったのだと、憚《はばか》り乍《なが》ら私は考えますのでございます。

つまり、御奉行様は智恵に就いての御自信をお失いになった代りに新に、御自分の力に就いてはっきりと御自信をお摑みになったのでございます。斯う考えますせいか、初めはただ御自分の御名声がもて囃されるのをただ笑って聞いていらっした御奉行様も、其の後は大層真面目に世評に気をくばっていらしったように存ぜられるのでございます。

さて、斯うやって折角安住の地をお見出しになりました御奉行様は間もなく又もお悩みにならなければならなくなったのでございます。御奉行様のお智恵でも、お力でも如何ともする事の出来ないような一件が持ち上ったのでございました。それは申すまでもなく、天一坊の一件でございます。

五

天一坊が如何《どう》いう男で、如何いう事を申し出したか、というような事に就きましては私は今更事新しく申し上げますまい。あなた様方もよく御存じの事と存じますから。

私はただあの頃の御奉行様の御有様を申し上げますでございましょう。

天一坊という名を御奉行様がお耳にお入れになりましたのは、未だあの男が江戸表に参りませず、上方に居た頃だったと存じます。

恐れ多くも公方《くぼう》様の御落胤《ごらくいん》という天一坊が数人の主だった者と共に江戸表に参ろうという噂が早くも聞えたのでございました。

此の報知《しらせ》を耳になさった時、御奉行様がいつになく暗い顔をなされ、それからは偉い方々と頻りに行き来をなさったようにおぼえます。中にも伊豆守様御邸には屢々《しばしば》御出入遊ばし御密談がございましたが、いずれも天一坊のお話だったに違いございませぬ。

天一坊が愈々《いよいよ》江戸に参りました時、御奉行様も伊豆守様其の外の方々と一所に御対面遊ばしました。其の時は伊豆守様自らお調べになったと、申す事でございますけれども、御奉行様も亦はじめて此の時天一坊を御覧になったのでございました。

私は其の夜の御奉行様の御様子を今はっきりと思い浮べる事が出来るのでございます。伊豆守様、讃岐守《さぬきのかみ》様、山城守様などと共に天一坊にお会いになりました御奉行様は、其の夜蒼いお顔を遊ばしてお帰りになったのでございます。私はあの時程、恐ろしい、厳しいお様子を拝見致した事はございませぬ。それは決して、今迄に時々ございましたあの暗いお顔ではないのでございます。ただお心にお悩みをもっておいでの時の御様子ではないのでございます。それは何かただならぬ御決心を遊ばしておいでのように見えたのでございました。

之は私、御奉行様を存じ上げまして以来はじめての出来事なのでございます。未だはっきりお調べもないうち、たった一度お会いになっただけで御決心をなさるなどという事はそれ迄決してなかった事でございます。

仮りにも名奉行と世に謳われる御奉行様の御事でございます。その人の顔や様子の美醜に依って予め之は斯うとお定めになるような事は決してございませんでした。それどころではございませぬ。「裁きの以前に予め斯うだろうと思ってはならない。それは正しい裁きと云うものではない。相手の顔の美醜に動かされてはならない。それでは正しい裁きが出来ぬものだ」と平生からお役向のお家来達にくれぐれもお諭《さと》しになって居られるのでございます。

此の日、伊豆守様が主に天一坊とお物語りになったそうでございます。そうして天一坊の側からはお落胤という証拠と致して公方様お墨附、並びにお短刀を示し、その時居られました方々にも皆々様之を拝見なされ、正物にまぎれもなき物と定ったそうでございます。御奉行様も其の場に居られて、そのお様子をすっかりお見届け遊ばされたわけなのでございます。

お役目柄、御奉行様は半晌《はんとき》でも対座なさりますれば必ず相手の人物をお見抜き遊ばす方でございます。それに致しましても天一坊が公方様のお胤《たね》であるかどうかと申す事まではお判りにはなりますまい。仮令、天一坊という男の性質がよろしくないとお見抜き遊ばしたにもせよ、お胤でないとは申せないわけでございます。まして持参のお証拠の品々は紛れもなく正しい物と定まって居りますのでございます。

それだのに御奉行様のお決意は何を表わして居るのでございましょう。申す迄もなく私などには初めは頓《とん》と合点が参りませんでございました。

公方様のお落胤が江戸にお出になった、と云う事で江戸中は大騒ぎでございます。公方様に於かせられましてもおぼえある事と見えまして近くお対面相い成るやにも承るようになって参りました。

其の間、御奉行様は毎日のようにお登城を遊ばし、その度に暗い暗い顔色をしてお戻りになります。高貴のお方々も度々御奉行様にお会いになります御様子、その中、私にも何となく御奉行様の御決心の程もお察しがつかぬ事もなくなって参ったのでございます。

浅慮の私からはっきりと申しますれば、御奉行様は始めて、天一坊にお対面になりましてから以来、何故か天一坊が公方様のお落胤であるという事実を信じまい信じまいとなさって居られたのでございます。奉行という重いお役目から、大事には大事をとって、と仰せられながら、お家来の衆を遥々《はるばる》紀州へおつかわしになりました時など、事の真相を糺《ただ》すというよりも、あれは嘘だと申す証拠を摑みたがって居られるようにさえ感ぜられましたのでございました。どうかして天一坊を偽者だという証拠を得たい、どうかしてあれが御落胤でないという事を確信したい、斯ういうのが御奉行様の御心持であったに相違ございませぬ。

何故と申すに、紀州に遣《つか》わされました方々が、天一坊が偽者であるという証拠を得られずに却って真《ほん》ものであるという証拠を伝えて参りました時の御奉行様の御失望、御苦悩を私ははっきりと思い出す事が出来るからでございます。今までのお裁きの場合には、黒白何《いず》れか一方の証拠をお摑みになりますと御奉行様は世にも幸福な御様子をなさるのでございました。ところが今度に限ってそうでないのでございます。之は如何《どう》いうわけなのでございましょう。

信じまい、信じまい、という時は過ぎ去りました。最早信じまいという事実を信じなければならぬ時が参ったのでございます。

　私が初めに、真に御奉行様が御役目の大切な所をお摑みになろうとお苦しみ遊ばしたと申し上げました時は、実に此の時なのでございました。

　では何故ああ迄、天一坊を偽者とお信じになりたかったのでございましょうか。

　之は色々に考えられますのでございますが、私が今思いますのは全く「天下の御為」という事からではなかったのではございませんでしょうか。

　つまり、御奉行様は天一坊の性質をお危ぶみになったのでございます。私には詳しい事は判り難《か》ねますけれども、若し天一坊を公方様の御胤と認める時は、必ず天一坊は相当の高い位につかれるに相違ございませんのです。只今の世は太平とは申せ、位に似つかわしくない人間を或る力のある位置におく事が、どんなに恐ろしいものであるかという事を御奉行様は御考えになったのでございます。今まで全く微力だった人間に、不意に高い位置と大きな権力とを与える事は仮令それが当然の筋合であろうとも、その人間の性質によってはどんなに危険なものであるかをお考え遊ばしたのではございませんでしょうか。俗に氏《うじ》より育ちと申すことがございます、仮令公方様の御胤にもせよ紀州に生れて九州に流れ野に伏し山に育って来た天一坊が、公方様にも次ぐ位に似つかわしい筈はございませぬ。

　さすれば一人を高い位置におく事は天下に禍いを生む事になるのではございますまいか。

　と申して天下の名奉行とも云われる御奉行様が、ほんとうの事実を曲げてもよろしいのでございましょうか。成程一人の生命を奪って天下を救う事は正しいように考えられます。

けれども今の御治世に御法に依らないで其の一人の生命を奪う事が出来るものでございましょうか。而も事実はその一人は生命を奪われるどころか、栄貴を望む事の出来る立場に居るものでございます。御奉行様の御苦心は此処にあったのではなかったかと、私は恐れ乍ら御察し致して居るものなのでございます。

六

事実が判りました時はあれ程御失望なさったらしい御奉行様も、其の翌日から再び厳粛な面持ちでお勤めにお出かけになりました。其の頃、お役目向の方々の外に、伊豆守様はじめ高位の方々も頻りと御奉行様と往来《ゆきき》をなされて居られましたのでございます。

或る日、夜更けて漸く御帰り遊ばしましたが、其の日は昼からずっとあの学者として名高い荻生様の御邸に参られ永く永くお物語を遊ばしたと申す事でございます。其の夜から御奉行様のお居間には和漢の御書《ごほん》がたくさんに開かれましたが、皆「正」とか「義」とか申すむずかしい事に就いての御本だったように存ぜられます。

愈々《いよいよ》最後に、明日は御自身で天一坊をお調べ遊ばし、それによって御奉行様が何れともお定めにならなければならぬと定りました其の前夜、御奉行様のお邸には荻生様、伊藤様の両先生が見えておそく迄お物語り遊ばしましたのでございます。

天一坊お調べの節の有様はあなた様方もよく御存じの事と存じますが、御奉行様はいつもに似ず御低声で、お訊ねも主に外形にばかり注がれて居たと申す事でございます。天一坊の乗輿《こし》に就いてのお訊ね、御紋についてのお調べ、之皆外形の事柄でございます。肝心の御落胤か否かと申すことに就きましては、どうしてあのお墨附と御短刀だけで天一坊が其の本人だと云う事が出来るかというような事を仰せられただけだと申すことでございます。御言葉が激して来て天一坊にお迫りになった時、あの美しい僧形の若人は世にも悲しげな顔をして斯う申したという事でございます。

「世にまことの親をほんとに知る事の出来る人間が居りましょうか。誰しも生れた時の記憶が有るものではありません。親なる者が、自分がお前の親だというのをただ信じて居るに過ぎないのです。私のように、生れた時から私がお前の父だ、私がお前の母だと云ってくれる者がなかった人間は、不幸にも、ただただ周囲の者の云う事を信ずるより外《ほか》、道がないのです。私が物心ついても誰もお前の父だ、お前の母だと云って出て来てくれる者はありませんでした。私が初めて父母の名と、其の行方を知ったのは、私を育ててくれた祖母が亡くなった時です。母はもはや世に居りませんでした。私を生んでくれた時に死んだのです。父の名を聞いた時、私は心から驚きました。と同時に、どうかして一度は会いたいと心から願いました。あなたは親と云ってくれる者を一人ももたずに育って来た人間の淋しさを御存じですか。あなたは何と考えていらっしゃるかも知れませんが、私はただ真実《ほんとう》の父に会いたいばかりなのです。外に何も望んで居るわけではありませぬ。それだのに不幸に生み付けられた私は何という更に大きな不幸に出会わなければならないのでしょう。私は寧ろ名もなき人の子として生れたかったのです。さすれば父は喜んで私に会ってくれたでしょう。斯様に奉行を間に入れて罪人のように我が生みの子を取り扱わないでも済んだ筈です。思えば私の父も不幸な人間です。その生みの子に直ぐ会うわけにも行かないのですから。けれど、若し父にほんとうにおぼえがあれば必ず会いたがって居るに違いありませぬ」

此の愚かな、けれど真直な天一坊の答えはあの男の為には運命を一時に決してしまったのでございました。あの男は不幸に生れ付きながら更に一番不幸な最後を、此の言葉が生み出す事を知らぬ程若かったのでございます。あの男はただ父親に会いたかったと申して居ります。それはそうに間違いございますまい。けれど御奉行様に致しますれば、それはただそれだけの意味にはならないのでございます。御奉行様は世の為に此の哀れな人の子を其の親に会わしてやることはお出来にならなかったのでございます。

お調べの果は、御奉行様の為にも、又天一坊の為にも余りに悲惨すぎて詳しく申し上げる言葉もございませぬ。御奉行様の御取り計らいで、天一坊は全く偽者なる事に定りましたのでございます。

「天下を欺す大かたりめ」之が御奉行様が最後に天一坊に仰言ったお言葉でございますが、

いつもに似ず御声に慄えを帯びておいでになったそうでございます。

お邸にお帰り遊ばし、落葉散り敷く秋のお庭にお下り立ち遊ばした時の、御奉行様のお顔色は全く死人の色のようでございました。

お処刑《しおき》の済んだ事をお聞きになりました時、ただ一言「そうか」と仰せられまして淋しく御家来の顔をお眺めになりましたが、お伝えに上った御家来は其の時御奉行様にじっと見つめられて、総身に水を浴びせられたように、ぞっと致したと申す事でございます。其の時以来、再びあの暗い陰気な御方におなり遊ばしたのでございますが、何故か私には、最早昔の晴やかな愉快なお顔色は、永く永く御奉行様から去ってしまったように考えられてなりません。

私は御奉行様の此のお裁きが、正しいか正しくないか、全く存じませせぬ。いいえ、ほんとうを申せば、何故天一坊がお処刑にならなければならなかったかという事さえほんとうには解らないのでございます。私はただ私が考えましただけの事を申し上げたに過ぎないのでございます。御奉行様のあの御苦悩を思い、天一坊の余りにも痛ましい運命を考えますにつけ、拙き筆を運びまして、思う事ありし事、あとさきの順序もなく書き綴りましたのでございます。

（〈改造〉昭和四年十月号発表）

「解体新書」異聞

小林久三

小林久三（こばやし　きゅうぞう）
一九三五年生まれ。七四年、『暗黒告知』で第二十回江戸川乱歩賞受賞。代表作に『皇帝のいない八月』など。二〇〇六年死去。

底本
『真夏の妖雪』講談社文庫　一九八三年

「即ち、首一個と無首級の二屍体をたまわる。手の舞い足の踏むところを知らず。屠者、恐れ尻ごみして屍体の腑分け（解剖）できねば、手ずから刀をとり、さっと喉《のど》もとから溝落ちにかけて一刀両断」

河口信任「解屍篇」明和九年三月、平安書林刊

1

〈ひとおもいにこの男の胸に鍼《はり》を――〉

突き刺すか、と迂斎《うさい》は胸のなかで呟きながら、憎悪に光る目を順平にあてた。

布団に棒のように横たわった順平の顔は土気色にかわっていた。目はうつろに宙をにらんでいる。嘔吐をくり返して汚れた唇からは、せわしなく短い呼吸を吐き出している。

「命はとりとめますかね、先生」

背後から藤吉が心配そうに声をかけた。

迂斎は答えずに振り向くと、治療室《へや》の片隅にすくんだように立っている娘の志乃に、煎

汁と湿布の用意を命じた。

「はい」

志乃は応じた。暗い声だった。

その暗さに迂斎は胸を衝《つ》かれて、志乃をみつめた。瞬間、薬草戸棚《とだな》の前に膝を落した志乃と目があった。親娘《おやこ》の視線が、はげしく宙で斬りむすんだ。

「志乃」

弾かれたように声をかけようとして、迂斎は声をのんだ。娘の目のなかに、チカッと妙に不安定にゆれうごくものがあった。白くなるほど唇を強く嚙んでいる。頑《かたく》なな、そんな娘の姿勢が、迂斎に言葉をかけるのをためらわせたのだった。

不安が胸に来た。志乃はなにを考えているのだろう。

〈殺意〉

娘もまた順平に殺意を感じているのだろうか。

とんでもない患者が担《かつ》ぎこまれてきたものである。迂斎は迷惑げな目を藤吉に投げた。

「あっしの居酒屋《みせ》で大工の源次がのんでるところに、この若先生がへえってきたんですよ。源次の野郎、犬みてえに唸ると、いきなり心張棒で若先生の頭をガンと一発くらわしてずらかりやがったんですよ」

親娘の微妙な感情の動きを気づかないらしく、藤吉は人のよさそうな顔で迂斎に説明した。頭を強打されて昏倒した順平を背中にしょって、雪のなかを迂斎のもとにいましがた運び込んできたのは、この居酒屋の親爺だった。

「順平は弟子じゃない」

迂斎は冷やかな目で、藤吉をみやった。

「でしたね」

藤吉は鼻の頭にうかんだ汗を手の甲でぬぐうと、膝をすすめて、

「しかしね、先生。源次が血迷うのもむりはねえんですよ。なにしろ、この若先生は源次のかかあを治療してるうちにできちまったんですね。ほら、顎にイキなほくろのある色っぽい女ですよ」

「………」

迂斎は黙って、順平の女のように小さく整った顔を眺めた。だが、心の目は背後の志乃に向けられていた。藤吉のいまの言葉を、娘がどうきいたか、気懸りだった。

反応がないのが不満らしく藤吉は、さらに声を張りあげると、迂斎の背中に言葉を投げかけた。

「考えてみりゃあ、源次も可哀想ですよ。かかあに一生懸命つくしてたんですからねえ。ふだんは虫も殺さねえような男だが、それだけに一度頭に血がのぼると、なにをしでかすかわからねえ」

「藤吉……！」

迂斎はじろっと藤吉をにらんだ。相手の饒舌《じょうぜつ》がひどくうとましかった。急ぎの患者を前にして、考えなければならないことが沢山あるような気がした。だが、なにひとつ考えられなかった。それを藤吉のうるさいおしゃべりのせいにした。

「あっしは、これで……」

迂斎のきつい視線に気圧されて、藤吉はおびえたように立ちあがった。「先生を裏切った弟子《ひと》だ。手当にも気がのらねえでしょうが、そこはひとつ」

藤吉は唇の端に薄笑いをうかべると、部屋を出ていった。迂斎は声をかけなかった。

志乃は押し黙ったまま、戸口のところで藤吉に頭をさげ、再び戸棚のまえにうずくまった。

治療室に沈黙が落ちた。

天井で鈍い物音がした。屋根で弟子の宗吉が雪おろしをしているのだろう。北越生れの宗吉には、手慣れた仕事のはずだ。

〈この春は雪が多いな〉

と、迂斎は思った。

三月を過ぎたはずなのに、江戸から北へ十六里はなれた下総《しもうさ》古河藩一帯は雪にみまわれた。きのう四月四日朝から降りはじめた雪は、五日夕刻になっても降りやまなかった。積雪は五寸、十五センチをこえようとしている。季節はずれの大雪であった。

天候異変は、この年、つまり安永二年春ばかりではなかった。前年の明和九年は、人々が〝迷惑の年〟と呼んだように、春には烈風で江戸の三分の一が焼失し、秋には風水害がひどく、諸国は大凶作となり、疫病が大流行した。この天変地妖は天明年間までつづくのだが、迂斎は季節はずれの雪をみて、なんとなく不吉な予感をもった。

昨日は何事もなかった。

今日一日も無事に日が昏れようとしていた。そのやさきに、順平が担ぎこまれるという突発事が起ったのである。

〈殺してもあきたりない男だ〉

順平を見守る迂斎の口もとが、苦しげによじれた。薬のかわりに、猛毒の草烏頭《うず》か鬼馬《おにま》草《ぐさ》をあたえる。あるいは、毛のように細い鍼《はり》を心の臓に揉み通す。順平は瞬時に絶命するだろう。そうだ、毫鍼《ごうしん》がいい。瀉血、つまり古血をだすときに用いるこのハリをつかえば、死因はだれにもわからないはずだ。

迂斎は舌で唇をしめした。身内を灼きこがすような、怒りとも絶望ともつかぬ熱い感情がわきあがってくる。

〈この男を、志乃の婿にむかえ、わしのあと継ぎにしようと考えたのが、そもそもの間違いだった〉

迂斎は胸のなかで呟いた。

近郷悪戸新田在の村医の次男としてうまれた順平は、七年前、十五のときに、古河城下白壁町で代々町医をいとなむ迂斎のもとに弟子として住みこんだ。医書の呑み込みも早く、迂斎は順平の才能を高くかった。ゆくゆくは、ひとり娘の志乃の娘婿にするつもりだった。志乃もまた順平に特別の感情を抱いているようだった。娘が順平を慕っていることに気づき、迂斎は父親らしい気分を味わった。母親を十六の年に失い、家事に追いまくられている娘が不びんであった。

志乃が十八になった去年の夏、迂斎は順平に改めて婿養子の話を切り出した。はげしく雷鳴がとどろく蒸暑い夜のことである。

順平の言葉は意外なものだった。

「せっかくですが、将来は蘭方医として身をたてたいと考えています」

と、順平はいい放った。驚いて問いつめると、近く徳楽春庵のもとに弟子入りするつもりでいると答えた。春庵は、同じ城下長谷で開業する二人扶持の蘭方医だった。藩主土井利里の御側医河口信任《しんにん》の高弟である。

言外に、順平は、時勢おくれの漢方医の婿におさまる気はない、という意味をふくませていた。その返事に激怒した迂斎は、順平の頬をはげしく叩いた。大人げない行為だったが、そのときは目をかけた弟子に裏切られ、嘲弄された怒りが胸に煮えたぎっていたのである。

順平は、平然として打擲《ちょうちゃく》をうけた。

不意に、廊下で嗚咽を抑える声がきこえた。志乃だった。その声を耳にすると順平は、鼻の先でせせら笑い、

「わたしの気持を知ったうえで、志乃さんは身をまかせたのです」

と、うそぶき、怒りに絶句した迂斎と、声をあげて泣く志乃を尻目に立ち去った。

半月後、順平は春庵のもとに弟子入りした。春庵が、順平という男をどの程度見抜いていたかわからないが、順平は人にとりいる能力にはたけているようだった。

順平が去ってから、志乃は毎夜迂斎が寝静まったあと、ひとり家を脱け出していくようだった。ある夜気づいた迂斎が、そのあとをつけると、志乃は裏庭につづく田んぼの用水池のなかに石臼をかかえて立ちつくしていた。

異様な行動に、迂斎が声をかけたとき、志乃は石臼をかかえたまま、池のなかに前のめりに倒れこんだ。かけよると、泥水がみるみる鮮血に染まった。迂斎の腕のなかで、志乃は、

「順平の子を妊《みごも》っていたのです」

と、きれぎれに答えた。日頃、口数も少なく内気にみえながら、思いきったことを仕出かす娘の暗い内奥を見出して、迂斎は暗然とした。悪夢をみるような去年の夏の出来事だ

った。

その順平が、いま昏絶したまま、迂斎の目の前にいるのだった。どう料理しようが自由である。医者にあるまじき妄想だったが、この殺意は正当化してもいい、と迂斎は心の片隅で思った。

春庵に身を寄せた順平は、ことあるごとに、迂斎を時勢おくれのヤブ医者、とあしざまにいいふらして歩いているという。順平の言動に影響されてか、三人いた弟子はすべて去り、いまは宗吉ひとりをのこすのみとなった。すべて、蘭方医のもとに走ったのである。

家のなかに、暗い水流のようなものがたえず流れ、雰囲気は冷えびえとしたものに変った。患者の数は減った。志乃は、自分の部屋に閉じこもり、息をひそめたように暮している。迂斎とはめったに口をかわすこともない。弟子の宗吉が陽気な性格だったら救われるのだろうが、愚鈍な感じのなにを考えているのかつかめない茫洋《ぼうよう》とした型の男である。

元兇は順平だった。

冷酷な打算家である半面、大工の女房に手を出すような軽薄な一面もある。

「許せない……！」

と、迂斎は小さく呟いて、背後をうかがった。薬を調合する志乃の姿が、目の隅に映った。志乃の横手には、樫材の戸棚が飴《あめ》色に冷たく光っている。

迂斎は鍼袋《はりぶくろ》に手をのばした。袋のなかには数種類の鍼がはいっている。なかで、いちばん細い鍼を手にしたときだった。背中にさあっと冷たい風が吹きつけてきた。

迂斎はギクッとして振り向いた。

2

治療室《へや》に宗吉がはいってきたのだった。

迂斎は一瞬狼狽した。鍼を袋にもどし、さりげない調子で、

「屋根の雪おろしはすんだのか」

と、きいた。声音が妙にうわずっていたのが自分にもよくわかった。

宗吉は、訝《いぶか》しそうに迂斎をちらとみて、

「担ぎこまれたのが順平さんらしいので、途中でやめてもどってきました」

と、答え、迂斎の背中ごしに順平をのぞきこむと、

「重態のようですね」

「うむ」

「命はとりとめますか」

「わからん」

迂斎はあいまいに答えた。内心、殺意を見抜かれなかったかと気づかった。指が無意識

に膝をこきざみに叩いていた。

志乃が煎汁と湿布をもってきた。

手早くうけると、宗吉は迂斎に中継ぎをした。迂斎は、順平の頭部を湿布すると、煎汁を唇にふくませた。

順平の昏睡はつづいていた。息づかいが、心もち早くなったような気がする。唇の端が、時折り、こまかく痙攣《けいれん》した。

「ほかに手当てはないのでしょうか」

宗吉が遠慮がちにいった。

ない、と迂斎は突き放すように答えた。

「河口先生なら、もっとちがった治療の方法を……」

と、いいかけて、宗吉ははっとしたように口をつぐんだ。古河藩の蘭方医の権威である河口信任の名前は、迂斎の前では禁句であった。迂斎は振返り、宗吉を見据えた。

「蘭方医になにができる。あれは医術を邪《よこしま》に用いているだけだ」

「そうでしょうか」

と、宗吉は正面から迂斎の視線をうけとめた。「去年の春に河口先生がみずから屍体を解いてお出しになった『解屍篇』という書物は、城下ではたいへんな評判をよんでいます」

「知っている」

「ごらんになりましたか」

「その必要はない」

「なぜ？」

「屍体の臓器をみて、なんの役に立つ？　まして、屍体をとくなど……」

「神仏のたたりがあるというのですか」

「当り前だ。それに国是が禁じている」

「しかし、この患者を――」

と、宗吉はかつての兄弟子をみつめながら反問した。「この患者を苦しめているものはなんです。その正体を知らなければ」

「宗吉」

迂斎は厳しい声を出した。迂斎の顔はやや蒼ざめ、目はぶつける対象のない怒りにギラギラ光っていた。

〈宗吉まで蘭方医熱におかされたのか〉

迂斎は苦々しげに宗吉をみつめた。

小柄である。色は浅黒く、痩せていた。目が異様にほてっている。どこをみつめているのかよくわからない。眉《まゆ》が濃く、精悍な顔だが、どこかほうけて得体の知れぬ目つきのため、兄弟子たちには、うすのろ、と馬鹿にされていた。だが、体全体には、はたちをこえたばかりの荒々しい熱気のようなものが立ちこめている。

頭ごなしに宗吉を怒鳴りつけようとして、迂斎は不機嫌に黙りこんだ。やりきれない思いに駆られると、沈黙してしまうのだった。

〈城下の若い医者たちをおおっている蘭方医熱は〉

まるで狂気の沙汰だと思う。十一年前の宝暦十二年、唐津藩から古河藩に御国替えになった藩主利里に河口信任が随行してこの城下にきてから、自分の運命は確実に悪い方向に変っていった。漢方医としての腕を認められ、藩医に昇格することが、長年の迂斎の夢だったが、それは絶たれた。藩主の信頼をもっとも集めているのが、オランダかぶれの若僧であってはどうにもならなかった。信任と同じ三十二歳の男が、漢方医として藩医に昇格した。四十九歳の自分はまるで無視された。

これからは蘭方医の時代だと、若い弟子たちは馬鹿のひとつおぼえのようにほざいているが、愚かさもいい加減にしてほしい。先年、江戸にいった折り、南蛮流外科の看板を出した医者をたずねてみたが、要するに膏薬や脂薬を用いているだけで、まるで役に立たない代物だった。信任の蘭方医も同じたぐいのいいかげんな医術であろう。

〈おまけに河口信任なる男は——〉

と、迂斎は頭のなかで呟きつづけた。二、三年前に、あろうことか屍体を腑分けし、体内真景図なるものを描いて、『解屍篇』という本をあらわしたようだ。冗談も休みやすみにしてもらいたい。古来、五臓六腑の説というものがあり、薬の処方もその説にしたがってきちんときめられている。屍体をといて、いったい、なんの役に立つというのか。

「雪はまだやみませんね」

突然、宗吉が沈黙を破っていった。

「うむ」

迂斎はうなずいて、表に面した障子を眺めた。不意に、障子に燃えるような夕映えの色が映った。雪をもたらしている厚い雲間が裂けたようだった。つかのま、治療室《へや》はまっ赤な色彩に塗りたくられた。その色が、血の色を連想させて、迂斎はなんとなく不安な気分になった。

そのときだった。

入口のほうで、

「順平はど、どこにいる！　殺してやるんだ」

と、男の叫び声がした。

迂斎と宗吉は、ほとんど同時に腰をうかした。不安げに志乃は、立ちあがった二人の男たちをみあげた。

入口土間（玄関）に、全身雪まみれになってとびこんできたのは、図体の大きい、鈍《にぶ》そうな顔つきの男だった。

「順平を出せ！　ど、どこにいるんだ！」

男は声を震わせて、噛みつくように怒鳴った。

「源次！」

治療室から板の間にとび出してきた迂斎は、低くそう叫んだ。さっき、心張棒で順平の頭を強打して、逃げた大工だった。刻《とき》がたつにつれて、順平にたいする怒りが膨《ふく》れあがったのだろう。居酒屋にもどり、順平がここにかつぎこまれたことを知って、追ってきたにちがいなかった。

「順平を殺してやるんだ！」

源次は右手にノミを匕首《あいくち》のようにかまえて喚《わめ》いた。ノミの先端が血塗られているのをみて、迂斎と宗吉は顔を見合わせた。

「お、おれは女房を殺してきた。順平を殺して、おれも死ぬ！」

源次は肩でせわしなく息をした。

「源次！　馬鹿なことを考えるんじゃない」

迂斎は眉間《みけん》にしわをきざんでいった。

「うるせえ！」

「源次！」

「どかねえかい！」

焦燥感に駆られたのか、蒼白な顔でノミをかまえると、迂斎を目掛けて突進してきた。

順平がいるのは、背後の治療室だと見当をつけたのだろう。

迂斎は反射的に横へとんだ。

「畜生！」

源次はノミを振りかざして、奥へ突っ込んでいこうとした。そのとき、横合いから宗吉が源次の体に体当りをくらわせた。迂斎の目のなかで、二人の体がもつれあった。黒い影のようなものがはげしく揉み合った。つづいて、げえっ、と悲鳴とも呻き声ともつかぬ声が迂斎の耳を打った。

男の体が板の間からのけぞって、土間に転がり落ちた。転がった男は、立ちあがるとノミを腹のところで両手にかまえ、再度突進しようと図ったが、よろよろと上体を左右にゆすり、鳩尾《みずおち》のあたりを抑えながら土間に両膝をついた。

その刹那、板の間から、もう一人の男が土間にとび降り、崩れ落ちた男を押えつけた。組み伏せられた男は、狂った虫のように暴れまくった。握ったノミを下から突きあげようとする。

馬乗りになって押えつけているのは宗吉だった。宗吉の手が、ノミをもった源次の手を叩いた。ノミはころっと土間に落ちた。

「先生！　ノミを……」

宗吉が叫んだ。その言葉で、迂斎はわれに返った。土間に降り、ノミを拾いあげた。その姿を見届けると、宗吉は源次から離れ、

「源次。血迷うんじゃねえ！」

と、いった。優しい声だが、さすがに息は乱れているようだった。

源次は、いま起った出来事が信じられないといった顔つきで、迂斎と宗吉をみあげた。だが、すぐに体をぶるぶるっと震わせると、「畜生！　順平の野郎を殺してえんだよう！」

と、絶叫した。叫ぶと口もとから欠けた歯がのぞく。血の気を失った灰色の顔が、醜く引きつっている。絶望したものの歪みが色濃くにじみでた表情だった。

「源次、落ち着くんだ」

と、いいながら迂斎は声をのんだ。源次の半纏《はんてん》には血が点々とついている。女房を刺したときにあびた返り血であろう。元来、人のいい男でとおっていた大工である。殺した女房のお娟《えん》に惚れぬいて、やっと女房に迎えたという噂だった。その女房が順平と出来た。内攻した怒りが、きょう突然暴発した。小心な臆病者であるだけに、自制の糸が切れたときの思いつめかたが恐ろしい。

「お願えだ！　順平を殺さしてくれ！」

源次は立ちあがると、いたましい叫び声をあげ、奥の治療室へかけあがろうとした。宗吉は背後から源次を羽交締《はがいじ》めにした。小柄なわりに、宗吉には膂力《りょりょく》があるようだった。源次の昂奮を鎮めるためには、順平からできるだけ遠ざける必要があった。

〈表へつれ出すことだ〉

迂斎は宗吉に目顔で合図した。宗吉は、羽交締めにしたまま源次を土間入口のほうに引きずっていった。

「な、なにをするんだ。順平を殺してやりてえんだよう！」

源次の声が、暗さをました土間に尾を引いて流れた。

外へ出ようとして、迂斎はなにげなく背後を振り向いた。いつのまにか、板の間に志乃が立って、じっとこちらをみていた。血の気を失った顔だった。

「すぐもどる」

順平を頼む、とつけ加えようとして、迂斎はその言を喉のところで嚙み殺した。

奇怪な出来事が、そのあとに起った。

3

源次を表に引きずり出し、殺意をひるがえさせてから四半刻、十五分あまり。

治療室《へや》にもどった迂斎は、自分の目を疑った。昏倒したまま、この部屋で生死の境をさまよっていたはずの順平の姿が、こつぜんと消えていたのである。

はじめ迂斎は、部屋を間違えたのかと思った。隣の病室へいった。人影はなかった。この半年間というもの病室に寝起きする入院患者はいないのだった。

迂斎は、次つぎに居間をのぞいて歩いた。居間といっても、四部屋あるにすぎない。土間からあがって、いちばん手前が弟子たち、つまり宗吉の部屋。板戸をはさんで仏間。その奥が志乃、向いあって襖《ふすま》仕切りで迂斎の部屋がある。どの部屋も無人であった。

〈いったい、なにが起きたというのだ⁉〉

治療室にもどった迂斎は、奇異な感じにとらわれながら、ひとわたり部屋を眺め回した。黄ばんだ障子。ひび割れした壁。シミの出た戸棚。みなれた部屋のたたずまいである。なんの異常もなさそうであった。

迂斎はふと気づいて、順平が横たわっていた布団にさわってみた。わずかに人肌のぬくもりがのこっている。順平が消えて、まだいくらもたっていないな、と見当をつけた。

〈順平はひとりで消えたのか〉

頭のなかを忙しくかけ回るものがあった。

信じ難いことである。

源次を外へ引きずり出し、家から少しはなれた野道で宗吉といっしょになだめた。野道をちょっといって右に折れたところが木戸番、右手は徳星寺の土塀である。

雪にさらされながら、源次はしだいに迂斎の説得に耳を傾けはじめた。一時の昂奮から、だいぶ醒めてきたようだった。

そこへ、石町百間堀近くで呉服をあきなう若野屋の手代が迂斎をよびにきた。主人の仁兵衛が持病の腹痛を起した。すぐに往診にきてくれ、という依頼だった。迂斎はつかのま思案して、宗吉に、代診にいくよう命じた。若野屋は金ばらいのいい患者だが、なぜか自分は順平の手当をしてやらねばならぬ、と考えたのだった。源次に殺生の非を説くうちに、先刻自分が順平に抱いた殺意を恥じていたのだった。

宗吉は代診の用意のために家にもどった。

入れかわりに、源次を探して身内の者がかけつけてきた。身内の顔をみると、源次は気持ちの揺れ返しがきたらしく、猛然と暴れまくったが、やがてとり押えられ、自身番にひかれていった。ひかれていったとき、源次は、

「あっしは畜生みてえなことを仕出かしちまって」

と、涙を流しながら迂斎にいい、頭をたれた。迂斎は黙ってうなずいた。大工の心根があわれでならなかった。この男を殺人者にまで追いつめたのは、軽薄な順平のほんの出来心といったものであったろう。

〈人でなしの命を救う必要があるのか〉

やはりあるのだ、と考えた。それが医者というもののつとめであろう。

源次を見送っているところに、薬箱を背負った宗吉が出てきて、呉服屋の手代と百間堀に急いだ。宗吉に仁兵衛の処方を手短かに注意して、治療室に引き返した迂斎は、そこで順平の姿がみえないことに気づいたのである。

〈騒ぎのあいだ家のなかにいたのは、志乃と順平の二人きりだった〉

迂斎はもぬけのカラになった寝具を眺めながら考えた。得体の知れぬ不安が、霧のようにわいてきて、胸をとざした。

「志乃！」

急いで土間に出た。表からもどったとき、土間と隣りあった台所で夕餉の仕度をしていた志乃の姿をちらっとみかけたのである。

薄暗い土間で志乃は竈《かまど》にマキをくべていた。乱れた迂斎の足音に、志乃は振り返った。

「順平を知らんか？」

板の間で迂斎は昂《たかぶ》った声をあびせた。

「順平がどうかしたのですか」

「知らんのか」

「なにかあったのですか」

「姿がない」

「順平のですか」

「ほんとうに知らないのだな」

「はい」

志乃はうなずいた。「表の騒ぎのあいだ、わたしはここと井戸端にいました。順平の姿をみていません」

事実だな、と念を押すように迂斎は志乃をみつめた。かまどの火を背にした娘の表情は、暗くてよくつかめなかった。肩がこきざみに揺れているようだった。かまどの火が隙間風にゆらいで、そうみえるのかもしれなかった。

「………」

迂斎は胸に落ちた疑惑をもてあましていた。順平は昏絶からさめ、担ぎこまれた先が迂斎のもとだったことに気づいて、こっそり逃げ出したのだろうか。

症状からみて、ありえないことだった。

「順平の姿をみなかったのだな」

再度、迂斎は念を押した。志乃は押し黙ったままうなずいた。

同じ問答をくり返してみても、はじまらない。順平をみつけることが先決だった。

迂斎は、ふたたび屋内を探しはじめた。部屋はもちろん、厠《かわや》から天井裏にいたるまでくまなく調べて回ったが、順平の姿はみつからなかった。影もかたちもなかった。

迂斎は土間入口から表に出た。入口から野道に向う通路には、さっきの騒ぎで乱れた足跡がついているが、順平がそこから逃げ出したのではないことは確かだった。木戸番に通じる野道には、迂斎をはじめ宗吉や源次がいたのである。迂斎の目にふれずに順平が野道を逃げることは不可能であった。

雪は相変らず降っていた。

迂斎は家の横手に回った。

足跡はどこにも見当らなかった。

裏庭に出た。

庭といっても、ネコの額ほどの狭さである。庭のはずれは、斜面になって田んぼに落ちこんでいる。田んぼは、はるかかなたまでひろがっていた。短い斜面は薬草畑として利用していた。

庭の片隅には井戸がある。裏口から井戸までは点々と足跡がついていた。水をくみに志乃がなんどか往復したのだろう。あとは、満目、白い布を敷きつめたように雪におおわれていた。

急速に闇が落ちてきた。

迂斎は視線を遠くに投げた。晴れた日なら、二つの瘤《こぶ》をならべたような異形の筑波の山《さん》巓《てん》がのぞめるはずであった。雪にさえぎられた視界に、田んぼのところどころに小さく盛りあがってみえるのは、置き去りにされた稲掛けや案山子《かかし》であろう。雪をかぶったかかしは、うずくまった人影のようにみえる。

〈順平はどこに消えたのか〉

神隠し、という言葉が迂斎の頭にうかんだ。どこに消えたにしても、あのまま放っておかれれば、順平はまちがいなく死ぬ。

背後に人が近づく気配があった。

「志乃……」

振り返った迂斎は、背後の人影にいった。

「順平はまだみつかりませんか」

志乃は、立ちどまって声をかけた。

「みつからん」

「いったい、どこにいったのでしょう」

志乃は低く呟くようにいった。それは、こちらでいいたいことだった。だが、迂斎は胸のなかにある懸念とは逆のことをいった。

「雪がかかる。台所にもどりなさい」

はい、と志乃は素直に応じて、裏口にもどっていった。雪に足をとられるのか、足どりが妙にもつれた。目の端でその姿をとらえながら、迂斎は一瞬氷塊をのみこんだような気分になった。志乃はなにかを知っているにちがいないのだ。騒ぎのあいだ、順平になにかをなしうるのは、志乃だけなのだ。

迂斎は井戸をのぞきこんだ。順平は井戸のなかに放りこまれたのかもしれない、そう考えたのだった。

穽《あな》の奥で、水は暗く澄明に光っていた。

ほっとして顔をあげたとき、迂斎は背中に刺すような視線を感じた。その視線は裏口のなかから発していた。

〈娘を疑った……〉

うしろめたさで、迂斎は咳ばらいをすると、寒いな、と独り言をいって内へもどった。

その夜の夕餉は、迂斎にとって、なんとも気まずいものだった。膳に向っても、胸が重苦しくつかえ、箸がほとんど動かなかった。

志乃は、押し黙って食事を手伝っている。

迂斎は志乃と目があうのを避けた。

迂斎は下戸だった。こんなとき酒がのめたら、娘とのあいだも自然にほぐれるだろうにと自分の下戸を呪った。

沈黙は、迂斎の想像力を刺激した。

順平は神隠しにあったのか。雪のなかに足跡ひとつのこさずに……

〈しかし〉

と、迂斎は頭のなかで自問自答をくり返した。〈志乃の仕業だとは考えられないか〉

〈志乃には、人殺しなどだいそれたことはできない。小さいときから、虫一匹殺せない優しい心根の持主だった〉

〈けれど、志乃は順平を一途《いちず》に思いつめていた。それだけに裏切った順平を恨んでいたはずだ。田んぼのなかで石臼をかかえて立っていた鬼女のような姿を思い起してみろ〉

〈では、志乃はどんな手だてで順平を隠したのか？〉

〈わからない〉

〈途中、宗吉が代診にいくために一度家にもどった。そのとき宗吉は、異変に気づかなかったのだろうか〉

宗吉が代診から帰ったら問いただそう、と考えながら、迂斎は志乃の顔をうかがった。愁い顔だが、身びいきではなく、ハッとするほど美しい。暗い翳《かげ》りが漂っているが、肌は透きとおるように白かった。弾力のある餅肌である。死んだ母親のくめゆずりだった。近頃では、物腰に妙になまぐさい色香のようなものが感じられる。すでに男を知っているせいだろう。

源次も気の毒だが、志乃も哀れだと迂斎は思った。医術の習得にあけくれて晩婚だった迂斎は、三十半ばをすぎてうまれたひとり娘の志乃が人一倍可愛かったのだ。

志乃が、裏切った順平をその後どう考えているのかわからない。親娘とも、順平を話題にのぼせることを意識的に避けてきた。けれどもきょう担ぎこまれた順平の姿をみて、志乃が動揺したことは疑いようがない事実だ……

迂斎は息苦しさを感じはじめた。志乃にしゃべりかけようとしたとき、

「ただいまもどりました」

と、宗吉が代診から帰ってきた。

救われたような思いで、迂斎は、

「たいへんだったな」

と、ねぎらった。

「雪はやっとやんだようです」

宗吉は迂斎にいうと、ちらっと志乃を盗見した。宗吉は志乃に淡い思いをよせているようだった。迂斎はそのことにとうに気づいていたが、さりげなく、

「どうだった、若野屋の主人は？」

「薬をあたえたらじきにおさまりました」

「若野屋の持病は贅沢《ぜいたく》病だ」

「そうでしょうか」

と、宗吉は面《おもて》をあげた。若々しい男の匂いが迂斎の鼻を刺した。その匂いには雪の匂い

がまじっている。迂斎は反問した。

「どういう意味だ」

「腸のあたりに」

宗吉は居ずまいを正した。「小さなはれがあります。腫瘍《しゅよう》ではないでしょうか」

なにかの間違いだ、と迂斎は一笑に附した。

「しかし」

宗吉は膝を進めた。

「わかった。もういい」

迂斎は手を振って制した。唇に底意地の悪い微笑がうかんだ。宗吉の気負いがよくわかるのである。自分も宗吉と同じ年頃には、いきごんだものだった。迂斎の父の田村玄斎は、城下一の名医といわれたものだが、父のみたてとはちがった病名をみつけようと試み、みつけると、鬼の首でもとったように得意になったものである。その大半は誤診であった。

宗吉は不満そうに唇をかんだ。

「ところで……」

迂斎は真顔にもどると、順平の姿が消えた事実をつたえ、心当りはないか、とたずねた。

宗吉は、まさか、と呟き、言葉を探すふうだったが、やがて、そんな馬鹿なことが、と、頰いっぱいに微笑をふくませた。

事実なのだ、と迂斎は苛立《いらだ》った。

「ほう……」

宗吉は、すくうように迂斎と志乃の顔を交互にみつめた。真剣な眼差しだった。迂斎は視線をうけとめかねて、宗吉の肩のあたりを見やった。払いそこねたのか、宗吉の肩には小さな雪片がついている。部屋の暖気で、雪片は滑るようにとけて、キラッと光った。

短い沈黙。

迂斎は落ち着かない気分になった。宗吉のもの問いたげな眼差し。宗吉は、自分の留守中、わしと志乃が順平を殺し、屍体をどこかに隠したと疑っているのではないか。

「もう一度探してみましょう」

宗吉の唇が重く動いた。

迂斎と宗吉は、屋内から家の周囲を探し回ったが、結果は徒労だった。探し回るあいだ、迂斎は、いい澱《よど》みながら、宗吉に、

「代診にいくため家にもどったとき、志乃の姿をみなかったか」

と、胸の底に落ちた疑問を吐き出した。

「台所にいたようです」

宗吉は、至極あっさり答えた。明快な答え方だったが、どこか重く沈んだ調子があった。迂斎の懸念は消えなかった。逆に、志乃にたいする疑念は増大したといえた。

〈この結果を春庵に知らせるべきか〉

深夜床についた迂斎は、闇のなかで迷った。順平は長谷の徳楽春庵の家に住み込んでいる。春庵は、いずれ順平が迂斎の所で神隠しにあったことを知るだろう。神隠しにあったといっても、だれも信じまい。

闇に志乃と順平の顔がうかんでくる。

その顔を覆《おお》いかくすように河口信任の姿がかぶさってきた。腑分けなどという、神仏を怖れぬ所業を行ったこの蘭方医をみたことはないが、おそらく小ざかしい顔つきをした若僧であろう。

寝苦しい晩だった。夜更に、浅い眠りのなかで、どこかでドサッとなにか落ちるような物音をきいたような気がして、はね起きたが、音はそれきりきこえなくなった。おおかた、屋根から雪が落ちたのだろう。夢うつつに迂斎はそう考えた。

4

あくる日の八つ、昼の二時ごろ。

順平は、河原に近い沼の茂みで変屍体となって発見された。

城下の西北部には、広大な湿地がひろがり、そのなかを太い帯のように九十間幅の渡良瀬川が貫流している。

雪の河原で遊んでいた近所の子どもたちが、小さな沼の畔《ほと》りで野犬の群れが、すさまじい唸り声を発して、獲物を漁っている状景をみた。子どもたちは、犬の餌食《えじき》が人間であることに気づいて悲鳴をあげた。しらせで大人たちがかけつけ、野犬に喰いちぎられた屍体をみつけたのである。

その時刻、迂斎は宗吉をつれて、河原近くの厩《うまや》町の長屋に往診にきていた。往診をおえて長屋を出たとき、変死人がみつかったぞ、と長屋じゅうをふれまわる男の声に、ふと胸騒ぎを感じて、宗吉とともに湿地を走った。沼の畔りに走りよったとき、屍体は男たちによって戸板にのせられようとしていた。群がった野次馬をかき分けて、迂斎は役人に、

「心あたりがある。屍体をみせてほしい」

と、いった、相手が医者とわかると、役人は舌打ちしながら戸板をおろしムシロをとった。屍体をのぞきこんだとき、迂斎は、うっ、と呻《うめ》いた。

凄惨な屍体であった。頭は眉間のところから割られ、体は真二つに引き裂かれている。野良犬に喰いちぎられたのか、臓物が内からはみ出し、そこここに散乱していた。鼠色の筒袖と袴はずたずたに切り裂かれ、屍体の周辺の雪はおびただしい血を吸いこんで、まっ赤にかわり、そのまま凍《い》てついていた。

切り刻まれ、別人のように無惨に変形しているが、順平にまちがいなかった。

むごい、と迂斎は呟き、かすれた声で役人に屍体の身許をあきらかにした。

「八つ裂きだ。殺した野郎は、こいつをよほど憎んでいたにちげえねえ」

寸づまりの男が迂斎にすり寄ってきた。岡っ引きの銀次だった。銀次はつづけた。

「心あたりがあるといいましたね。事情《わけ》をもう少しくわしくきかせてもらえねえかな」

迂斎は、昨夕の順平消失の事情をつたえた。

「へーえ」

銀次は濁った目を迂斎に向けた。

「順平はなぜこんなところに」

迂斎は疑問を口にした。

「だれかが運んだんじゃねえんですかい」

岡っ引きは、ぺっと唾を雪のうえに吐いた。迂斎はたずねた。

「足跡は？」

「なかったって話ですよ。もっとも野次馬にさんざん踏みあらされちまったがね」

「足跡がなかった……？」

「舟で川のほうから運んだにちがいねえ。でなきゃ、天狗みてえに空をとんだか」

野次馬は、岡っ引きの軽口に調子をあわせて、うそ寒く笑った。迂斎は笑わなかった。

笑えなかった。頭のなかに、順平がここまで運ばれてきた経路を思い描いていた。

なるほど沼は川とむすばれている。

迂斎の家の裏庭のはるかかなた稲田が切れる辺りには社《やしろ》がある。社の西側には小さな沼があり、大きく堀が迂回して渡良瀬川につながっている。

何者かが、順平を治療室からつれ出し、舟にのせてこの河原に運び、殺害したことは確実だった。

謎は増幅していた。

迂斎は重い溜め息をついた。岡っ引きには打ち明けなかったが、朝からある疑惑が胸につかえていたのである。

朝早くめざめた迂斎は、家の周囲を回ってみた。順平が消えた謎を、朝の陽のなかで確かめてみたかったのである。

雪は夜のうちにやんでいた。空は朝焼けで赤黒く不気味に染まっていた。裏庭に回ると、井戸端で志乃が患者用の仕着せを洗い、木のあいだに渡した干し竿に干していた。朝焼けの色を映した雪景色のなかで立ちはたらく志乃の姿は、いつもより華やいでなまめいてみえた。

迂斎の目が、志乃の足もとに茄子《なす》紺色の小さな物体をとらえた。志乃が井戸端と干し場を往復するうちに踏みつぶされて、雪のなかから姿を現わしたにちがいなかった。

とっさに迂斎は走りよってひろいあげた。

紺屋町にある天満宮の守り袋だった。

気配で振り向いた志乃は、父の手のなかにあるものをみて、一瞬顔色を変えたようだった。

「これは……⁉」

迂斎は思わず声をあげた。

知りません、志乃はかぶりを振った。

〈志乃は知っている〉

迂斎は直感した。この守り袋は、浅く雪に覆われていたものである。雪は夜にはやんだ。雪がやむ前に、だれかが落としたのに相違ない。

順平のものか。そうだとすると、順平はいったい屋内のどこに隠れていたのか。順平以外のものだとすると宗吉、もしくは何者かが出入りしたとしか考えられない。この人間は、なんのために裏庭に出たのか。足跡もつけずに、鳥のように空をとんだのか。

長屋に向う途中、迂斎は、宗吉に守り袋をみせて、お前のものか、とたずねた。拾った場所はあかさなかった。知らない、と宗吉は否定した。だが、面には動揺の色が走った。一瞬のことだったが、迂斎は見逃さなかった。

迂斎の頭に、これまでとは異質な疑惑が鎌首をもたげようとしていた。

〈志乃と宗吉〉

この二人は、なにかのからくりで、順平を表に運び出したにちがいない。二人は共謀《ぐる》なのだ。今夜、二人を問いたださなければならない。順平の屍体がみつかったのは、そう心にきめたやさきのことだった。

薄陽が射す雪の河原を吹き渡る風は、斬りつけるように冷たかった。時折り、雪煙をまきあげながら傍若無人に吹きすさんだ。岡っ引きの銀次は、ぶるぶるっと身をすくめ、手鼻をかむと、迂斎に、

「あとで、ゆっくり事情《わけ》をきかしてもらいますぜ」

と、ドスのきいた声でささやいた。

役人は男たちに屍体の運搬を命じた。

屍体をのせた戸板が雪原を移動しはじめた。野次馬のなかで立ちすくんだまま、迂斎と宗吉は、戸板を見送った。

「あれは腑分けだ」

と、低く呟くような声が、迂斎の耳を打ったのは、そのときである。迂斎は一瞬ドキッとした。ききちがいかと思った。声の主はわからなかった。迂斎は恐るおそる首を周囲にめぐらした。

「まぎれもなくあれは腑分けだ」

こんどは、前よりはっきりきこえた。

迂斎は目を泳がした。斜めうしろに立った坊主頭の男が、急速に目のなかにとびこんできた。

〈士分の医者だ！〉

迂斎はそう判断した。クワイ頭の町医とちがって藩医は髪をそっている。迂斎は目に一種の敵意をこめて坊主頭の男をねめつけた。

三十を過ぎたばかりの年頃だろう。異相であった。額が奇怪に突き出している。頬が削げている。唇が異様に厚く、目つきが鋭い。

男は腕組みして、仁王立ちでいる。

野次馬は、戸板のあとにしたがって移動しはじめた。一様に黙りこくっている。いま目撃した屍体の異常さが、彼らを寡黙にさせているのだろう。坊主頭の男と迂斎たちだけがとりのこされた形になった。

「いきましょうか」

宗吉が、肩に背負った薬箱のひもを引き締めながらいった。引き返しかけて、迂斎は不意に立ちどまると、坊主頭の男に、

「もし」

と、声をかけた。男は迂斎をみた。反射的に迂斎は深く頭をさげた。男は怪訝そうに叩《こう》

頭《とう》した。迂斎は、二十も年下の男にとっさに卑屈な態度をとった自分に腹を立てた。藩医という身分に対し、いまだに羨望と畏敬の念を捨てきれずにいるのか。

迂斎は、自分の身分をあきらかにした。

「田村迂斎先生ですか」

男は丁重にいった。女のようなややカン高い声だった。男はつづけて名乗った。

「………」

風がはげしく唸り、声はかき消されたが、迂斎の耳ははっきりときとっていた。

男はたしかにこう名乗ったはずである。

「河口信任です」

5

風で雪煙があがった。白い炎が、三つの人影をつつんだ。迂斎は、白い煙の向うにみえる影に向い、力をこめて、

「あの屍体は腑分けだといわれましたな」

と、いった。舌がもつれ、歯がガチガチと鳴った。寒さのせいばかりではなかった。

「そんなことをいいましたかな」

信任はとぼけた。迂斎は反発した。

「たしかに」

「なにかのききちがいでしょう」

「いや」

「そうでしたかな」

信任はそれが癖らしく、心もち首をかしげ、人をくったような面持ちでこちらをみている。鋭い眼光には警戒の色がうかんでいた。

用心深い男だと思いながら、迂斎はつづけた。

「あの屍体が腑分けされたとすれば、大変なことです。ただの変死人ではすみません」

「………」

信任は腕をくんで、押し黙っている。

「やはり、あの屍体は腑分けに……」

迂斎は追討ちをかけた。とにかく事実を確かめたいという一念だった。信任は困惑したように頭をつるりと撫であげ、奇怪な微笑を頬にうかべると、ゆっくりうなずいた。だが目は笑っていなかった。

〈あれが腑分けというものか〉

驚愕で迂斎は言葉を失った。八つ裂きにされた順平の屍体が頭を掠めた。衝撃は二重であった。腑分けというものをはじめてみた驚き。そして、もしかすると、志乃と宗吉が、その腑分けを試みたのではないか、という疑惑が胸のうちにうまれていたのだった。

迂斎は胸に窒息感を覚えた。凍るような寒気のなかで全身に脂汗がにじんだ。苦しそうに肩で息をした。

〈あれは人殺しだ!〉

そう思った。その思いが言葉になった。

「人殺し? 腑分けがですか」

信任の表情が思わず硬張った。

「そうとしか考えられません」

迂斎は多少、焦り気味にいった。その言葉を、宗吉にきかせたかったのだった。背後で、カタカタと音がした。宗吉の背中で薬箱が鳴っているにちがいなかった。宗吉が震えているのだ、と想像した。かつての兄弟子を腑分けした罪におののいているのであろう。

だが、実際に宗吉の仕業かどうか、迂斎は半信半疑だった。蘭方医熱にうかされた弟子たちのなかで、たったひとり、自分のもとに踏みとどまった男である。べつに下手人がいるのではないか。

「腑分けはべつに忌むべきことではありません」

信任がいった。「まして、人殺しであるわけがない。むしろ人助けになるものです」

信任がいった。

「何と……」

迂斎は目をみはった。平然とこのような言葉を口にする相手が、なんとも異様に映ったのである。

相手は化けものだと思った。あなたは医者ではない、と罵倒したかった。だが、なにひとつ唇をついて出てこなかった。相手の鋭い目をみると、気押されて言葉が出ないのだった。やはり貫禄のちがいであった。唇を噛み、微妙に押し黙りながら、迂斎は改めて屈辱の念を噛みしめた。

河口信任にたいし、迂斎が感じた嫌悪感と違和感は、当時の町医としては、むしろ当然な感情だった。江戸時代を支配したのは、古来から漢方医術だった。人体を解剖することなど思いもよらぬことだった。古来から、五臓六腑の説というものがある。それは、人体内部の疑うべからざる真理であった。

五臓六腑が正しいかどうか、疑問を抱く医者が出てきた。ほぼ二十年前の宝暦四年閏《うるう》二月に、京都の宮中侍医の山脇東洋が、刑場で男の首なし屍体が腑分けされるのをみて、その解剖所見を『蔵志』と題して刊行した。東洋は、そのなかで、従来の五臓六腑説が実際とはひどくちがうことを指摘した。これが口火となって、ひそかに人体解剖がときどき行われるようになったが、これらの機運はもちろん田舎の老町医にすぎない迂斎の耳にはとどいていなかった。

人体解剖の機運は、蛮書の解剖書をみた医者が、これまで信じてきた五臓六腑説とはなはだしくちがうことに刺激されて起ったものであり、圧倒的多数の医者は五臓六腑説を素朴に信じていたのである。まして、古来から人体を損壊することは禁忌《タブー》だった。神仏を恐れぬ不逞《ふてい》な行為ですらあった。

それを、信任は、腑分けは人助けになる、と、こともなげにいう。老町医には、許し難い言葉だった。

「ところで」

と、突然、信任は話題をかえた。「順平はきのう先生にご迷惑をかけたようですな。ゆうべ春庵から、弟子の順平という男が帰らない、と問合せがきた。調べたところ、朝になって、先生のところへかつぎこまれたことがわかりました」

「たしかに……」

迂斎は辛うじてうなずいた。

「順平はこざかしい男だったらしいが、腑分けされたとあってはただごとではありませんな」

と、信任は表情を変えずにいった。腕ぐみし、ふてぶてしくかまえた姿には異様な威圧感があった。たまりかねて迂斎は、

「じつは……」

と、銀次に語ったのと同じ内容をしゃべった。

ほう、と信任は迂斎と宗吉をみつめた。

気押されて、迂斎は視線をはずした。濃灰色の空に白い湿原が果てしなくつづいていた。遠く湿原が地平に消えるあたりに日光連山が、屏風のように連らなっている。体の芯《しん》まで凍えてきそうな暗い眺めだった。

この光景は、まるで自分の心を写しとっているようだ、と迂斎は考えた。信任は、自分を下手人と疑っているのではないか、という思いに突き当ったのである。

とんだ濡れぎぬだというべきである。自分は下手人ではない、むしろ、ほんとうの下手人は信任、あなた自身ではないか、と難詰したかった。だが、順平が家から突如として消えたからくりが、かいもく見当つかない。見当つかなければ抗弁しようがなかった。

沈黙が流れた。

信任は長いこと押し黙り、何事かじっと考えていたが、突然、唇の端に奇妙によじれた笑みをうかべた。その笑みには、これまでとちがってへんに押しつけがましい狎《な》れ狎れしさがこめられている。

迂斎は逆に緊張した。信任が低い声でいった。

「屍体が手に入れにくくて困りますな」

「………」

真意を測りかねて、迂斎は信任の唇の動きを見守った。信任は独り言のような調子でつづけた。

「変屍体があるという噂をきくととんでくるのですが、こんどは先をこされました」

「先をこされた？」

「その意味で、最初に利里公から腑分けの許しをえたときは嬉しかった」

「ほう……」

迂斎は唾をのんだ。この若僧の蘭方医は、なにか途方もないことをしゃべろうとしているようだった。この男は、わしと宗吉が共謀《ぐる》になって、順平を腑分けしたとにらんでいるらしい。妙に狎れ狎れしい笑みは、わしたちを同じ腑分けの仲間とみたうえでの好意のしるしだろう。

迂斎の思惑を無視して、信任は、

「利里公に随行して京都にいった折りです」

と、しゃべりつづけた。京都には原田尚賢という長崎生れの若い医者がいた。生地が近いところから親しくなった。尚賢は蛮夷の解剖書をもっており、自宅の庭でイノシシの解剖などをして人体の正しいつくりを知りたい、と考えていた。自分もまた蛮夷の解剖書をもっていたが、『蔵志』をみて、その記述のあいまいさに腹をたて正しい解剖書をかきたいと念じていた。二人は意気投合した。信任は利里公に解剖をねがい出て許された。京都西郊の刑屍場に出かけ、信任はみずから屠刀をもって、腑分けを試みた。明和七年四月二十四日のことである。

「なぜ、自分で屍体をといたのです？」

度肝をぬかれて迂斎はそうたずねた。胸に吐気を覚えながら、なぜかその先をききたい、そんな気持ちがはたらいた。自分にも理解し難い衝動だった。

「首斬り人が恐れて尻込みをしたのです」

「ほう」

「屍体の首のつけ根と皮と肉がちぎれてボロボロでした」

「それを、あなたが」

「役人から刀をとると、さっと喉もとから鳩尾にかけて切り裂いたのです」

信任は、相変らず唇に奇怪な笑みを保っていた。

〈手際がよい！〉

迂斎は思わず唸った。腑分けとは、そのように容易なものなのか。迂斎の頭を、ある幻影が妖しいシマ模様を描いて走りぬけた。この蘭方医は、それ以前から人体解剖を試みていたのではあるまいか。そして、いまも……

信任の邸が、目の裏にうかぶ。四十八間沼の畔りにある邸の西側には、篠笹《しのざさ》が密生したぼさがある。ぼさのなかにうずくまった男は、人体を切りきざんでいる。

迂斎は慄然《りつぜん》とした。

なにげなく信任の指をみた。不細工な格好の太い指であった。あの指は人血がしみついているはずである。

「体内真景というものは、美しいものですな。なんともきれいなものです」

頭のてっぺんを撫であげながら、信任は上目づかいに迂斎をみて、そう語りかけた。

6

怖ろしい疑惑が迂斎をとらえた。

順平を殺したのは、この男ではあるまいか。辻褄《つじつま》のあわぬ話だが、この男なら順平を治療室からなんの痕跡ものこさずに運び出すくらいのことは、造作なくやるのではないか。

迂斎は混乱した。

〈順平を殺したのはあなただ！〉

あやうく叫ぼうとした。唇をこじあけ、あえぐように、

「わしは順平を解《と》いていない」

と、いった。それだけいうのが精一杯だった。

「そうですか」

信任はあっさりいってのけた。動じた色はなく、まったく無表情であった。羽織の紐をいじくり回しながら、もの憂げに迂斎をみつめている。

目には強い光があった。独得の粘着力があり、みるものを吸いつけるような力があった。迂斎は二、三歩あとずさりした。後退しながら、信任の視線がむしろ背後の宗吉に投げられていることに気づいた。つられたように迂斎は、振り返って宗吉をみた。青ざめた顔で、宗吉は信任をみつめていた。

宗吉はなにかを訴えるように歩を進めようとした。手を振って信任は、その動きを封じてから、迂斎に、

「かつぎこまれたとき、順平にはまだ息があったのですか」

「生死の境目にいたようです」

「なるほど」

信任はうなずき、だれにともなく、

「人の命は尊いものだ」

と、呟くようにいった。

はい、と宗吉が項垂《うなだ》れた。

「これで、わたしは……」

信任は迂斎に叩頭すると、背を向けた。糸に引かれたように宗吉があとを追おうとした。

「宗吉！」

迂斎は押しとどめた。信任は振り返ると、照れたように頭を撫でながら、

「これまでの話はきかなかったことにしてください」

と、釘をさし、足を早め立ち去った。宗吉は凝然と信任の後姿を見送っていた。その姿は排他的ですらあった。なにかに心を奪われたときの宗吉の特徴であった。

迂斎は瞬時めまいのようなものを感じた。信任が口にした腑分けの打ち明け話。あれは、宗吉に語ってきかせたのではなかったか。信任には、老いぼれの自分など、どうでもよかったのだろう。

〈妖怪め！〉

迂斎は、遠ざかっていく黒い影に向って、怒りを吐き出した。

その夜——。

迂斎は自分の居間に宗吉を呼んで、はげしく詰問した。宗吉は石のように黙りこくり、憑かれたような面持ちで、迂斎を見返しているだけだった。その態度は、河原から引き返すときから一貫して変らなかった。

「お前が順平を腑分けしたのだな」

という問いに、宗吉は肯定も否定もせず、

「時期《とき》がきたら、お話しします」

と、くり返すだけだった。

黙りこむ宗吉に迂斎は、

「腑分けをしたとき、順平はもう息がなかったのだろうな」

と、たずねた。順平が腑分けされたことを知ってから、胸の底にしこりとなって凝固している懸念だった。

これは、容易ならざる謎であった。順平を足跡もつけずに家の外に運び出した謎は時がたてばしだいに解けるだろう。腑分けしたことは、絶対に認め難い狂気の業だが、狂人の仕業と考えれば許す余地がないではない。けれども、順平を生きたまま腑分けしてしまったとすれば、もはや救いはない。縄をつけて、自身番につれていくしかないだろう。

「…………」

宗吉は頑なに沈黙を守った。ふてぶてしいともいえる態度に、迂斎は最初怒りを感じたが、しだいに不気味さを覚えはじめた。

「お前はもう弟子ではない」

と、破門を口にしようとしたとき、六助がかつぎこまれてきた。近在の新郷村に住む老百姓である。膈噎《かくいっ》を患い、長いこと迂斎のもとに通っていた患者だった。

治療室で迂斎は六助の脈をとった。口のまわりには紫色の斑点がうかんでいた。膈噎とは食道ガンだが、同じ病いに蝕ばまれた妻のくめも、死の直前に同じ症状をしめした。もはや手のほどこしようがなかった。

「先生」

薬を調合しながら宗吉が声をかけた。早く手当をしてくれ、と叫びたかったにちがいなかった。迂斎は黙然としてかぶりを振った。かわりに頭のなかで呪文のように呟いていた。

〈宗吉、よくみろ。六助はいま、体内にのこったかすかな命が死界にぬけ出していくためにもがいているのだ〉

「先生！」

身悶えするように宗吉は肩をゆすると、

「命のあるあいだ最善をつくすのが、医者のつとめではないですか」

と、えぐるようにいった。迂斎は答えなかった。宗吉は喰いさがった。

「医術とは、そんなにむなしいものですか」

「むなしいものだ」

「いや、六助をすくえるときが必ずきます」

「くるかな」

「信じられないのですか」

「うむ」

「先生が若かったら」

どうだというのだ、といいかけて、迂斎は六助に目を移した。

六助はわずかにもがくと、動かなくなった。絶命したのだった。

迂斎は六助の死に顔をみつめた。美しいと思った。犯し難い美しさが、この百姓の顔からにじみ出ている。それは、泥田をはい回る苦しみにみちた生前のくらしの代償でもあるだろう。亡《な》き骸《がら》は手厚く地中に葬られなければならない。順平のように無惨に切りきざまれることなど、許されるはずがない。

あらためて迂斎の胸に怒りがわいた。

〈腑分けを行い、そのうえに医術がすすむなど、世迷い言にすぎない〉

屍体を汚《けが》すような、たわけた真似をするものではない。それは、蛮夷熱にかぶれた蘭方医のおごりというべきものだ。

諭《さと》すように迂斎は宗吉をみた。

宗吉は六助の死に顔を見守っていたが、やがて胸の前で両手を合わせた。

〈順平を解《と》いたその手で死人をとむらう〉

迂斎はこの弟子が理解できないと思った。

7

岡っ引きの銀次がたずねてきたのは、翌日の四ッ、午前十時だった。

銀次は、裏庭のあたりを嗅ぎ回っていたが、迂斎を迎えると、ニヤリと笑って、

「先生。順平はこの辺から運び出されたにちがいありませんぜ。大事なのは、どうやったら足跡がつかねえで運び出せるかってことだ」

「それがわからないのだ」

「ちがいねえ。しかし、手はありますぜ」

「どんな」

「たとえば――」

と、銀次は唇の端を吊りあげた。「足跡がついていても、先生が目をつぶってみねえことにすれば、それですむ」

「馬鹿な！」

「順平ってのは、ひでえ女蕩《たら》しだって話じゃありませんか」

「…………」

「先生。若野屋になぜ宗吉を代診にいかせたんです。大事なおとくいだったんじゃねえん

ですかい」

「順平を放っておくわけにはいかなかった」

「ご親切なこった」

「どういう意味だ」

「べつに」

「足跡はたしかにみあたらなかったのだ」

「化けものじゃあるまいし」

「嘘はいっていない」

「しかしね、先生」

銀次は腕をまくった。二の腕に朱の入れ墨がみえた。「宗吉を代診に出しちまえば、あとは娘さんとふたりきりだ」

「なんてことを！」

迂斎は血相をかえた。

「ま、ゆっくり調べさせてもらいますぜ」

銀次は懐に手を入れ、十手をチラつかせると斜面から田んぼに降りていった。

岡っ引きは、わしと娘を順平殺しの下手人とにらんでいるらしい。岡っ引き風情には、宗吉の心の奥に巣くったどす黒い衝動など、とても理解できないだろう。

〈宗吉をどうするか〉

考えあぐね、内にもどろうとしたとき、迂斎の肩に水滴がしたたり落ちた。迂斎は板ぶきの屋根をみあげた。陽をうけてとけはじめた雪が、庇《ひさし》のといから流れ落ちているのだった。一昨日、宗吉が雪おろしを途中でやめたせいか、雪が櫛《くし》状にのこっていた。

屋根をみあげていた迂斎の目から、突然火でも発したように光がほとばしった。

〈順平は屋根から滑り落されたのではないか⁉〉

迂斎はにわかに緊張した。あの夜、夢うつつに屋根からなにかが落ちる物音をきいた。それは、順平の体が屋根から滑り落されるときに発した物音ではなかったのか。

落した男は宗吉であったろう。宗吉は、順平を板かなにかにのせて屋根の斜面から滑り落した。宗吉もあとにつづいた。天満宮の守り袋は、そのとき、両者のどちらかが落したのであろう。雪国生れの宗吉は、折りからの雪を利用することくらい、容易に思いつくにちがいない。

〈そのあと、順平をどうしたか〉

迂斎は視線を田んぼのほうに投げた。

雪がだいぶとけ、ところどころ黒く土がのぞいている。銀次は腕をくみ、考えこむような姿勢で畔《あぜ》を歩いていた。ときどき身軽に引き水をとびこす。その姿を目で追いながら、迂斎は、あっ、と声をあげた。

〈引き水だ！〉

宗吉は、順平を背中にしょって引き水をつたい、社《やしろ》わきの沼まで運び、沼から小舟で渡良瀬川までいき、河原で腑分けを行い、帰りは表から帰ってくる。

もつれた糸がとけはじめたようだった。

腑に落ちない点がのこる。宗吉は、いったい順平をどこに隠したのか。そしてまた、順平が生きたまま腑分けされたのではないか、という疑問もとけていない。

泥だらけの足で銀次がもどってきた。

「足を洗わしてもらいますぜ」

銀次はつるべをつかった。ひどく居丈高《いたけだか》な物腰だった。

〈岡っ引きも、同じことを考えているのか〉

とんだ災厄が起ったものである。災厄は、あの若僧の蘭方医が、この城下町にきたことにはじまっている。

河原で会った坊主頭が思い出された。

「人殺しの妖怪め！」

迂斎は信任に一種呪詛の言葉を吐いた。虚をつかれたように銀次は、ジロッと迂斎をねめつけた。

昼からの往診の最後は若野屋だった。仁兵衛にまた持病が出たのである。

仁兵衛は奥の座敷にふせていた。

反胃《ほんい》、というのが迂斎のこれまでのみたてだった。暴飲による胃病だとみていたのである。腹診を試みながら迂斎は、宗吉は仁兵衛の腹にかすかなしこりがあるといっていたのを思い出した。だが、指頭に引っかかってくるものはない。迂斎はそのとき、奇妙な満足感を味わった。〈ろくにみたてもできずに、なにが腑分けだ……〉

宗吉は神妙な面もちで、迂斎の診療を見守っている。

肩背部をみるため仁兵衛の体を反転させようとする直前だった。たるんだ腹の底に沈んだ指腹がふれたとき、迂斎ははっとした。指頭にわずかな異常を感じたのだ。

中指の指先に力をこめて押してみる。わずかなしこりが感じられた。習練をつんだ医者でも、うっかり見逃しそうなしこりだ。

「なにか？」

宗吉が身を乗り出した。迂斎は目顔で宗吉に沈黙を命じた。腹ばいになった仁兵衛は次の診察を待ちうけている。

「腰から下が疲れるんですよ」

仁兵衛は精気のない声でいった。

「じきに直ります」

と、迂斎は肉が落ちた仁兵衛の肩を叩いた。患者を安心させるためのしぐさだったが、指先がこきざみに震えた。

〈あのしこりは〉

と、迂斎は考えていた。〈何年かのちに肥大化し、恐るべき毒をはらんだ腫瘍になるかもしれぬ〉

迂斎は背中に粘い視線を感じ、振り返ると、宗吉に笑ってみせた。体面をとりつくろうような笑いだった。宗吉の目は、どうですか、先生、とでもいいたげに迂斎にそそがれている。

迂斎は、若い弟子に敵意めいたものを覚えた。そんな自分の心の動き方に狼狽して、脇に置かれた薬箱に目を移した。方二尺の黒塗りの箱である。歳月に汚れ、塗りがはげている。古びたその箱が、しぼんだ老醜に似ているような気がして、迂斎は目をそらした。

診察をおえ、店を出ると迂斎は、

「ほかに回るところがある」

と、宗吉を先に帰した。無性にひとりになりたい、そんな気分に陥ったのだった。

廻り道をとった。

四辻を天満宮のほうに折れ、江戸町から鍛冶町をぬけ、宝輪寺の横手から野道に出た。ケヤキの巨木が立った道を西に曲がると稲田がひろがる。ちょうど迂斎の家の裏手にあたっていた。

迂斎はあぶなっかしい足どりで、雪がのこった道を歩いていった。たえず口のなかでぶつぶつしゃべっていた。なにかしゃべっていないと、不安でたまらなかったのだ。なるべく宗吉のことを考えまいとした。考えれば、いやでも仁兵衛に対する自分の誤診を認めざるをえない。自分の老いに気づかざるをえない。

耳の底に、宗吉の声がよみがえってくる。

〈先生も若かったら〉

腑分けを試みたというのか。

「ふざけるな！」

迂斎は大きな声で独り言をいった。体内をみて、なんの役にたつというのか。体内は五臓六腑でできている。その図を頭のなかに叩きこんでいる。それが正しい。禁忌を犯してまで、腑分けをするいわれがどこにあるか。

河原で会ったあの若僧は、と迂斎は、河口信任の顔をまざまざと思い出した。虫酸《むしず》が走るほど嫌な男だが、全身からどろどろした熱気のようなものが立ちのぼっていた。その癖、妙に人なつっこい表情をみせる。なぜ、あの男は人体を解《と》くことに執着するのか。神仏を恐れないのか。尋常な勇気ではない。ぞっとするような凄い深味をもったなにかが、あの男を支えているのだろう。

自分の弟子たちを狂気に追いこんだ信任。迂斎は、この蘭方医に悪霊を感じた。

道祖神のそばまできた。

　ここから畔道に入る。道祖神をみて、迂斎はふと首をかしげた。裏庭からみて、道祖神の斜め右うしろに置き去りにされた案山子《かかし》が立っている。首に赤い布をまいた百姓姿のかかしだった。雪が降りはじめた四日前の四月四日にも、道祖神とかかしの位置関係は確認している。

　それが、いつのまにか逆になっていた。つまり、かかしが道祖神の左に位置しているのだ。かかしがひとり歩きするわけはない。雪のなか、田んぼに出て、わざわざかかしを置きかえる酔狂な連中がいたとは思われない。

　なんのために、かかしを動かしたのか。

〈道祖神は、降りつづいた雪に姿を隠してしまったはずだ。かかしを動かした男は、そのためにもとの位置を見失ってしまったのだ〉

　迂斎は、朽ちかけたかかしをみつめた。雲が切れ、裂けめから陽が射しこんだ。淡い陽射しをあびたかかしは、一瞬人体かと錯覚するほど、なまなましく迂斎の目に映った。不意に、ある状景が、はげしい苦痛をともなって脳裡にせりあがってきた。

〈順平を治療室から足跡もつけずに運び出し、かかしに仕立てる仕事はひとりではできない〉

　これまでの目当てを、大幅に修正する必要に迫られていた。

「志乃……！」

迂斎は思わず呻いた。その呻きにかぶさるように、遠くの寺で晩鐘が鳴った。

8

「順平をかかしに仕立てて、田んぼに隠したとき、順平はまだ息があったのだろう⁉」

と、迂斎は斬りつけるように宗吉にいった。それが、頭の芯にとぐろを巻いてはなれない疑念だった。

「どういうことでしょう」

行灯《あんどん》の灯をうけた宗吉は、ものおじしない目で迂斎を見据えた。迂斎はつづけた。

「表で荒れ狂った大工の源次をなだめているときに、若野屋の手代が呼びにきた。代診にいくことになったお前は、家にもどった。そのとき、順平を井戸まで運び、戸板かなにかにのせて斜面から田んぼに滑り落した」

「…………」

宗吉は顔色ひとつ変えなかった。熱っぽい目をこちらに向けている。目には、いつもより凄味があった。

「そのあと、お前はなにくわぬ顔で代診に出かけた」

と、迂斎は声をやや低めていった。

　宗吉は依然として答えなかった。

「田んぼに落した順平を、引き水をつたってかかしのところまで運び、かかしを倒し、かわりに順平をかかしに仕立てた者がいた」

「………」

「かかしに仕立てた者は引き水をつたってもどり、斜面においた戸板から井戸端にもどり、戸板を引きあげた。戸板のあとは降りつづいている雪が消してくれる」

「そうでしょうか」

　宗吉がいった。語尾には笑いすらふくまれていた。

「かかしに仕立てた順平を処分するため、お前は天井裏から屋根にあがり、板切れにのって裏庭めがけてとんだ。代診の帰りに雪がやんだことを知って、足跡がのこることを恐れたのだ。しかし屋根からとんだとき、お前は守り袋を落した」

　と、迂斎は穏やかな口調にもどっていった。宗吉は黙って迂斎をみつめていた。顔が青白くこわばりはじめていた。

「かかしに仕立てた順平を沼に運んだが、そのとき、手落ちがあった。いつもなら目印になる道祖神が雪の中に埋れていた。暗闇だったのとあわてていたために、かかしをもとのところに立てようとして、逆のところに立ててしまった」

「お気づきになりましたか」

宗吉は暗く笑った。

「手伝ったのは志乃だな。守り袋をお前にくれたのも、志乃だろう」

胸の異物を吐き出すように迂斎がいった。

「守り袋は、志乃さんにいただきました」

宗吉は覚悟の臍《ほぞ》を固めたようだった。「しかしすべてはわたしひとりでやったことです」

「かばうことはない」

「わたしがひとりでやったのです」

必死の面持ちで宗吉は、そういい張った。迂斎は腕をくみ、横を向いた。横を向いたまままで、たずねた。

「みたのか、順平の体をひらいて」

「……みました」

宗吉はぽつりと言葉をこぼした。顔色が心もち蒼ざめていた。「いつか、先生にその図をおみせします」

「断る！」

耐えきれなくなったように、迂斎は再び声を張りあげた。宗吉はうなずくと、志乃を不倖せにした順平が憎かったのです、と力のない声でいった。

「それだけか」

迂斎は鬱然といった。

「いえ」

宗吉は畳に両手をついた。「いつか順平に、河口先生が著《あらわ》した『解屍篇』の写しをみせてもらったことがあります。それは、これまで頭にしまいこんだ五臓六腑説とは、あまりにかけはなれていました」

宗吉は一息つくと、喰い込むような口調で、

「わたしも、兄弟子たちと同じように新しい医術を学びたかった。しかし、志乃さんが可哀想でたまらなかった。女にひかれ、この家を去ることができない自分が腑甲斐なかった。あの日、順平がかつぎこまれてきたとき、とっさにわたしは……」

「治療室《へや》で順平は死んでいたのか」

「わたしが首をしめ、息の根をとめました」

「まちがいないな」

「たしかです」

宗吉は、はっきり答えた。

事実ではない、と迂斎は胸のなかで弱々しく溜め息をついた。若野屋に代診にいくために家にもどったのは、いわば偶然でしかない。偶然におとずれたとっさの機会を、宗吉は

利用したのだろうか。そうではないだろう、と迂斎は思った。

そのとき、音もなく襖があいて、志乃がはいってきた。部屋の隅に坐ると、志乃は畳に両手をついた。

「すみません」

志乃は迂斎にいった。「順平を殺したのは、わたしです」

「うむ」

迂斎は腕ぐみをした手をといた。志乃は顔を伏せ、片手で口をおおった。洩れそうになる嗚咽《おえつ》を懸命に抑えているようだった。細い肩がゆれた。ほつれ毛がふるえている。

「志乃さん！」

弾かれたように宗吉が声をかけた。

志乃は暗い眼差しでうなずくと、顔をあげ、しっかりした声で迂斎にいった。

「源次を連れ出して、ひとりになったとき、順平の顔をみているうちに、手が金しばりにあったように順平の首にのびてしまっていたのです。気づいてみると、順平の息の根はとまっていました」

「志乃」

もうよせ、といおうとして迂斎は口をつぐんだ。順平の姿がこつぜんと消えたときに感じた胸騒ぎが、ピタリと的中したと考えた。全身の力が急に抜けたようで、志乃を押しとどめる気力が萎えたのだった。

「息絶えた順平をぼんやり眺めていたとき、宗吉が薬箱をとりに治療室にはいってきたのです。宗吉は、順平とわたしをみて棒のように立ちすくみました。けれど、とっさに屍体を隠す手だてを教えました。順平を殺したわたしをたすけようとしたのです」

〈畔《あぜ》で考えたとおりだ〉

迂斎は、がっくりと両肩を落した。順平を殺した娘の心もよくわかるような気がした。また、宗吉は、順平の屍体をどう処分するか考えているうちに腑分けを思いつき、真夜中、屋根から裏庭へとんだのであろう。

迂斎の部屋に重苦しい沈黙がおとずれた。

　　冬は腰地に雪ふりてサアーン
　　　すみれあられで見えわかぬ

どこかで女の子たちが歌う声がきこえてきた。元気のいい子どもたちの歌声は、重苦しい沈黙を救うものではなかった。逆に、深い寂寥感が部屋をつつんだ。迂斎は空咳《からせき》をくり返した。

〈宗吉、お前はもうわしの弟子ではない〉

迂斎は背を丸め、寒さに手をすりあわせるようにして宗吉を眺めた。宗吉は黙って、迂斎と志乃をいたましそうにみると、深々と頭を垂れた。

翌朝、宗吉の姿は城下町から消えた。

姿が消えたことを確かめると、迂斎は岡っ引きの銀次に、順平殺しの下手人は自分だ、と名乗って出た。

9

四月後の夏の午下《ひる》りだった。

迂斎のもとをひとりの客がたずねてきた。河口信任だった。信任は、供の者をつれずにひとりでやってきたのだった。

土間で迂斎は信任に応対した。板の間に坐り、背をこごめ、ひどく警戒するような眼差しで、信任を眺めた。

迂斎を一瞥《べつ》して、信任は息をのんだ。雪の河原で会ったときとは、別人のように老けた印象に驚いたのである。髪は白くかわり、頬は削げ落ちて、艶がいっさい失われていた。

信任は懐中から包み紙をとり出すと、

「江戸からわたしのもとに届いたものです」

と、いい、包み紙をとき、草稿を迂斎の前に差し出し、汗をぬぐった。

迂斎はじろっと草稿に目を落した。

表紙には、『解屍篇補遺考』と書かれてあった。その横には、山下宗吉記す、としたためられている。とたんに迂斎の顔が引きしまった。改めて身をのり出すようにして、草稿をめくり、記されている文字を読みとった。

……『解屍篇』の写しをみて以来、どうしても体内の真景をこの目でたしかめたかった。幸い屍体をえて、雪の河原で提灯を片手に、刀をいれたとき、神仏にたいしい知れぬ怖れを感じた。観臓をおえたあとも、その怖れに勝てないでいる。信任先生はいったい何を心の支えに腑分けを行ったのであろうか。

口のなかで読んだ迂斎は、次をめくってはっとしたように目を閉じた。毛筆で丹念に描かれた人体内景図らしきものが、猛烈な勢いで目にとびこんできたのだった。草稿を閉じ、膝のうえに置くと、肩で息をした。

「立派なものです。観臓のうえで、わたしをしのぐ箇所があります」

と、信任は静かにいい、『解屍篇』とこの補遺が合一されて刊行されれば、解剖学は大いに進むはずだ、とつけ加えた。

「そうですか」

迂斎はじろりと信任をみあげた。どこか投げやりな感じが漂う声音だった。

「しかし、この図はわたしがうけとるわけには参りません。お手許にお納め願えれば」

信任は、頭に手をあてていった。

「わたしが？」

「そうです」

「しかし……」

「この草稿は、蘭方医ならのどから手が出るほど欲しがるものでしょう。わたしも、そのひとりです」

信任は迂斎に目を据えたまま、重そうに吐息をした。信任なりに、草稿の背後に堆積されたこの町医の一家をめぐる確執の重さに耐えかねているようだった。

順平殺しの下手人としてお縄をうけた迂斎は、吟味方与力の岡野長安の取調べをうけたが、長安は、この老町医の申し立てに疑問をもった。八つ裂きにされた屍体の異常さに疑念を抱いたのだが、迂斎は、

「執念です。順平への憎悪がそうさせたのです」

と、あくまでいい張った。噂をきいた信任は、藩主の利里に事情を話し、その結果、迂斎は放免され、一件は不問に附された。藩としては、町医の弟子が腑分けした事実が幕府

の耳に届くことを恐れたのである。無罪放免された迂斎は、その後、どの患者にも狂ったように、屍体は安らかに葬ってやる、といいつづけ、薄気味悪がって患者はよりつかなくなったという。また、宗吉の消息もとだえた……

信任と迂斎のあいだに重っ苦しい沈黙が流れた。二人は絡みあうように、たがいの目の奥を凝視しあった。二人の額に汗がういた。

「預りましょう」

沈黙を破ったのは迂斎だった。

「そうしてもらえれば」

信任は救われたように破顔した。

「死蔵にひとしく、紙魚《しみ》のえさになるだけでしょうが」

「やむをえません」

信任は坊主頭をごしごしこすり、迂斎の手もとの草稿をちらと眺めた。ひどく惜しそうな目の色だった。なにかをいいかけてやめた。

「――では」

信任は重そうに腰をあげた。立ちあがった拍子に、隣の仏間が目にはいった。仏間のなかから、低い女の呟きがもれてきた。暑っ苦しいセミの鳴き声にまじって、その呟きはもの憂く流れてくる。信任はじきに理解した。呟きは念仏であった。志乃が唱えているのだろう。念仏は順平に向けられているのかもしれなかった。信任は、この家に雪の日の溜め息がしみついていることを知って暗然とし、仕方がない、と独り言をいうと立ち去った。

ひとりになると、迂斎は両手に草稿をのせた。なんの役にも立たぬ人体解剖図だと思ったが、迂斎の心にはひどく重く感じられた。そのままの姿勢で、しばらく放心したように『解屍篇補遺考』という文字を眺めていたが、やがて、

「馬鹿なやつらが……」

と、吐き捨てるように呟くと、草稿を包み紙に丁寧につつみ、戸棚の奥深くしまいこんだ。遠く祭囃子がきこえた。祭囃子をぬって志乃が唱える念仏がつたわってくる。

戸棚をみつめる迂斎の顔は無表情だった。

江戸須原屋から『解体新書』が刊行され、日本の医学がルネッサンスを迎えたのは、その翌年の安永三年八月のことである。

入れ札

菊池　寛

菊池　寛（きくち　かん）

一八八八年生まれ。代表作に『父帰る』『恩讐の彼方に』『真珠夫人』など。『文藝春秋』を創刊し、芥川龍之介賞・直木三十五賞を創設。一九四八年死去。

底本

『日本近代短篇小説選　大正篇』岩波文庫　二〇一二年

上州岩鼻《いわはな》の代官を斬り殺した国定忠次《くにさだちゅうじ》一家の者は、赤城山へ立て籠《こも》って、八州の捕方《とりかた》を避けていたが、そこも防ぎ切れなくなると、忠次を初《はじめ》、十四、五人の乾児《こぶん》は、辛《ようや》く一方の血路を、斫《き》り開いて、信州路へ落ちて行った。

夜中に利根《とね》川を渡った。渋川の橋は、捕方が固めていたので、一里ばかり下流を渡った。水勢が烈《はげ》しいため、両岸に綱を引いて渡ったが、それでも乾児の一人は、つい手を離したため流されてしまった。

渋川から、伊香保《いかほ》街道に添うて、道もない裏山を、榛名《はるな》にかかった。一日、一晩で、やっと榛名を越えた。が、榛名を越えてしまうと、直《す》ぐそこに大戸《おおど》の御番所があった。

信州へ出るのには、この御番所が、第一の難関であった。この関所をさえ越してしまえば、向うは信濃境《しなのざかい》まで、山また山が続いているだけであった。

忠次たちが、関所へかかったのは、夜の引き明けだった。わずか、五、六人しかいない役人たちは、忠次たちの勢《いきおい》に怖れたものか、彼らの通行を一言も咎《とが》めなかった。

関所を過ぎると、さすがに皆は、ほっと安心した。本街道を避けて、裏山へかかって来るに連れて、夜がしらじらと明けて来た。丁度《ちょうど》上州一円に、春蚕《はるご》が孵化《かえ》ろうとする春の終の頃であった。山上から見下すと、街道に添うた村々には青い桑畑が、朝靄《あさもや》の裡《うち》に、どこまでも続いていた。

関東縞の袷《あわせ》に、鮫鞘《さめざや》の長脇差を佩《さ》して、脚絆草鞋《きゃはんわらじ》で、厳重な足ごしらえをした忠次は、菅《すげ》のふき下しの笠を冠《かむ》って、先頭に立って、威勢よく歩いていた。小鬢《こびん》の所に、傷痕のある浅黒い顔が、一月《ひとつき》に近い辛苦で、少し窶《やつ》れが見えたため、一層凄味《すごみ》を見せていた。乾児も、大抵《たいてい》同じような風体をしていた。が、忠次の外《ほか》は、誰も菅笠を冠ってはいなかった。中には、片袖の半分断《ちぎ》れかけている者や、脚絆の一方ない者や、白っぽい縞の着物に、所々血を滲《にじ》ませているものなどもいた。

街道を避けながら、しかも街道を見失わないように、彼らは山から山へと辿《たど》った。大戸の関から、二里ばかりも来たと思う頃、雑木の茂った小高い山の中腹に出ていた。ふと振り顧《かえ》ると、今まで見えなかった赤城が、山と山の間に、ほのかに浮び出ていた。

「赤城山も見収めだな。おい、ここいらで一服しようか。」

そういいながら、忠次は足下に大きな切り株を見付けて、どっかりと、腰を下した。彼の眼は、暫《しば》らくの間、四十年見なれた山の姿に囚《とら》われていた。赤城山が利根川の谿谷《けいこく》へと、緩《ゆる》い勾配《こうばい》を作っている一帯の高原には、彼の故郷の国定村も、彼が売出しの当時、島村伊三郎を斬《き》った境の町も、彼が一月前に代官を斬った岩鼻の町もあった。

国越《くにごえ》をしようとする忠次の心には、さすがに淡い哀愁が、感ぜられていた。が、それよりも、現在一番彼の心を苦しめていることは、乾児《こぶん》の始末だった。赤城へ籠った当座は、五十人に近かった乾児が、日数が経つに連れ、二人三人潜《ひそ》かに、山を降って逃げた。捕方の総攻めを喰ったときは、二十七人しか残っていなかった。それが、五、六人は召《めし》とられ、七、八人はどこともなく落ち延びて、今残っている十一人は、忠次のためには、水火をも辞さない金鉄《きんてつ》の人々だった。国を売って、知らぬ他国へ走る以上、この先、あまりいい芽も出そうでない忠次のために、一緒に関所を破って、命を投げ出してくれた人々だった。が、代官を斬った上に、関所を破った忠次として、十人余の乾児を連れて、他国を横行することは出来なかった。人目に触れない裡に、乾児の始末を付けてしまいたかった。が、みんなと別れて、一人限《ぎり》になってしまうことも、いろいろな点で不便だった。自分の目算通《どおり》に、信州追分《おいわけ》の今井小藤太の家に、ころがり込むにした所が、国定村の忠次ともいわれた貸元が、乾児の一人も連れずに、顔を出すことは、沽券《こけん》にかかわることだった。手頃の乾児を二、三人連れて行くとしたら、一体誰を連れて行こう。そう思うと、彼の心の裡では、直ぐその顔触《かおぶれ》が定《きま》った。平生の忠次だったら、「おい！　浅に、喜蔵に、嘉助とが、俺と一緒に来るんだ！　外《ほか》の野郎たちは、銘々思い通りに落ちてくれ、路用の金は、分けてやるからな！」

と、何の拘泥《こだわり》もなくいえるはずだった。が、忠次は赤城に籠って以来、自分に対する乾児たちの忠誠をしみじみ感じていた。鰹節《かつおぶし》や生米を嚙《かじ》って露命を繋ぎ、岩窟《いわや》の樹の下で、雨露を凌《しの》いでいた幾日という長い間、彼らは一言も不平を滾《こぼ》さなかった。忠次の身体が、赤城山中の地蔵《じぞう》山で、危険に瀕《ひん》したとき、みんなは命を捨てて働いてくれた。平生は老《おい》ぼれて、物の役には立つまいと思われていた闇雲《やみくも》の忍松《おしまつ》までが、見事な働きをした。そうした乾児たちの健気《けなげ》な働きと、自分に対する心持とを見た忠次は、その中の二、三人を引き止めて他の多くに暇をやることが、どうしても気がすすまなかった。皆一様に、自分のために、一命を捨ててかかっている人々の間に、自分が甲乙を付けることは、どうしても出来なかった。剛愎《ごうふく》な忠次も、打ち続く艱難《かんなん》で、少しは気が弱くなっている故《せい》もあったのだろう。別れるのなら、いっそ皆と同じように、別れようと思った。

彼は、そう決心すると、

「おい！　みんな！」と、周囲に散《ちら》かっている乾児たちを呼んだ。烈しい叱り付けるような声だった。喧嘩《けんか》の時などにも、叱咤《しった》する忠次の声だけは、狂奔している乾児たちの耳にもよく徹した。

草の上に蹲《うずく》まったり、寝ころんだり、銘々思い思いの休息を取っていた乾児たちは、忠次の一喝《いっかつ》でみんな起き直った。数日来の烈しい疲労で、とろとろ眠りかけているものさえあった。

「おい！　みんな。」

忠次は、改めて呼び直した。『壺皿《つぼざら》見透《みとお》し』と、若い時綽名《あだな》を付けられていた、忠次の大きい眼がギロリと動いた。

「みんな！　ちょっと耳を貸してもらいてえのだが、俺《おらあ》これから、信州へ一人で、落ちて行こうと思うのだ。お前たちを、連れて行きてえのは山々だが、お役人をたたっ斬って、天下のお関所を破った俺たちが、お天道様の下を、十人二十人つながって歩くことは、許されねえ。もっとも、二、三人は、一緒に行ってもらいてえとも思うのだが、今日が日まで、同じ辛苦をしたお前たちみんなの中から、汝《われ》は行け汝は来るなという区別は付けたくねえのだ。連れて行くからなら、一人残らず、みんな一緒に連れて行きてえのだ。別れるからなら、恨みっこのねえように、みんな一様に別れてしまいてえのだ。さあ、ここに使い残りの金が、百五十両ばかりあらあ。みんなに、十二両ずつ、くれてやって、残ったのは俺が貰《もら》って行くんだ。銘々に、志を立てて落ちてくれ！　随分、身体に気を付けろ！　忠次が、どこかで捕まって、江戸送りにでもなったと聞いたら、線香の一本でも上げてくれ！」

　忠次は、元気にそういうと、胴巻の中から、五十両包みを、三つ取り出して、熊笹の上に、ずしりと投げ出した。

　が、誰もその五十両包みに、手を出すものはなかった。みんなは、忠次の突然な申出に、どう答えていいか迷っているらしかった。一番に、乾児たちの沈黙を破ったのは、大間々《おおまま》の浅太郎だった。

「そりゃ、親方悪い了簡《りょうけん》だろうぜ。一体俺たちが、妻子眷族《けんぞく》を見捨てて、ここまでお前さんに、従《つ》いて来たのは、何のためだと思うのだ。みんな、お前さんの身の上を気遣って、お前さんの落着く所を、見届けたいと思う一心からじゃないか。いくら、大戸の御番所を越して、もうこれから信州までは大丈夫だといったところで、お前さんばかりを、一人で手放すことは、出来るものじゃねえ。尤《もっと》も、こう物騒な野郎ばかりが、つながって歩けねえのは、道理《ことわり》なのだから、お前さんが、こいつだと思う野郎を、名指しておくんなせえ。何も親分乾児の間で、遠慮することなんかありゃしねえ。お前さんの大事な場合だ！　恨みつらみをいうような、ケチな野郎は一人だってありゃしねえ。なあ兄弟！」

みんなは、異口同音に、浅太郎のいい分に賛意を表した。が、そういわれて見ると、忠次は尚更《なおさら》選みかねた。自分の大事な場所であるだけに、彼らの名前を指すことは、彼らに対する信頼の差別を、露骨に表わす事になって来る。それで、選に洩《も》れた連中と――内心、忠次を怨《うら》むかも知れない連中と――そのまま、再会の機も期し難く、別れてしまわねばならぬ事を考えると、忠次はどうしても、気が進まなかった。

忠次は口を噤《つぐ》んだまま、何とも答えなかった。親分と乾児との間に、不安な沈黙が暫らく続いた。

「ああ、いい事があらあ。」釈迦《しゃか》の十蔵というまだ二十二、三の男が叫んだ。彼は忠次の盃《さかずき》を貰ってからまだ二年にもなっていなかった。

「籤引《くじびき》がいいや、みんなで籤を引いて、当った者が親分のお供をするのがいいや。」

当座の妙案なので、忠次も乾児も、十蔵の方をちょっと見た。が、嘉助という男が直ぐ反対した。

「何をいってやがるんだい！　籤引だって！　手前《てめえ》のような青二才に籤が当って見ろ、返って親分の足手纏《あしでまと》いじゃねえか。籤引なんか、俺あ真《ま》ッ平《ぴら》だ。こんな時に一番物をいうのは、腕《うで》っ節《ぶし》だ。おい親分！　くだらねえ遠慮なんかしねえで、一言、嘉助ついて来いと、いっておくんなせい。」

四斗樽《だる》を両手に提げながら、足駄《あしだ》を穿《は》いて歩くという嘉助は一行中で第一の大力だった。忠次が心の裡で選んでいる三人の中の一人だった。

「嘉助の野郎、何を大きな事をいってやがるんだい。腕っ節ばかりで、世間は渡られねえぞ。ましてこれから、知らねえ土地を遍歴《へめぐ》って、上州の国定忠次で御座いといって歩くには、駈引《かけひき》万端の軍師がついていねえ事には、どうにもならねえのだ。幾ら手前が、大力だからといって、ドジばかりを踏んでいちゃ、旅先で、飯にはならねえぞ。」

そういったは、松井田の喜蔵という、分別盛りの四十男だった。忠次も喜蔵の才覚と、分別とは認めていた。彼は、心の裡で喜蔵も三人の中に加えていた。

「親分、俺あお供は出来ねえかねえ。俺あ腕節は強くはねえ。また、喜蔵のように軍師じゃねえ。が、お前さんのためには、一命を捨ててもいいと、心の内でとっくに覚悟を極《き》めているんだ。」

闇雲の忍松《おしまつ》が、そこまでいいかけると、乾児《こぶん》たちは、周囲から口々に罵《ののし》った。

「何をいってやがるんだい、親分のために命を投げ出している者は、手前一人じゃねえぞ、巫山戯《ふざけ》た事をぬかすねえ。」

そういわれると、忍松は一言もなかった。半白の頭を、テレ隠しに掻《か》いていた。

そうしているうちに、半時ばかり経った。日光山らしい方角に出た朝日が、もうよほどさし登っていた。忠次は、黙々として、みんなのいう事を聴いていた。二、三人連れて行くとしたら、彼は籤引では連れて行きたくなかった。やっぱり、信頼の出来る乾児を自ら選びたかった。彼はふと一策を思い付いた。それは、彼が自ら選ぶ事なくして、最も優秀な乾児を選み得る方法だった。

「お前たちのように、そうザワザワ騒いでいちゃ、いつが来たって、果てしがありゃしねえ。俺一人を手離すのが不安心だというのなら、お前たちの間で入れ札をして見ちゃ、どうだい。札数の多い者から、三人だけ連れて行こうじゃねえか。こりゃ一番怨みっこがなくって、いいだろうぜ。」

忠次の言葉が終るか終らないかに、

「そいつあ思い付きだ。」乾児のうちで一番人望のある喜蔵が賛成した。

「そいつあ趣向だ。」大間々の浅太郎も直ぐ賛成した。

心の裡で、籤引を望んでいる者も数人あった。が、忠次の、怨みっこのないように、しかも役に立つ乾児を、選ぼうという肚《はら》が解ると、みんなは異議なく入れ札に賛成した。

喜蔵が矢立を持っていた。忠次が懐《ふところ》から、鼻紙の半紙を取り出した。それを喜蔵が受取ると、長脇差を抜いて手際よくそれを小さく切り分けた。そうして、一片《ひときれ》ずつみんなに配った。

先刻《さっき》からの経路を、一番厭《いや》な心で見ていたのは稲荷《いなり》の九郎助《くろすけ》だった。彼は年輩からいっても、忠次の身内では第一の兄分でなければならなかった。が、忠次からも、乾児からも、そのようには扱われていなかった。去年、大前田の一家とちょっとした出入のあった時、彼は喧嘩場から、不覚にも大前田の身内の者に、引《ひ》っ担《かつ》がれた。それ以来、彼は多年培《つちか》っていた自分の声望がめっきり落ちたのを知った。自分からいえば、遥《はる》かに後輩の浅太郎や喜蔵に段々凌《しの》がれて来た事を、感じていた。そればかりでなく、十年前までは、兄弟同様に賭場《とば》から賭場を、一緒に漂浪《ひょうろう》して歩いた忠次までが、いつとなく、自分を軽んじている事を知った。皆は表面こそ『阿兄《あにい》！　阿兄！』と立てているものの、心の裡では、自分を重んじていないことが、ありありと感ぜられた。

入れ札という声を聴いたとき、九郎助は悪いことになったなあと思った。今まで、表面だけはともかくも保って来た自分の位置が、露骨に崩されるのだと思うと、彼は厭な気がした。十一人いる乾児の中で自分に入れてくれそうな人間を考えて見た。が、それは弥助の他には思い当らなかった。弥助も九郎助と同様に、古い顔であって、後輩の浅太郎や、喜蔵などが、グングン頭を擡《もた》げて来るのを、常から快からず思っているから、こうした場合には、きっと自分に入れてくれるだろうと思った。が、弥助だけは自分に入れてくれるとしても、弥助の一枚だけで、三人の中に入ることは考えられなかった。浅太郎には四枚入るだろうと思った。喜蔵に三枚入るとして、十一枚の中、後へ四枚残る。その中、自分の一枚をのけると三枚残る。もし、その中、二枚が、自分に入れられていれば、三人の中に加わることは出来るかも知れないと思った。が、弥助の他に、自分に入れてくれそうな人は、どう考えても当《あて》がなかった。ひょっとしたら、並川の才助がとも思った。あの男の若い時には、かなり世話を焼いてやった覚えがある。が、それは六、七年も前のことで、今では『浅阿兄、浅阿兄』と、浅にばかりくっ付いている。そう思うと、弥助の入れてくれる一枚の他には、今一枚を得る当は、どうにもつかなかった。乾児の中で年頭《としがしら》でもあり、一番兄分でもある自分が、入れ札に落ちることは——自分の信望が少しもないことがまざまざと表われることは、もう既定の事実のように、九郎助には思われた。不愉快な寂しい感じに堪《た》えられなくなって来た。

一本しかない矢立の筆は、次から次へと廻って来た。

「おい！　阿兄！　筆をやらあ。」

ぼんやり考えていた九郎助の肩を、つつきながら横にいた弥助が、筆を渡してくれた。

弥助は筆を渡すときに、九郎助の顔を見ながら、意味ありげに、ニヤリと笑った。それは、たしかに好意のある微笑だった。『お前を入れたぜ。』というような、意味を持った微笑であるように九郎助は思った。そう思うと、九郎助は後のもう一枚が、どうしても欲しくなった。後の一枚が、自分の生死の境、栄辱の境であるように思われた。忠次に着いて行ったところで、自分の身に、いい芽が出ようとは思われなかったが、入れ札に洩れて、年《と》甲《し》斐《い》もなく置き捨てにされることがどうしても堪《たま》らなかった。浅太郎や喜蔵の人望が、自分の上にあることが、マザマザと分ることが、どうしても堪らなかった。

かれは、筆を持ってぼんやり考えた。

「おい！　阿兄！　早く廻してくんな！」

横に坐《すわ》っている浅太郎が、彼にいった。阿兄！　といいながらも、語調だけは、目下を叱《しっ》しているような口調だった。九郎助は、毎度のことながらむっとした。途端《とたん》に、相手に対する烈しい競争心が――嫉妬《しっと》がムラムラと彼の心に渦巻いた。

筆を持っている手が、少しブルブル顫《ふる》えた。彼は、紙を身体で掩《おお》いかくすようにしながら、仮名で『くろすけ』と書いた。

書いてしまうと、彼はその小さい紙片をくるくると丸めて、真中に置いてある空《から》になった割籠《わりご》の蓋《ふた》の中に入れた。が、入れた瞬間に、苦い悔悟《かいご》が胸の中に直ぐ起った。

『賭博《ばくち》は打っても、卑怯《ひきょう》なことはするな。男らしくねえことはするな。』

口癖のように、怒鳴《どな》る忠次の声が、耳のそばで、ガンガン鳴りひびくような気がした。

彼は皆が自分の顔を、ジロジロ見ているような気がして、どうしても顔を上げることが出来なかった。

吉井の伝助は、無筆だったので、彼は仲よしの才助に、小声で耳打ちしながら、代筆を頼んだ。

皆が、札を入れてしまうと、忠次が、

「喜蔵！　お前読み上げて見ねえ！」と言った。

皆は、緊張のために、眼を輝かした。過半数のものは諦めていたが、それでも銘々、うぬぼれは持っていた。壺皿を見詰めるような目付で、喜蔵の手許《てもと》を睨《にら》んでいた。

「あさ、ああ浅太郎の事だな、浅太郎一枚！」

そう叫んで喜蔵は、一枚、札を別に置いた。

「浅太郎二枚！」彼は続いてそう叫んだ。

また、浅太郎が出たのである。浅太郎が、この二、三年忠次の信任を得て、影の形に付き従うように、忠次が彼を身辺から放さなかったことは、乾児の者が皆よく知っていた。

浅太郎の声がつづくと、忠次の浅黒い顔に、ニッと微笑が浮んだ。

「喜蔵が一枚！」

喜蔵は、自分の名が出たのを、嬉しそうに、ニコリと笑いながら叫んで、

「嘘じゃねえぞ！」と、付け足しながら、その紙を右の手で高く上げて差し示した。

「その次《つ》ぎがまた、喜蔵だ！」

喜蔵は得意げに、また紙札を高く差上げた。

「嘉助が一枚！」

第三の名前が出た。忠次は、心の中で、私《ひそか》に選んでいる三人が、入札の表《おもて》に現われて来るのが、嬉しかった。乾児たちが自分の心持を、察していてくれるのが嬉しかった。

「何だ！　くろすけ。九郎助だな。九郎助が一枚！」

喜蔵は、声高く叫んだ。九郎助は、顔から火が出るように思った。生れて初めて感ずるような羞恥《しゅうち》と、不安と、悔恨とで、胸の裡が掻きむしられるようだ。自分の手蹟を、喜蔵が見覚えては、いはしないかと思うと、九郎助は立っても坐ってもいられないような気持だった。が、喜蔵は九郎助の札には、こだわっていなかった。

「浅が三枚だ！　その次は、喜蔵が三枚だ！」

喜蔵は大声に叫びつづけた。札が次ぎ次ぎに読み上げられて、喜蔵の手にたった一枚残ったとき、浅が四枚で、喜蔵が四枚だった。嘉助と九郎助とが各自一枚ずつだった。

九郎助は、心の裡で懸命に弥助の札が出るのを待っていた。弥助の札が出ないことはないと思っていた。もう一枚さえ出れば、自分が、三人の中に入るのだと思っていた。

が、最後の札は、彼の切ない期待を裏切って、嘉助に投ぜられた札だった。

「さあ！　みんな聞いてくれ！　浅と喜蔵とが四枚だ。嘉助が二枚だ。九郎助が一枚だ。疑わしいと思う奴は、自分で調べて見るといいや。」喜蔵は最後の決定を伝えながら、一座を見廻した。

誰も調べて見ようとはしなかった。誰よりも先に、九郎助はホッと安心した。

忠次は自分の思い通りの人間に、札が落ちたのを見ると満足して、切り株から、立ち上った。

「じゃ、みんな腑《ふ》に落ちたんだな。それじゃ、浅と喜蔵と嘉助とを連れて行こう。九郎助は、一枚入っているから連れて行きたいが、最初《はな》いった言葉を変改することは出来ねえから、勘弁しな。さあ、先刻からえろう手間を取った。じゃ、みんな金を分けて銘々に志すところへ行ってくれ。」

乾児の者は、忠次が出してあった裡から、銘々に十二両ずつを分けて取った。

「じゃ、俺たちは一足先に行くぜ。」忠次は選まれた三人を麾《さしまね》くと、みんなに最後の会釈をしながら、頂上の方へぐんぐん上りかけた。

「親分、御機嫌よう。御機嫌よう。」

去って行く忠次の後から、乾児たちは口々に呼びかけた。

忠次は、振り向きながら、時々、被《かぶ》っている菅笠を取って振った。その長身の身体は、山の中腹を掩《おお》うている小松林の中に、暫くの間は見え隠れしていた。

取り残された乾児たちの顔には、それぞれ失望の影があった。

「浅たちが付いていりゃ、大した間違はありゃしねい！」

口々に同じようなことをいった。が、やっぱり、銘々自分が入れ札に洩れた淋《さび》しさを持っていた。

が、忠次たちの姿が見えなくなると、四、五人は諦めたように、草津の方へ落ちて行った。

九郎助は、忠次と別れるとき、目礼したままじっと考えていた。落選した失望よりも、自分の浅ましさが、ヒシヒシ骨身に徹《こた》えた。札が、二、三人に蒐《あつま》っているところを見ると、みんな親分のためを計って、浅や喜蔵に入れたのだ。親分の心を汲んで、浅や喜蔵を選んだのだ。そう思うと、自分の名をかいた卑しさがいよいよ堪えられなかった。

朝の微風が吹いて来て、入れ札の紙が、熊笹を離れて、ひらひらと飛びそうになった。

「ああ、こんなものが残っていると、とんだ手がかりにならねえとも限らねえ。」

そういいながら、九郎助は立ち上って散ばっている紙片《かみきれ》を取り蒐めると、めちゃめちゃに引き断《ちぎ》って投げ捨てた。九郎助の顔は、凄《すご》いほどに蒼《あお》かった。

「俺《おいら》、秩父《ちちぶ》の方へ落ちようかな。」

九郎助は独言《ひとりごと》のようにいった。彼は仲間の誰とも顔を合しているのが厭だった。秩父に遠縁の者がいるのを幸《さいわい》に、そこで百姓にでもなってしまいたかった。

彼は、草津へ行った連中とは、反対に榛名の西南の麓《ふもと》を目ざして、ぐんぐん山を降りかけた。

彼が、二、三町も来たときだった。後から声をかけるものがあった。

「おい阿兄！　稲荷の阿兄！」

彼は、立ち止って振り顧《かえ》った。見ると、弥助が、息を切らしながら、追いかけて来たのであった。彼は弥助の顔を見たときに、烈しい憎悪が、胸の裡に湧《わ》いた。大切な場合に自分を裏切っていながらまだ身の振方をでも相談しようとするらしい相手の図々《ずうずう》しい態度を見ると、彼はその得手勝手が、叩き切ってやりたいほど、癪《しゃく》に障った。

「俺、よっぽど草津から越後へ出ようと思ったが、よく考えて見ると、熊谷在《くまがやざい》に伯父がいるのだ、少しは、熊谷は危険かも知れねえが、故郷へかえる足溜《あしだま》りには持って来いだ。それで俺も武州の方へ出るから、途中まで付き合ってくれねえか。」

九郎助は、返事をする事さえ厭だった。黙ってすたこら歩いていた。

弥助は、九郎助が機嫌が悪いのを知ると、傍へ寄った。

「俺あ、今日の入れ札には、最初《はな》から厭だった。親分も親分だ！　餓鬼《がき》の時から一緒に育ったお前を連れて行くといわねえ法はねえ。浅や喜蔵は、いくら腕節や、才覚があっても、いわば、お前に比べればホンの小僧っ子だ。たとい、入れ札にするにしたところが、野郎たちが、お前を入れねえということはありゃしねえ。十一人の中でお前の名をかいたのは、この弥助一人だと思うと、俺ああいつらの心根が、全くわからねえや。」

黙って聞いた九郎助は、火のようなものが、身体の周囲に、閃《ひらめ》いたような気がした。「この野郎！」そう思いながら、脇差の柄《つか》を、左の手で、グッと握りしめた。もう、一言いって見ろ、抜打ちに斬ってやろうと思った。

が、九郎助が火のように、怒っていようとは夢にも知らない弥助は、平気な顔をして寄り添って歩いていた。

柄を握りしめている九郎助の手が、段々緩んで来た。考えて見ると、弥助の嘘を咎めるのには、自分の恥しさを打ち開けねばならない。

その上、自分に大嘘を吐《つ》いている弥助でさえ、自分があんな卑しい事をしたのだとは、夢にも思っていなければこそ、こんな白々しい嘘を吐くのだと思うと、九郎助は自分で自分が情なくなって来た。口先だけの嘘を平気でいう弥助でさえが考え付かないほど、自分は卑しいのだと思うと、頭の上に輝いている晩春のお天道様が、一時に暗くなるような味気なさを味《あじわ》った。

山の多い上州の空は、一杯に晴れていた。峰から峰へ渡る幾百羽という小鳥の群が、黄《きいろ》い翼をひらめかしながら、九郎助の頭の上を、ほがらかに鳴きながら通っている。行手には榛名が、空を劃《くぎ》って蒼々《あおあお》と聳《そび》えていた。

（〈中央公論〉大正十年二月号発表）

黒牛と妖怪

風野真知雄

風野真知雄（かぜの　まちお）
一九五一年生まれ。九二年、「黒牛と妖怪」で第十七回歴史文学賞、二〇一五年『沙羅沙羅越え』で第二十一回中山義秀文学賞を受賞。

底本
『黒牛と妖怪』新人物文庫　二〇〇九年

……あたり一面、濃い霧に包まれていた。朝日はだいぶ前に東の空に出てきているはずだが、それがどのあたりにあるのかも分からない。鳥の姿もみえないが、羽ばたきだけがときおりすぐ近くをかすめていった。

その霧の中から、人足たちの声が聞こえてくる。

「ちっ、徳川さまの頃には霧が晴れるまでは休んでいたもんだがな」

「おい、声が高いぞ。洒落がわからねえ薩摩芋たちだ」

「ちげえねえや。それにしても、こんな海の中にわざわざ道をつくらなくてもよさそうなものだがな」

「まったくだ。このあたりの景色もすっかりかわっちまうぜ」

「なんでも、陸の上につくるにはお上《かみ》の内部でも反対があるんだそうだ」

「新しいお上も一枚岩ではねえってことか。こりゃあ、そのうちまた世の中がひっくり返ることもあるんじゃねえのか」

ここは芝浦あたりの海辺である。江戸の頃までは広重などがしばしば絵にしたほど風光明媚なところであった。それが、新橋・横浜間に鉄道を走らせることが決定し、その軌道として海の中を埋め立てて堤を築く工事が始まってからは、光景は一変してしまった。もちろん陸地に線路を伸ばしていく方がはるかにたやすい。しかし、わざわざ海中の石を積み上げていくこの困難な築堤方式が選ばれたというのは、人足たちが噂していたように新政府内部にもこの事業に反対する一派があり、とりわけ高輪《たかなわ》にあった兵部省軍艦宿陣所と薩摩藩邸の移転拒否の態度に断固たるものがあったからであった。

衣服や皮膚にしつこくまとわりつく霧の中では、身体の動きだけでなく口調までも重たげである。その、人足たちのうんざりしたような口調がにわかに緊迫感を帯びたのは、少しずつ風が霧を吹き払い出した頃であった。

「おや、妙だな」

「どうしたい？」

「線路が何本かなくなっているみてえだ」

「そんな馬鹿なことがあるけえ。よく数えてみろよ」

「十四、十五、十六……やっぱり夕べから二本ほど足りねえや」

異変に気づいた人足のまわりに何人かの仲間が集まってきた。

「なんだって？　線路がなくなっているだと」

「あんなものを盗んで、いったい何をするつもりだろう」

「おおかたつぶして刀でもこしらえるんじゃないのか。彰義隊の生き残りあたりが」

「どうせ新しい線路が届けられれば、数なんてわからなくならあ。ここは騒ぎたてずにおいた方がよさそうだぜ」

「ああ、そうしようや」

人足たちは現場の責任者に悟られないよう声をひそめ、再び気の重い作業に取りかかった。もう少し、そのあたりを捜し回れば、消えた線路は発見できなくても、陸地の方に隠れたふたつのあやしげな影くらいは見届けられたのだろうが。

ふたつの影はこんな話を囁き合っていた。

「うまくいったな。とりあえず海に沈めさえすれば、楽に動かせるものなんだな」

「あのあたりまで沈めておけば見つからないでしょう。あとは二、三日たってから連中に舟で引き上げさせればいい」

「目印の浮きはつけたな？」

「ええ、抜かりはありませんよ」

霧が晴れて、海面が眩しい光の破片をまき散らし始めた頃には、男たちの姿はどこにも見当たらなかった……。

明治二年の秋に、岩倉具視、大隈重信、伊藤博文らによって立案された鉄道敷設計画はいくつかの曲折は経ながらも予定通り進捗し、この明治五年の夏にはほとんど完成を間近にしていた。五月からは品川、横浜間での仮営業も始まっている。あとは新橋から品川までの区間を完成させれば、予定されている九月九日の開業式もまもなくである。

しかし、新政府の威信をかけたこの大事業に対し、あるものは政治上の怨念から、またあるものは実際上の利害からと、さまざまな方面から反対の声が上がっていた。そして、実際にこの計画をなきものにしようという陰謀もまた、ひそかに進められていたのである——。

一

地面にあとがのこりそうなほど濃い影が刻まれている夏の昼下がり——。

青山久保町のとある茶店の軒先でたたずんでいた品のいい老人が、ふいに穏やかな表情を妙なかたちにゆがませた。老人の視線の前にあったのは、渋谷の方から歩いてきた七十過ぎに見える老いた武士と、その供らしい若い婦人だけである。老人はゆがんだままの顔で前の二人を見つめ、それから脅えたように視線をそらせた。

老いた武士はちらっと茶店の老人を見たようでもあるが、素知らぬ顔とゆっくりした足取りで通り過ぎていく。連れの婦人も老人の表情を認めたらしく、一瞬、訝《いぶか》しげに顔を傾けたが、そのまま老いた武士の後を追った。

茶店の老人は、二人の姿がすっかり後ろ姿になると、今度は睨みつけるような目つきになって長いこと見送っていたが、汗が目に入るのに気づいて、手拭いを出し額を拭いた。昔のこと——出版の仕事で忙しい日々を過ごしていた頃のことがふいに脳裏をかすめた。

近くにいた茶店の主人が、その頃になってようやく老人の顔色が悪いのに気づき、

「あれ、ご隠居さま。具合でも悪いかね。顔色がよくねえだが」

「いや、なに。ちょっと驚いただけだ。いま、ここを妖怪が通ったんだ」

「へっ、妖怪が……！」

「ああ、とっくに死んだと思ってたのに、まだ生きていたんだなあ」

茶店の主人はなんのことやら分からず、渇き切った前の通りを眩しげに見た……。

妖怪と呼ばれたのはおそらく老いた武士の方だろうが、二人は久保町の通りを左に曲がった。その先は屋敷が続いている。庭の木が濃い緑の枝を伸ばして、こちらはまだ涼しげである。曲がり切ったあたりで、連れの若い婦人が口を開いた。

「お爺さま。先ほどの老人がなんだかひどく驚いたように見つめていらっしゃいましたが」

「ふん、大方、かつてわしが取り調べたものであろう。罪を犯したものは、いつまでたってもびくびくして暮らさなければならないのだ」

老いた武士は、冷たくそういい放った。だが、その言葉の後で、連れの婦人が笑いを噛みしめるような顔になったのは気づかなかった。婦人は、心の中でこう呟いていたのであ

る。

（ご自分だって罪を犯して、二十三年間も幽囚の身にあったくせに……）

妖怪というのは、かつてのこの武士の仇名である。元南町奉行鳥居甲斐守耀蔵《ようぞう》。天保の改革の中心人物であり、蛮社の獄で渡辺崋山や高野長英らを死に到らしめ、寺門静軒や七代目団十郎を江戸から追放した男でもあった。江戸の人々はあまりにも苛烈な弾圧政策を恐れ、憎んで、ひそかにその名の耀と甲斐をもじって妖怪と呼んだのである。

しかし、鳥居耀蔵が権勢を誇ったのははるか昔の天保の時代なのだ。いまはもう、徳川の時代も終わり、明治もすでに五年なのである。それがまだ生きながらえていて、東京に変わったこの町を歩いていようとは……茶店にいた老人でなくとも信じられない思いがすることだろう。だが、まさしく正真正銘の妖怪なのであった。

鳥居耀蔵は失脚後、四国丸亀藩に幽囚の身となった。扱いも囚人に対するそれに近く、老齢にはかなりきついものだったろうに、耀蔵は驚異的な精神力と独自の漢方療法でもって生き続けた。そして、ついに徳川崩壊に際し、幕府の罪人であるとの理由で自由の身になったのであった。

失脚したときは五十歳だったが、再び自由の身となったときは七十三歳の老人になっていた。だから、いまはもう七十七歳の高齢に達しているはずだが、耀蔵の足取りは闊達であった。大柄な身体をぐいと伸び上がるようにして、大きな目で前方を睨みながら歩くさまは、かつての南町奉行時代を髣髴《ほうふつ》とさせた。

「お爺さま、このあたりでしたかしら。正岡さまの家は」

話しかけた連れの婦人は、耀蔵の孫・新太郎の嫁である。名をお延という。耀蔵は江戸に戻って以来、幽囚のときに磨いた漢方の治療を、元の武士や巷の人たちに対してもおこなうようになっていたが、この嫁の手が空いているときには、こうして往診に付き添わせていたのである。

「む、そこの生け垣のところだ。お延、そちはその門のところで待っておれ。わしは正岡氏と大事な話があるのでな」

「そうですか」

と、お延は答えたが、内心、うんざりしてしまった。陽盛りの道を渋谷宮益坂の家からここまで歩いてきたのである。せめて、冷たい井戸水の一杯でも飲まして欲しいところだった。それを門のところで待てとは……お延は、いまさらながら耀蔵の思いやりのなさを呪った。

お延は武家の出ではない。いちおう耀蔵の長男で元海軍奉行支配・鳥居久五郎の妻の実家である諏訪家の娘ということになっていたが、これは武家の家に嫁ぐに際して諏訪家に養女に入るという手順を踏んだに過ぎない。

お延の実家は芝神明《しばしんめい》で紙問屋を営んでいた。父親の佐吉は武家に娘を入れるには逡巡もあったが、新太郎という若い侍のおとなしい人柄が気に入り、得意先から回ってきた縁談を承諾した。小柄だが器量のよい娘だったのでなまじ同じ商売人に嫁にやると、つむじを曲げられそうなところもあったからである。

しかし、その佐吉も鳥居新太郎があの妖怪の孫であったと知っていたなら、絶対に嫁にやることはなかったはずである。しかも、その妖怪がまだ生きていたとしたら、娘を匿《かくま》うことだって辞さなかっただろう。鳥居家の人たちは耀蔵のことはおくびにも出さないまま嫁を取ったのである。もしも耀蔵が御一新によって丸亀藩からも拘留を解かれ、長男久五郎の元にやってくるようなことがなかったら、おそらくお延も佐吉も何も知らないままでいたに違いない。

（武家には鳥居に娘をやろうなんてところはなかったのだわ）

お延は後になってそう推測した。しかし、だからといってとくに腹の立つこともなかった。新太郎は武張ったところもなく、お延にも優しかったし、嫁入った翌年に生まれた幾のこともよくかわいがった。商家とはだいぶ勝手も違ったが、それなりに幸せな暮らしだったからである。鳥居の家の方も、屈託のない明るい性格のお延を気に入り、なによりも身体がよく動いたので、こうしたせわしない時世にあっては、おっとりして世間知らずな武家の娘よりはよほど重宝がった。

（まだかしら。ずいぶん遅いこと……）

お延は正岡家の門脇の楠の根元に腰を下ろしていた。木陰だし、風もあったので汗はひいていたが、喉が渇いてきた。お延は、この庭の右手に井戸があったはずだと思い出していた。確かこの家には妻女もおらず、使用人も暇を取ってしまったはずだから、うろうろしても咎められることはないだろうと、立ち上がった。

やはり井戸は、前に一度訪ねたときに覚えていたところにあった。お延は釣瓶《つるべ》を落として水を汲み上げ、手ですくって何度となく飲んだ。それは冷たく、甘露《かんろ》のように乾いた喉を潤してくれた。ふと気づくと、奥の間で正岡と話しているらしい耀蔵の顔が見える。その顔が大きく相好を崩しているのを見て、お延は驚いた。

（あんなに笑っているお爺さまを見たことがあったかしら？）

お延は不思議に思いながら、門の脇へ戻って、楠の根元にもう一度腰を下ろした。

耀蔵の用件が済んだのは、お延が井戸の水を飲んでから四半刻もしてからだった。ねぎらいの言葉をかけるでもなく、耀蔵は歩き出した。今日はこれで渋谷の家に戻るつもりらしい。七十七歳にしては呆れるくらい達者な足である。

夏の陽はまだ西の空にはりついていて、暑さはほとんど衰えていなかった。お延は汗でじっとりとなったうなじのあたりが気持ち悪く、早く戻って冷たい水で汗を拭きたかった。先ほど耀蔵を見つめた老人がいた茶店には、いまは一人の客も見えなかった。

途中、耀蔵は何度か道端の草むらにしゃがみこんで、何枚かの草をむしっては口に入れて噛んだ。耀蔵がいうには薬草なのだそうだ。散歩の途中などでも耀蔵はよく、こうして道端の草を食べた。「これのおかげで生き延びることができたのだ」という。幽囚のあいだはろくな食事も与えられなかったらしく、それを補ったのが道端の草だったらしい。しかしお延は、耀蔵が草を食《は》む様子がいかにも生に執着する人間の性《さが》をあからさまに見せられるようで、いつも目をそむけたくなった。

耀蔵とお延がようやく渋谷宮益坂の家まで近づいたとき、耀蔵は後ろから走ってきた女に呼び止められた。

「鳥居さま、お願いでございます。うちの亭主が急に腹が痛いと苦しみまして、どうか診てやってもらえませんでしょうか？」

女はお延も顔見知りである。坂下の長屋に住む棒手《ぼて》振りの清太の女房だった。耀蔵は清太の女房が頭を下げる様子をしばらく下目使いに見てからいった。

「わかった。案内せい」

お延は耀蔵の後に従いながら思った。

（ずいぶんと人助けもしているのに、ちっともありがたがられないのも人柄なのかしら）

そう考えると、お延はつい吹き出したくなってしまった。

棒手振りの清太の家は、棟割長屋のいちばん奥まったところだった。あたり一帯に暑気と臭気がこもっている。戸口の前には三歳ほどの男の子がいたが、女房は「あっちで遊んでな」と追い払った。さらに、「いま、偉い先生が来て下さったんだから」と付け加えたのを聞き、お延はこの女房がなかなか口が上手であることを知った。

開け放しの戸口を入ると、清太は板の上で横になっていた。額には汗が滲んでいて苦しそうである。耀蔵は座るように告げ、口を開かせて舌の具合を見、息の匂いを嗅いだ。それから、腹のあたりをていねいに掌で押し続ける。

「肝の臓が傷んでおるぞ」

「肝の臓がですかい……」

清太の顔がこわばった。女房も不安気に耀蔵の手先を見つめている。

「酒は過ぎてはおらぬか」

「それほどでもないと思うのですが」

「お延。芍薬と甘草を取ってくれぬか……」

と横を向いて、お延がこれまで抱えていた薬箱を示したとき、耀蔵の視線がふと止まった。つられてお延もその方向を見ると、紙袋がひとつ置いてある。

「あれはなんじゃ」

耀蔵が無表情で尋ねた。

「へっ、あれはこの間、背中に腫れ物ができたとき、得庵先生にもらった薬でして」

清太が答えるわきで、女房がしまったというような顔をした。得庵というのは蘭方の医師で、この女房は耀蔵が蘭方を嫌っていることも知っていた。

耀蔵が急に立ち上がった。

「お延、もうよい。帰るぞ」

清太は呆気に取られているが、女房の方は、

「鳥居先生がちょうどお留守だったときで、仕方なしに診てもらったものでして」

と取りすがった。

「ならば今度も蘭方に頼め」

取りつく島もない。耀蔵はさっさと外に出てしまった。お延は気まずそうに双方を見やるが、なんといっていいかわからない。清太が、明日はどうしても豊島村にいかなくちゃならないんでと呼びかけるのを心苦しく聞きながら、仕方なく耀蔵の後を追った……。

これで清太がしばらく寝ついてしまったとかいうなら、耀蔵の溜飲もだいぶ下がったのだろうが、ことはそうならなかった。清太は翌日にはすっかり回復したらしく、朝の早いころ、耀蔵の家の生け垣の向こうからこんな声が聞こえてきたのである。

「へん、何が肝の臓が傷んでいるだい。笑わせやがる。得庵先生に診てもらったらただの食あたりで、薬を一服飲んだら治っちゃったい。藪には危なくてかかれやしねえや」

そのときお延もちょうど耀蔵の近くにいたので、思わず顔色をうかがったが、耀蔵は眉

ひとつ動かさないでいた。

だが、さらにその翌日に、お延は近所でとんでもない話を聞いたのである。

「え、清太さんが……」

「そうなんだよ。あの人はいつも、お宅のお屋敷わきの細道を通って帰ってくるじゃないか。夕べもそこを通って帰ってくるとき、落とし穴みたいなところに落ちて、足を折ったんだそうだよ」

「落とし穴に……？」

「あんなところにそんな穴があったかしらねえ」

「さて、わたしはいっこうに……」

お延は八百屋のおかみにはとぼけてそう答えたが、思わず閃いたことがあった。夕べ、食事が済んだ後、耀蔵が外へ出てしばらく戻らなかったことを思い出したのである。

（絶対にお爺さまのしわざ……）

すぐに確信したお延は、耀蔵の部屋にそのことを知らせにいった。耀蔵を詰問するつもりは毛頭ないが、それを聞いた耀蔵の反応を確かめたくなったのである。

「清太さんが落とし穴に落ちて足を折ったそうですよ」

そのとき耀蔵は絵を描いていたのだが、何食わぬ顔でお延を見ていった。

「ほお。蘭方医などにかかるから罰《ばち》が当たったのだろう」

「罰ですか」

「そうよ。徳川のお家もわしの忠告通りに夷狄《いてき》を退けておれば、こんな目にはあわなかったものを……」

お延は耀蔵のふてぶてしい論理に呆れてしまった。だいいち、徳川の家がそのままだったら、耀蔵はまだ丸亀藩で囚われのままだったはずなのである。

ふと、耀蔵の手元を見ると、奇妙な絵が描かれているのに気がついた。いつもは鳥や草花を描いているのだが、今日の絵はまるで違う。二本の線の上に黒いおかしな筒型の物体が乗っていて、その上に煙突のようなものが出ている。もしかして、これが近頃よく話に聞く陸蒸気《おかじょうき》とかいうものかしらと思った。

「あの、それはひょっとして……」

すると、先ほどのお延の偵察めいた知らせには顔色ひとつ変えなかった耀蔵が、とっさに手でそれを隠し、

「なんでもない、下がっておれ」

と、珍しく狼狽したのであった……。

二

「武士の魂を捨てるとは何ごとだ！」

耀蔵はこぶしを握りしめ、立ったまま怒鳴っていた。

狭い家である。長男久五郎の妻の実家である諏訪家の屋敷の離れが、鳥居一家の住まいであった。部屋数は三つ。四畳半が二つに三畳がひとつ。ここに六人が住んでいた。その狭い家に、朝早くから男二人の怒号が響きわたっていた。

「武士などというものはもう存在しないのです」

といい返している新太郎は、腰を下ろしたままだが、下から耀蔵を睨みつけている。おとなしい新太郎にしては、お延も意外なくらい頑固な物言いだった。

新太郎は去年の秋からポリスとして市中警備の仕事についていたのだが、まだ髷は結ったままであった。だが、昨夜戻ったとき、髷は切られ、持ち歩いていた刀もどこかで処分してきたようだった。それを今朝初めて見た耀蔵が、烈火のごとくに怒り出したというわけである。

「たわけたことを。こんな時代はいっときだけのこと。必ず、武士の時代がもう一度やってくるわ。そのときお前は髷も刀もなくしてどうしようというのだ」

「わたしだって、薩摩や長州ばかりがのさばるこんな時代がいいとは思いませぬ。だが、お爺さまの考えるような時代にはもはや戻れませぬ」

襖の開いた次の部屋にお延が控えている。ことが切羽詰まってきたら、飛び出そうと身を固くしている。舅と姑は喧嘩が始まるや、幾を連れて母屋の方へ逃げてしまった。いても頼りにならない人たちだから、お延もその方がありがたいのだが。

「大垣でさえ、かつての同心の恰好でいまも勤めを続けているではないか」

と耀蔵がいった。

「大垣さまは勤めたとしても、あと数年でございましょう。しかし、わたしはこの先も家族を養っていかなければなりませぬ」

大垣というのは耀蔵が南町奉行所にいた頃も同心をしており、去年、新太郎がポリスになるときも労を取ってくれた人物である。耀蔵が丸亀から戻ってからも、しばしば顔を見せる唯一の昔の部下だった。

「女、子供のことなどどうでもよいわ」

お延はなんてひどいと思った。これだから武士は……。だが、新太郎の返した言葉に、こんなときなのに微かに笑みすら浮かべてしまう。

「そうは参りますまい。女房子供を養うのも男子の勤めです」

それから耀蔵はひたと口をつぐんだ。お延がハッとなって見上げると、恐ろしい目付きで新太郎を睨みつけている。ずいぶん長いこと、そうやって睨み合っていた。

先に口を開いたのは耀蔵である。

「そちの見る目が間違いであることはやがてわかる。夷狄に頼る政府など長続きするわけはないわ」

　そういって、背中を向けた。

　新太郎はお延に無言でうなずくと、立ち上がって玄関口へ向かった。

「それでは行ってくるぞ。すっかり遅くなってしまった」

「いいんですか？」

　お延は後ろを振り返りながら聞いた。

「なにがだ」

「お爺さまに謝らなくても」

「そんな必要はない。まったくあの夷狄嫌いはどうにもならぬ。あれでは新しい時代に浮かび上がることなどはできぬわ」

　そういい残すと、新太郎は急いで勤務先となっている青山の詰所に向かった。

　お延は母屋に幾たちを迎えにいこうとしたが、その前にちらと耀蔵の部屋をのぞいた。耀蔵は新太郎に背を向けたときと同じ場所に立ち、じっと庭を見やっている。お爺さまのことだから、仕返しがあるのではと思った。

（でも、まさか身内の人間にまでは……）

お延は慌てて嫌な予感を打ち消した。

ところが――。

幾の悲鳴が上がったのは、昼過ぎの頃であった。いつもの泣き声とは違うので、お延は慌てて声のした裏手の庭に走った。

「どうかしたの、幾」

幾は青い顔をして、粗末な小屋の前に立ちすくんでいる。その中を見た途端、お延もハッとなった。

「まさか……」

「死んでるの、うさぎが」

お延は小屋の戸を開けて、うずくまっている小さな塊を抱いた。佐吉が幾に与えた洋来の耳の黄色いうさぎである。それは近頃の東京で大流行していて、幾も大喜びで世話をしてきたのだが、そのうさぎが死んでいた。

うさぎが蹲《うずくま》っていたあたりには、とりかぶとの葉が束になっておいてあった。それを見たお延は、とっさにうさぎの死因を察知した。

「なんてむごいことを……」

お延はその草をつまむと、耀蔵の部屋に駆けこんだ。

あとから幾が泣きながらついてくる。

「これを与えたのはお爺様ですね」

とお延が叫ぶようにいった。

誰かに手紙でも書いていたらしい耀蔵がゆっくり顔を上げ、平然とした口調で、

「知らぬな。何のことだ」

「これは毒のあるとりかぶとです。このあたりに生えてはおりませぬ」

「だから、どうしたのだ」

「うさぎがこれを食べて死にました」

そういうと、幾が再び、大声を上げて泣き始めた。姑の節がようやく出てきて、幾の肩に手を置いている。久五郎はあいかわらず、すぐ隣の部屋にいるくせにこちらをのぞこうともしない。久五郎夫婦はこのところ、耀蔵とはろくに口もきかないのである。

耀蔵は幾の泣き顔を無表情に眺めていたが、

「あれは夷狄の愚かなうさぎだから、毒の草でもむしってきて食ってしまったのだ。だから、夷狄のうさぎなど捨ててこいといったではないか」

「そんな馬鹿な……」

お延は言葉を失った。

「そもそも我が国には我が国の風土に適したうさぎが古来から棲んでおるのだ。みめだっ

て夷狄のうさぎなどよりはるかに美しいわ。それをわざわざ……」

耀蔵の滔々たる弁が始まったが、幾の泣き声があまりに大きくなってきたので、さすがに耀蔵も言葉を止めた。そして、幾に向かい、これまでよりはだいぶ柔らかい口調でこういったのだった。

「幾、泣くな。爺がもっといいものを手に入れてきてやる。そうだ、雉《きじ》がいい、雉が。あれはうさぎよりずっときれいだし、それに雉は食えるぞ」

……その日、お延はずっと気分が悪かった。幾といっしょにうさぎの死骸を裏庭に埋めてやり、それから幾を連れて、近くを歩いた。途中で風車を売る男と出合ったので、いちばんきれいなそれを買いもとめ、幾の機嫌を取った。それで幾はなんとか嘆きを収めたようだったが、お延の方は収まらなかった。

（まったくあんなことまでしなくても）

しかし、その日はさらにお延の気持ちを不安にさせるようなことが起きたのである。

ひとしきり幾と歩いた後、お延は家に戻ってゆかたの糊張りを始めた。庭の隅に張り板を立て、洗ったゆかたをひき伸ばしながら張る。新太郎のゆかたを張り終えたとき、耀蔵の部屋の方で聞き覚えのある声がした。

（あら、大垣さまがきていらしたのかしら）

と足をそちらに向けようとしたとき、大垣は確かにこういったのである。

「なるほど、それで陸蒸気が招待客もろとも消えてしまう……」

すぐに、「しっ」という鋭い制止の声が入って、大垣の声は聞こえなくなった。

（え、なんですって。陸蒸気が消えてしまうですって）

お延はふいに胃の腑を何者かに摑まれたような気になった。

それからすぐに、

（いけない、こんなことを聞いてしまったら、何をされるか分からない）

そう思って、もつれるようにその場を離れ、木戸を開けて外に出た。さらに、前の通りを小走りに駆けた。通りの向こうには夕日が輝いていて、しじみ売りの声が遠くで聞こえた。胸が詰まるくらいに美しく、平和な光景である。だが、お延の胸はまだざわざわと騒いでいた。

お延がおそるおそる家に戻ってきたのは、それから半刻ほどしてからである。木戸が見えるあたりで、お延はちょうど帰っていく大垣の後ろ姿を見ている……。

「お話があります」

お延の思い詰めた声に、新太郎は一瞬ひるむような表情を見せた。翌日の出がけのときである。木戸を出た新太郎にお延が走り寄ってきたのだった。

「なんだな」

「昨日、お爺さまと大垣さまがとんでもないことをお話しているのを耳にしました」

昨日、新太郎の戻りは早かった。密談の場から離れて、戻ったときは、すでに新太郎も帰っていたのである。だが、狭い家のことで二人で内密な話ができるところはなかった。それだけでなく、お延は一晩、話すか話さないか迷い続けたのである。

そして、朝方になってようやく、

（新太郎にだけは告げよう。もしも、あんなことが実際にされたら、新太郎にも罪はかぶってくるだろうから）

そう決意したのであった。

「大垣さんとお爺さまがとんでもないことをだと？」

「ええ、なんでも陸蒸気を招待客もろとも消してしまうとか……」

「……」

新太郎の顔に驚愕が走った。顔色が刷毛《はけ》で撫でたように蒼白に変わった。

「いったい何をしようとしているのでしょうか、お爺さまは」

「……そんなことができるわけないわ。お延、陸蒸気などというものは恐ろしく大きなものだ。かごなどとはわけが違う。それを消してしまうだなんて、馬鹿馬鹿しい話よ」

「そうでしょうか」

「そうだとも。それにお爺さまはすでに時代から降りた人。そんなことはできるはずがないわ」

新太郎は強い口調でいった。

「それならいいのですが」

「お延、そんなことは決して他人にいうでないぞ」

新太郎はそういって、足早に通りを青山の方に歩いていった。お延は胸の不安をもっと新太郎に聞いて欲しかった。だが、最近の新太郎が勤め先で面白からぬ気分でいることもお延は感じ取っている。元幕臣、それもあの鳥居耀蔵の孫という血筋は、警保寮という新しい組織の中ではなおさら嘲笑の的になった。髷を落とし、刀を捨てたことも、新太郎が新しい時代を生きていこうとする必死の決意の表明であったのだ。

（おかわいそうに……）

お延は黙って、新太郎の背丈はあるが細い肩幅の後ろ姿を見送った。

三

お延はここ数日、身体の具合がすぐれなかった。熱っぽく吐き気がする。とはいえ、風邪ではない。

（やがてきたのだ）

五年前に幾を身ごもったときの気分と同じだった。

新太郎に告げ、お延は二日ほど実家に帰らせてもらうことにした。実はそこまでひどい具合ではなかったのだが、なんだか気が滅入って仕方がなかったのである。生来、陽気なお延には珍しいことであった。

お延の実家は芝神明にある紙問屋である。店構えはさほど大きくはないが、正直な商売をするというのでお得意さまも多く、商売は安定していた。お延は兄二人の末っ子として、家族の愛情を一身に集めて育っていた。

「さあさ、二階に上がって、早く横になれ」

幾といっしょに家に戻ってわけを話すと、佐吉は嬉しそうに娘を二階まで送り上げた。

「そんな、お父っつあん、寝るほどのことはないのよ」

「いいじゃないの。たまには昼寝もしなくちゃ」

母親のおよしまでもついてきていった。

「幾はわたしが見てるからさ」

お延はすぐに商家の気やすさにひたり込む。横にこそならなかったが、足を投げ出して座った。

「ああ、やっぱりここは気楽よね」

「そうだろうよ。とくにあれがいては気も使うだろうに」

「まったくよ」

お延は思い切り、顔をしかめて見せた。

「ところでお父っつあん、名字は決まったの？」

「ああ、お前とも会う機会がなかったので決めてしまった」

佐吉はそういって、およしと顔を合わせ、笑った。

明治二年に町民が名字を名乗ることはすでに許されていたが、佐吉には遠州屋という屋号もあったことから、届け出るのが遅れていた。ようやくその名字も決めて、届け出も済ませたらしい。

「それでなんてしたのさ？」

そこでおよしが口をはさんだ。

「それがこの人ったら、松平とでもしようかなんていうんだよ。あたしゃ、さすがにそれはまずいよっていってね。そしたら、この人ったら、それじゃあ爺さんが奥州仙台の出身だったから伊達にしようなんていって」

「伊達さまの伊達？」

お延が驚くと、佐吉が笑っている。

「そうなんだよ、一言厭味でもいわれるかと思ったら、すんなり通っちまったよ」

「伊達なの？　うちが」

お延はひっくり返って笑うと、佐吉やおよしもいっしょになって大笑いになった。それから、これは絶対にお爺さまにはいえないな、と思った。というのも、もうかなり前になるが、お延は耀蔵にこういったことがあったのである。

「実家の父が名字を何にしようかと迷ってまして、博識のお爺さまに聞けば、いい名字を考えていただけるのではないかといっておりました」

お延としては、単なるお世辞のつもりだったのである。ところが、耀蔵はひどく嫌な顔をした。

「名字？　いらぬではないか。町人なのだから」

「でも、すべての町人が名字をつけることになったのだそうで」

「薩長の阿呆どもがくだらぬことを。町人どもの機嫌など取ってどうしようというのだ」

そういったきり、耀蔵は黙ってしまった。だから、その話はそれっきりだと思っていたのである。だが、それから十日ほどたった頃、耀蔵は紙切れを一枚、お延に差し出した。

「これは？」

「そちの実家の名字だ。この前、いっていたではないか」

「あ、わざわざお考えいただきましたので」

「三つほど候補を出しておいた。好きに選ぶがいい」

耀蔵はそういって背中を向けた。お延は紙切れに書かれてあった名字を読んだ。そして並んでいるあまりに奇妙な名前に、首をかしげてしまった。そこにはごていねいにも振り仮名まで入れて、こう書いてあったのである。

「客来（きゃくきたれ）金恋（かねこい）頭垂（こうべたれ）」

そのことを思い出すと、笑いたくもあり、馬鹿にしていると怒りたくなるような気もしてくる。お延は、結局、伊達という名にしましたと、耀蔵に告げてみたい気もした。

……実家に戻ったその日は、お延は半日、のんびりして過ごした。

だが、翌日になると身体をもてあまし、どこかに出かけてみたくなってきた。幸い、今日は日射しもそれほどきつくはなく、雨にまではなりそうもないが薄い雲がかかって過ごしやすい日になりそうだった。

「お父っつあん、あたしひさしぶりに海でも見ながらのんびり歩きたくなった」

「ああ、それはいい。幾はわたしたちが見ているからいっておいで」

お延は両親に甘えることにした。嫁にいく前に着ていた着物のなかから、派手過ぎるかと思えるような着物を出して着た。気分はすっかり五年ほど前の娘時代に戻っていた。

お延は芝から東海道に出て、品川方面にゆっくり足を運ばせるうちに、ふと、

（あの陸蒸気というものを見てみようかしら）

と思った。本当に陸蒸気を消すことなんてできるものなのか、それを確かめてみたくなったのである。新太郎がいうように、とてもできそうもないのなら、それで安心できる。まさかとは思いながらも、ずっと気になっていたお延であった。

お延は身体に無理のないようのんびりと歩いた。雲で日差しはさえぎられていたが、さすがに八月の日中で額にはうっすらと汗がにじむ。だが、海からの風がむしろ心地よいくらいだった。

品川までゆっくり歩いても半刻足らずで着いた。陸蒸気の通るところは街道筋からさらに海側につくられていた。かつてここは月の名所として知られた御殿山と、大きな料亭があったのだが、山は妙なかたちに切り崩されていて、新しくできた坂の上から見下ろせる位置に品川駅はあった。線路をまたぐように新しい橋がかけられていて、見物には恰好の場所になっている。駅舎は小さな小屋で、芝の増上寺のように巨大な建物を想像していたお延には拍子抜けだった。

（あの、鉄の棒の上を走るのかしら）

鉄の棒は長く、横浜の方にはるかかなたまで続いている。お延のいる場所からは線路の継ぎ目もよく見えない。あんな長い鉄の棒をどうやってつくったのか、そのことが不思議であった。耀蔵がかきたてた不安も忘れ、お延はひたすら物珍しさで品川駅を眺めた。そのとき、遠くからこれまで聞いたこともない物音が聞こえてきた。横浜方面から真っ黒い鉄の塊が、火事にでもなったような煙を上げながら、近づいてきた。

「あ、きた。陸蒸気だ」

とそんな声がまわりで起きた。通りすがりの旅人やらが、一目見ようといっせいに足を止めていた。

ピーッという風を切る音を出して、陸蒸気は品川駅に入ってきた。近くで見るほど圧倒的な重量感である。真っ黒な鉄の胴体に描かれた金色の線と、火の粉を吹き出す筒の赤い色がいっそう威厳を高めていた。先頭に乗っていた紅毛人が、この黒い牛を操る男らしかった。

（これはほんとに、とびきり巨大な黒い牛だ。こんなもの、百人がかりでだって持ち上げられっこないわ）

そう思うと、安心感がわいてきた。やっぱり大垣さまとお爺さまが話していたことは、時代に取り残された人の世迷いごとだったのだ……。お延はつい、

「まったく、どうやって消すのさ」

と口に出していた。すると、お延のそばで、カン高い声がした。

「消すって何をだい？」

お延は驚いてわきを見た。そこにいたのは、年頃なら十歳ほどの、奇妙な感じのする少年だった。

「いま、消すっていったねえ。なにを消すのさ?」

少年は一人前に髷を結って、鎌《かま》○《わ》ぬ柄の浴衣を着流しにしている。湯上がりでもないのに、手ぬぐいをかぶり、その端を口にくわえていた。まるで遊び人のお人形のような少年だったが、どことなくこちらに警戒心を抱かせない人馴れたところもあった。

だから、お延もついうっかりと、軽口をきいたのである。

「なあにね、あの陸蒸気を中にいる人もろとも消してしまうことなんてできるのかしらって思ったのよ」

「陸蒸気を客ごと……面白いことを考えるね、姐《ねえ》さんは」

「あら、やだ。わたしが考えたわけじゃないのよ。ただ、そんなことを考えた人がいるらしくて、あたしはできるわけがないって思ったのよ」

お延はこんな子供相手になにをべらべら話しているのだろうと思った。

(ひさしぶりに一人歩きなどしたもので、つい気持ちが浮わついているのかも知れないわ)

お延はもう帰ろうと、その少年に背を向けて歩き出した。ところが、二、三十歩ほどいったときに、すぐ後ろで、

「うーん、面白れえなあ」

という声がした。振り返ると、その少年がついてきている。

「あら、いやだ。付いてこないでよ」

「いやね、ひょっとしてできるかも知れねえなって思ってね」

「できるわけないわよ、そんなこと」

お延は歩きながら答えている。

「おいら、ひとつ考えてみるよ」

「よしときなよ、無駄だから」

「だって、誰かがそんなこと考えているんだろ」

お延は薄気味悪くなってきた。立ち止まって、少年の顔を見つめる。

「おっと、そんな顔をしなさんな。大丈夫、オイラ、岡っ引きでも下っ引きでもないからさ」

口ぶりがいやに大人びている。

「当たり前よ、誰があんたみたいな子供に十手を持たせるかね」

「そいつはひでえや、姐さん。誰にもいわないから安心しなって意味だぜ」

「あら、そうなの」

「ああ、ただ、その面白そうなことをオイラも考えてみたくなったんだ。その方法が見つかったら姐さんにも教えてあげるけど、住まいはどのあたりだね」

「結構よ」

「教えてくれないなら付いていくよ」

お延は根負けして、ついに渋谷の住まいを教えた。この子ならそんなにおかしな真似はしないだろうと、なぜかこっちを安心させるような雰囲気があったのである。

しかし、教えてしまった後、

(あの子、十歳くらいにしか見えないけれど、ほんとは病気かなんかで二十歳くらいになっているんじゃないかしら)

と思った。実際、口調といい物腰といい、それくらいの年齢を感じさせたのである。

お延はそれっきりその少年のことは忘れてしまっていた。実家から渋谷に戻った日に幾が風邪をひいて熱を出したり、母屋の方で法事があったりと、忙しい日が続いたからである。その忘れていた少年が、ふと渋谷の家を訪ねてきたのは、八月も終わり頃になってからであった。

お延は庭の隅にある井戸から水を汲み上げていると、垣根の向こうで、

「姐さん、オイラだよ」

と呼ぶ声がした。見るとその少年が笑いながら立っていた。

「あら、あんたは……」

お延は垣根のそばまで寄っていった。

「わかったぜ、あの陸蒸気を消してしまうって方法が」

「嘘いっちゃいけないわよ」

「嘘なんかじゃねえ。オイラ、新橋から横浜まで二度もいったりきたりしたんだぜ。それで、姐さんがいったことは絶対にやれるって分かったんだ」

「あんな重くて大きなものを？」

お延の声がいつしか真剣になっていた。

「そうさ」

「あそこには柵もあったわ」

「柵のねえところもあるんだ」

「大勢の人が見てるわよ」

「見えねえところが何ヵ所かあったんだよ」

お延は後ろの離れを振り返り、誰も見ていないことを確かめてから、少年を近くの八幡さまの境内まで誘うことにした。

少年――名前は信吉というらしかったが、その信吉の話を聞くうちに、お延は身体が震えてくるのを禁じられなかった。まさしく、それはできるのである。信吉が推測したのはざっとこのようなことであった。

「あの陸蒸気ってやつは、鉄の棒、線路ってやつを使えば、簡単に方向を変えることができるんだ。あれは一本が三十尺くらいの長さなんだけど、それがせいぜい二本と、元の線路にかぶせることができるように曲げた繋ぎが二本。これだけあれば、陸蒸気の走る方向をずらしてしまえるんだ。だが、そいつを陸の上に向けても、消してしまうってことはできねえ。それなら海の方に落としてしまえばいいわけだよ。例えば舟の上にやぐらを組んで、その上に線路を乗せる。端っこは海に突き出しておいてもいいわけさ。するってえと、走ってきた陸蒸気はこれで海の中へザブン。そこが深けりゃ、まさに陸蒸気は乗っている人間もろとも海の底に消えてしまうぜ……」

お延は信吉の顔を見つめた。信吉は得意気にうなずいてみせる。そんなところだけが子供らしかった。

「それと招待客もろともっていったんだっけね」

「そうよ」

「じゃあ、ことを起こすのは九月九日だ。この日、鉄道の開業式がおこなわれることになっていて、天皇さま以下、大勢の招待客も乗り込むことになってるんだ」

「天皇さままで……」

「そうさ。こいつは恐ろしく大胆な計画なんだよ」

お延は軽い目まいを感じた。

「それで、姐さんにそれをいった男ってのは漁師じゃねえのかい？」

信吉は青い顔でうつ向いていたお延に尋ねた。

「違うわ。なぜ？」

「そいつはおかしいなあ。オイラ、あのあたりの舟をちょいと調べてみたのさ。そうしたら案の定だよ、舟に頑丈なやぐらを組んだやつを二叟、見つけたんだよ」

「じゃあ……」

信吉はうなずいた。

「間違いねえ。それはほんとにやろうとしているんだよ……。姐さん、この話はポリスに密告したりするとまずいんだろ」

「困るのよ、絶対に」

それは新太郎の忠告も裏切ることになる。

「じゃあ、オイラたちの手で阻止するしかなさそうだ。とすると、その策を考えなくちゃならねえなあ」

「そんなことできるの？」

「また、考えてみるよ」

お延と信吉は神社から家の前に戻ってきた。

「じゃあ、オイラはここで」

信吉がそういったとき、お延の視線は垣根の中にあった。耀蔵が庭の野菜の手入れをしていたのだ。こちらには気づいていない。お延は信吉にいった。

「怖い人よ」

「あの人かい。〝消してしまう〟という人は？」

お延はそれには答えず、こういった。

「元南町奉行、鳥居甲斐守……」

信吉は驚いたようだった。そして、いったい誰に聞いていたのか、

「あいつが妖怪か」

といったのだった。

　長雨の後に夏は急速に衰え、かぐろいほどだった庭のしげりもかすかに色づき出し、いつしか櫛かなにかで梳いたように、まばらになっていた。その寂しくなった庭の向こうに信吉の姿が見えた。この前別れてから十日ほどたっている。

お延は家の中をちらっと見やり、庭の隅にいった。

「どうだった」

「姐さん、もう大丈夫だぜ。オイラ、確かな人に相談してみたんだ。おっと、その人からばれるなんて心配はいらねえよ。信頼できるお人だ」

「ほんと？」

「ああ。開業式の日、誰も気がつかないうち、やつらの計画がおじゃんになっている。開業式の日は見物にいけるんだろ」

「絶対にいくわ」

「じゃあ、オイラはいくぜ。まだ、調べなくちゃならないことがでてきたんで」

信吉はついと一歩下がると、着物のすそをさっとまくり、肩から突き出すようにして走っていった。歌舞伎役者のしぐさでも気取っているらしく、お延は思わず苦笑した。

（なんだか、分からないけど、安心することにしよう。万が一、なにか起こったら、そんときは芝の実家に帰ればいいんだから。そしたら、あたしは伊達お延になるんだ）

腹のふくらみはほとんど目立ってはいなかったが、お延はそっと腹を撫ぜた。新太郎はいまから心待ちにしているらしい。もちろん男の子が欲しいのだろうが、女の子でも構わないといってくれるのが有り難かった。その新太郎には、口止めをされた日から、耀蔵の件については何も相談をしていない。

（おかしな心配などさせない方がいいのだもの。そうそう、いざとなれば、あの人だってうちに来ればいいんだわ）

そう思って家の方を振り返ったとき、お延は軒下に耀蔵が立って、こちらを見ているのに気がついた。

「ハッ……」

耀蔵は目を光らせ、ゆっくりとこちらに歩いてくる。数日前から鼻の真ん中にできている腫れ物がやけに黒く、大きく見えた。お延は思わず、後ずさりした。

「お延……」

耀蔵が奇妙な手招きのようなしぐさをしてお延の名を呼んだ。お延は右手の林の方に足を向けた。はじめはゆっくりと、耀蔵が迫ってくるのを見て、次第に足を早めた。チラリと家の中を見ると、久五郎が本を読んでいる。しかし、あの舅に助けを求めても無駄なことはわかっていた。

「待て、お延……」

耀蔵が七十七歳の老人の足とは思えない早さで迫ってくる。足元で枯れ葉が乾いた音を立てる。小さな鳥が何羽か、驚いて飛び立っていった。

「やだ、こないで」

お延が小さく叫んだとき、木の株に足を取られてひっくり返った。脛をしたたかに打ったらしく、立ち上がれない。すぐに耀蔵が追いついてきた。さすがに荒い息づかいだ。めくれた着物の裾から、やけに細い足が見えた。

「お延、なぜ逃げた？」

「いえ、ただ、なんとなくお爺さまが怖く見えたものですから」

お延自身もなぜ逃げたのかよく分からなかった。

　耀蔵は光る目でお延を見下ろしながら、こういった。

「お延、そちは不義をいたしておるのではなかろうな……」

四

　明治五年、旧暦の九月十二日――。

　重陽の節句にあたる旧暦の九月九日におこなわれる予定であった鉄道開業式は、台風のために三日延期された。この日、新橋駅周辺は朝早くから大勢の人々が蝟集《いしゅう》して、異様な興奮状態にあったという。完成したレンガ造り二階建ての駅舎そのものは、銀座周辺にもいくつかの洋館が建てられはじめていたこともあって、東京市民にとってはそれほど珍しい光景ではなかったが、あたり一面を彩る奇怪な雰囲気は、文明開化を日々肌で感じ続けている東京市民も生まれて初めて目にするものであった。

　居並ぶ着飾った騎馬兵はフランス式のいでたちであり、駅舎前につくられた巨大なアーチは杉の葉が飾りつけられた奇態なものだった。馬のひづめの音も響けば、馬車の車輪がきしむ音も混じる。ラッパの音が高らかにこだまし、人々の歓声もうなりのようである。さらに高い秋の空には、花火が何発も鳴り響いて、不思議なお祭り気分はいやがおうにも盛り上がっていた。

この日、お延はあらかじめ示し合わせ、芝の実家に幾とともに泊まりこんでいた。佐吉の具合がよくないことにしてもらったのである。新太郎に真実を告げることができないことは心苦しかった。

耀蔵は前日、お延が出るより一足先に家を出ていったという。今夜は戻らないといい残したらしい。薬箱を持って出なかったので、診療の用事でないことは明らかだった。

六つ頃、お延は幾を預けたままにして実家を出た。お延はにぎわう新橋駅方面には向かわなかった。逆に品川方面に歩き、本芝一丁目で海辺に出た。この海辺一帯は、魚の干し場となっていて、すえたような臭いが鼻を刺した。人気も少ない。もうちょっと足を伸ばせば新橋駅であり、この日はとくにこれまで入れなかった御浜御殿が初めて市民に開放されることにもなっていたので、わざわざこのあたりに見物の腰を下ろすものはほとんどなかったのである。漁師の女房らしい女たちが何人か魚を干していたが、すでに何度も陸蒸気を見ているのであろう、ほとんど関心も示していなかった。

お延は浜辺をゆっくりと薩摩藩の島津屋敷の方に歩いた。前々日に信吉から使いがあって、この浜辺で待ち合わせることになっていた。

(本当に今日、あの恐ろしい計画が実行されるのかしら……。それに、あの信吉がいったようにそれを防ぐ方法なんて見つかったのかしら……)

潮風に吹かれながら、海岸べりを歩くうちに、お延はなんだか奇妙な道に迷い込んでいくような気になっていった。

信吉はすでにきていて、磯に乗り上げた小舟のへさきに腰をかけていた。そして、お延を見ると手招きをしていった。

「こっちだぜ、姐さん」

「あら、舟に乗るの」

「そうさ、面白いものを見物することになるぜ」

二人は小舟に乗り込んだ。信吉の櫓さばきはそれほどうまいものではなかったが、波は穏やかだったから楽に進むことができた。干し場の浜が終わって、薩摩藩島津屋敷と隣り合うあたりで、鉄道の築堤がいったん途切れ、舟が出入りできるようになっていた。その上に橋がかけられている。小舟は橋の下をくぐって、築堤の外の海に出た。

「この切れ目は漁師たちの舟が出入りできるようにつくられたのさ。それでも以前と比べりゃ不便なもんさ」

「そうだろうね」

「おまけにこんな石垣をずらりと並べられたんじゃ海苔は採れなくなるわ、魚は逃げるわで、漁師たちは文句たらたらさ。今日の悪だくみにも漁師の連中が一役買っているのも無理はないね」

「そうだったの……」

だが、お延は耀蔵がそうした漁師たちといっしょに計画を進めたことに、何か不自然なものを感じた。

「さあ、このあたりでいいや」

信吉は、櫓をこぐのをやめ、舟板に腰を下ろした。

「ゆっくり見物といきやしょう。動き出すのは横浜からの帰りの列車だ」

「なんでそんなことが分かるのさ」

「落とすのなら陸に近い方より外側の海に落とすだろうよ。その方が底も深いし、浜の方から見つかる心配もない。オイラ、連中が船に隠した線路のつなぎを見つけたんだ。そいつは先が左曲がりになっていた。つまりは、品川からやってくる方を狙うってことさ」

お延は感心してしまった。なんて頭のいい男の子なんだろう。

「前々から聞きたかったんだけど、あんた年はいくつなの？」

「オイラかい、いくつに見えるのさ」

「見た目は十歳だけど、話していると二十歳くらいに思えてくるわ」

「嬉しいんだか、悲しいんだか……オイラ、十五だ。ちょっと背丈が足りないんで子供に見られるんで弱っちまうぜ」

「十五だって子供よ」

そういうと、信吉はちょっとふてたような表情を見せた。この子をからかうと、どうし

てこんなに面白いんだろう。お延はそっとおなかを撫ぜ、

（もしも今度は男の子ができるなら、こんな男の子に育ってもらったら嬉しいのに）

と思った。

そのとき、信吉は新橋の方を指差していった。

「横浜にいく列車だ」

陸蒸気はこの前見たときよりずいぶん磨き立てられているようだった。前から二つめの客車には窓に御簾《みす》が下ろしてある。そこがおそらく天皇陛下の乗る車両らしかった。その後ろにも五両ほどの客車がつながれていて、こちらはかなりの数の乗客がいることが見て取れた。

信吉は袂から時計を取り出した。

「えっと、いまは午前十時だから……横浜での開業式を終えて、再度、東京に戻るのが午後一時のはずだから、あと……三時間か」

時を読むのはなかなか難しいらしい。

「凄いもの持ってるのね」

「なあに借り物だよ」

信吉はそういって、あらかじめ用意しておいたらしい釣竿を取り出した。

——舟の上でぼんやり揺られているのは、お延にはひどく心地よいことだった。お延は

子供の頃から潮干狩りや舟遊びが好きだったのだ。いまの幾くらいの歳だったか、お延は舟遊びの途中で海に落ち、あやうく助け上げられた記憶があるが、あれもこの海ではなかったろうか——。おなかに小さな子供がいるのに、長いこと舟でゆられるのはよくない気もしたが、親が気持ちよければ子供だって気持ちがいいはずだと思い直した。

「妖怪は怖いかい？」

釣糸を垂らしながら、信吉が聞いた。

「怖い……？　怖いというよりは気味が悪いって方があたってるかな」

「とんでもない大悪人だったたって聞くけど」

「みんなそういってるわね。でも……」

お延は、耀蔵が大悪人かといわれるとちょっと違うような気がするのだ。大悪人というのはもっと他人のことを気にするのではないだろうか。他人の目を欺いたり、他人の考えを逆手に取ったりして、いつの間にかとんでもない悪事をなし遂げてしまっている——そういう奴をいうのでは。だが、耀蔵というのは他人の思惑などあまり気にしない男である。わがままな子供がそのまま大きくなった……そんな感じなのであった。

「ああいう人を町奉行にした人たちもいけなかったんじゃないかしら。だって、ああいう人って、けっこう沢山いるんじゃないの」

結局、お延はそう答えた。

「ある人が……その人が今日も助けてくれることになっているんだけど、鳥居耀蔵をこんなふうにいってたよ。幕府が番犬を飼ったら、あんまりうるさく鳴くもんだから、放り出しちまったんだって」

なんてうまいことをいうのだろうとお延は思った。まさしくあのお爺さまは番犬というのがぴったりだ……。

「ところであんたは何やってんの。どこかに奉公してるんじゃないの？」

「オイラかい、オイラはただの遊び人さ」

何かがかかったらしく、信吉は急いで釣竿を高く振り上げた。小さな魚が、舟板の上で光りながらはねた。

その後、お延は波の上でうとうととまどろんだ。何度目かの夢の中で、信吉が呼ぶ声がした。

「そろそろ動き出したぜ」

お延ははね起きて、眩しさに顔をしかめながら、築堤の方を見た。海の上で、閉じていた目を開くと、光に馴れるまでひどく時間がかかったが、なるほど、ちょっと大きめの舟が二叟、築堤の切れ目をくぐって、こちらの外海に半分ほど姿を現した。

「姐さん、すまないが、そこのむしろをかぶってくれないか」

お延は信吉のいうとおり、むしろを頭からかぶり、姿を見られないようにした。

二叟の舟にはそれぞれ四人ずつ男が乗っているが、お延のところからは顔まではよく分からない。そのうち、二人の男が築堤の石垣にはい上がり、橋上の線路のところでなにか作業をしているようだった。

「どうやらうまくはまったらしいや」

「あそこにお爺さまもいるの？」

「妖怪かい。あいつはここにはこないよ」

「じゃ、どこに」

「おそらく家で昼寝でもしてるだろう」

「なんですって？」

お延は信吉のいうことが飲みこめなかった。

「姐さんよ、これからいくつかとんでもないことが起きるだろうけど、決して騒ぎだしたりしちゃいけねえよ」

信吉は子供にいい聞かせるようにお延にいった。

その頃、横浜を出た列車はちょうど品川駅手前の八つ山あたりにさしかかっていた。別名、月の岬ともいわれ江戸の頃は文人墨客たちが愛した名所も、築堤工事で切り崩され、だいぶ平らになっている。ここで陸蒸気は車輪の裏あたりから煙のような蒸気を何度かシュッシュッと吐き出すと、次第に速度を落とし始めた。

運転席では紅毛人が訝《いぶか》しげな顔をしている。石炭をくべるのが専門らしい日本の男も、手を休めて何事かと前方を凝視した。速度の落ちた列車の中で、人の動きがあった。先頭の車両にいたひとりがひとつ後ろの車両にいき、明治天皇と同じ車両にいた政府の高官らしき男に小声で語りかけた。

「先ほども申し上げましたが、海軍大輔の勝安房守の依頼があってほんの十分ほど到着が遅れますが、別に異常はありませんので御安心を」

その男はおおようにうなずいただけであった。

そして、この列車に乗り込んだ人々も、この先の海の上で待つお延たちも知らなかったが、このときこの列車が止まっている八つ山から一町ほど前のあたりで、奇怪な乗り物が線路の上に乗せられていたのである。

それは二頭の巨大な黒い牛だった。陸蒸気の比喩などではなく、本物の牛であった。その二頭の牛の後ろには荷車がつけられ、荷台には薪が山のように置かれている。さらにその後ろには、屋根が取りつけられた車が三両ほど。乗客は誰もいなかったし、また乗ろうとしてもとてもそんな気にはなれないほど奇怪で汚い仕立てであった。

これらを線路の上に乗せたのは、海軍の制服を着た十人ほどの男たちである。

「こんなものを走らせて、本当にいいのかな」

「勝安房守さまの命令よ」

「何をするつもりなんだろう」

「余計な詮索はやめておくことだ。それよりいいつけ通りに、薪に火をつけるんだ」

一人の男がたいまつから薪に火を移した。薪はよく乾燥しているらしく、あっという間に燃え上がる。驚いたのは二頭の牛である。尻でいきなり火の手が上がったものだから、ブォーッと脅えた鳴き声を上げるや、猛然と駆け出した。そして、陸蒸気にも負けない速度で、真っ直ぐに伸びた海の上の道を新橋方面目指して疾走していった……。

お延は揺れる小舟の上で、築堤にはい上がって遠くを見ていた男が、何か叫びながら石垣をまろび落ちてくるのを見た。

「よし、きたぜ」

信吉が嬉しそうに叫んだ。

「きたぜって、きちゃ困るんでしょ」

「いいから、見ねえな」

そういったとき、築堤の上に突然、黒い牛の巨大な姿が現れた。橋の上にかかったと見えた途端、急に向きをこちらに変え、横倒しに転がるように、並んだ二艘の舟の上に踊り上がっていた。その重みで舟もひしゃぐように海に大きく身を沈める。

「はっ……」

お延は息を飲んだ。

頭上の列車はそのまま宙を飛び、ぶつかり合い、くだけながら、激しい波しぶきを上げて次々に海中に沈んでいく。一瞬遅れて車体のきしむような音、何かが弾けるような音、男たちの怒号、そして波しぶきの音が、まじり合って聞こえてきた。それはあっという間のできごとだった。

海中に列車が沈んでしまっても、二叟の舟は海の上にあった。

「やったぞ、逃げるんだ」

そんな叫びも聞こえてきた。

茫然としているお延に、信吉がいった。

「姐さん、ほら、あの後ろの方の舟のへさき側にいる男に見覚えはねえかい」

「え……？」

お延は訳がわからないまま、指摘された男を見た。何か叫びながら、あわてて櫂をこぎ出した男。背が高く、肩が少し落ちて……お延の頭は激しく混乱した。

「あれは……うちの人……新太郎……なぜ、あんなところに」

お延はかぶっていたむしろを払い除けた。

「いまのはうちの人ね、そうでしょ」

「そういうわけさ。新太郎さんのわきにいるのは、大垣という元南町奉行所の同心だ」

「なにがそういうわけさよ、どうしてこんなことさせておいたの」

お延は立ち上がって、信吉に喰ってかかった。

「落ち着きねえな、姐さん。さっきの列車をよく見なかったかね。本当に落ちたのは陸蒸気だったかい？」

「そうよ、間違いなく黒い牛だったわよ……」

お延はさきほどの光景をもう一度、脳裏に思い描いた。すると、さっきのできごとになにか大きな間違いがあったような気になった。

「黒い牛だった……本物の……おかしいわ、いちばん前にあったのは陸蒸気じゃなくて、本物の黒い牛だったような気がする……そんな馬鹿な」

信吉はそこでクックックと笑った。

「そうさ、さっきのはおとりだったんだよ。しかもそのおとりの陸蒸気には、確かに本物の牛が先頭にくくりつけてあったのさ。まったく勝先生の冗談好きには呆れてしまうよ」

「おとり？　それじゃあ、あのなかにうちの人がいたのはどうしてなの」

お延はさきほどの現場をもう一度見つめた。すでに二艘の舟は品川方面に雲を霞と逃げ出したらしい。ずいぶん遠くに小さくなっていた。信吉が櫓を漕ぎながら話し出した。

「それはオイラも途中から気がついたんだけど、この計画で動いていたのは妖怪じゃなくて姐さんの旦那だったんだ。姐さんが計画を小耳にはさんだとき、誤解があったんじゃないのかい？」

「そういえば……」

あのとき見えていたのは大垣の姿だけだったのだ。では、大垣の話を中断させたのは新太郎……。

「姐さんには黙っていた方がすべてこっちの計画通りに進めやすかったもんだから、そいつはすまなかったがね。新太郎さんはポリスになっても、あまりに薩長の連中ばかりがのさばっているのに業をにやし、元の幕臣の数人と結託し、鉄道敷設のため被害を被った漁師たちと協力して、この計画を思い立ったのさ。警備に失敗があれば、薩長の連中は責任を問われるし、一泡吹かせることができるってわけだ。しかも、この薩摩藩屋敷の裏でこんなことがあれば、疑われるのも薩摩の連中さ」

「あの人が、そんなだいそれたことを……」

お延は新太郎のおとなしい性格を思い出し、信じられない気がした。それから、やはりあの人にもお爺さまの執念深い血が流れていたのかとも思った。

「でも、もう大丈夫さ。見た通りに計画は失敗したんだから」

「新太郎たちは成功したと思っているのでは」

「なあに、すぐにさっきのはおとりだったと気がつくさ。だって、もうじき本物の列車が新橋駅に無事、到着するんだから」

信吉とお延の乗った舟はさっきの現場の上を通った。よく見れば、客車らしい箱の一部が海面から突き出ている。それはいかにも適当にこしらえたような贋の客車で、落ち着いて見れば一目で見破ったのに違いない。海中には二頭の黒い牛が角をはち合わせるような恰好で沈んでいるのも見える。牛の目がこちらを睨んでいるようで、お延は思わず顔をそむけた。新太郎たちもよほど動揺していたのだ。こんな仕掛けにひっかかってしまうなんて……。

（そこまで思い詰めていたなんて……かわいそうに）

お延は新太郎が哀れに思えてきた。

信吉の漕ぐ舟は橋の下をくぐり、魚干し場の浜の前の海に出た。浜に小舟を乗り上げたとき、信吉の目が急に驚きの色を帯びた。信吉たちのすぐ前に、耀蔵が立っていたからである。

「どうして妖怪がここに……」

信吉が小さく叫んだ。耀蔵はお延がここにいることなどまるで気がつかないらしく、築堤の方を見つめている。そのそばには馬に乗った武士がいた。かつてお延が青山の家を訪ねたことがあった正岡という男だった。

「お爺さまがいったい何を……」

すると、後ろからかすれたような汽笛の音がした。遅れた列車がいまようやくやってきたらしい。振り向くと、築堤の向こうに広がる青い秋空を背景に、黒い巨大な牛が、贋物とはまったく違った力感で疾走してくるのが見えた。

耀蔵もそれを認めたらしく、馬の男に声をかけた。

「さあ、正岡氏、参ったぞ。見事、あの陸蒸気を追い抜いて、鼻を開かしてやってくだされいっ」

その言葉を合図に、正岡があぶみを馬の腹に打ちつけた。馬が濡れた波打ち際を走り出した。

芦毛の美しい馬であった。

「陸蒸気と競争させる気だ。そうか、妖怪は妖怪でこんなことを企んでいたのか」

と信吉がつぶやいた。

轟音を上げて疾走する陸蒸気と、風を切って疾走する馬。どちらが速いのか、後ろから見守るお延たちには判定がつけにくかった。先頭にいる紅毛人と二人の石炭係も、窓から身を乗り出して、馬を見ていた。耀蔵がよたよたと後を追いながら、列車に向かって怒鳴る声が聞こえてくる。

「この夷狄《いてき》の化け物め……薄汚いなりをして……我が国に入り込むでない……この愚かも

のめが……」

耀蔵は叫ぶうちにますます興奮してきたらしく、海の中にざぶざぶと足を踏み入れていった。その頃には、列車と馬に明らかな差がつきはじめていた。

「どうなさった、正岡氏……早く、そやつを追い抜いてくだされ……その、薄汚い化け物めを……」

お延たちには見えていなかったが、当然のことながらこの様子は、列車内の一行も興味を持って眺めていた。四、五両目あたりに乗った鉄道関係の役人たちは、のんびり窓外を見て、感想を述べ合った。

「おうおう、追いかけてきますな。見事な綱さばきだ」

「馬と牛との競争じゃ」

「足場が悪いからとても追いつくのは無理でしょうな」

二両目の御料車では、こぶしを振り上げて怒鳴る奇妙な老人を、明治天皇も目に止めたようで、「なにやらおかしな連中もいるようだな」と侍従に話しかけた。その侍従は窓外を睨むような目をしながらいった。

「我らのゆくてはまだまだ平坦ではございますまい……」

さて、焦る正岡は必死に鞭を入れるが、馬は砂地にひづめを取られたらしく、よこざまにひっくり返った。列車はそれを尻目にますます遠ざかっていく。二度三度、嘲笑《あざわら》うような汽笛が秋の空気をひき裂いた。その後ろ姿に耀蔵がこぶしを振り上げ、最後にこう絶叫した。

「早く国へ帰れ、この無礼者！」

……取り残された耀蔵は、波打ち際に膝をつき、荒い息を吐きながら前方を睨みつけているようだった。その耀蔵のところへ、信吉が小走りに近づいていった。お延は呆気に取られて見守っている。そばへ寄った信吉が、なにか一言二言話しかけたようすだった。耀蔵は驚いた顔で信吉を見上げた……。

五

それから一刻ほど後、お延と信吉は新橋駅の鉄道会所の一室にいた。真新しい白い壁と椅子とテーブルの応接セットが置かれたその部屋で、お延は緊張のあまり身を固くしていた。新太郎のことでなにかお尋ねがあるのか、それがいちばんの気がかりであった。それに新太郎はあの後、逃げおおせたのか、まさかすでに捕まってしまったのではないだろうか……。

ドアが開いて、小柄な男が姿を見せた。羽織袴にステッキを手にしている。年は五十歳くらいか、澄んだ目の光が印象的だった。

「ご苦労だったな、うまくいったようじゃないか」

信吉が床に手をつき、頭を下げて、そのままの姿勢でいった。

「先生のおかげです。ありがとうございました」

お延も慌てて床に這いつくばった。

「おいおい、よさねえか。ここは床に手をつくような場所じゃねえよ。まあ、その椅子に座んねえな。ほら、お前さんもよ」

信吉はお延を目でうながし、自分も椅子に腰を下ろした。そして、お延に向かってこういった。

「海軍大輔の勝安房守さまだ」

お延はもう一度、深く頭を下げた。

「固い挨拶は抜きだよ。信吉から話は聞いた。お前さんのおかげでとんでもない計画を未然に防ぐことができた。よかったじゃねえか、なあ」

「勝先生のあの奇想天外なおとりには度肝を抜かれました」

信吉が笑顔でいった。

「よくもあのような大胆なことを……もしかしてばれるのではないかという不安はなかったのでしょうか」

どうやら本物の黒い牛を走らせるという思いつきは、勝安房守から出たらしかった。

「なあに、ああいうときってえのは、やる方も動転してるから、意外に気づかねえものなんだよ。それにさ、信吉。ばれたって構わねえじゃねえか」

「え……？」

「ばれたらばれたで、向こうさんもそれで計画が見すかされたって気づくんだからさ」

「なるほど、確かにそうでした。オイラは向こうさんもすっかり騙してやることばかり考えていました」

「これで、あの連中ももう悪さをすることはあるめえよ」

それから勝は、列車転覆計画は今度の事件だけに限らず、これまでもさまざまな妨害が相次いでいたといった。線路に石を置くもの、投げつけるもの、品川駅に近い御殿山から岩が降ってきたこともあったという。そうした妨害があるたび、要注意個所が確認され、警備体制を整えてきたらしい。

「ただ、今度の計画ほど大胆でよく考えたものはなかったけどな。鳥居甲斐の孫だけあって、なかなか知恵も働くじゃねえか」

勝はすべてお見通しらしい。

お延は恐れ入りながら、とうとういちばん気がかりなことを聞いた。

「あの、今度の首謀者たちはどういった処分になるのでしょうか？」

すると、勝は信吉を見て、ニヤリと笑った。

「今度の一件についちゃ全部、この勝の裁量で任せてもらったのさ。ちょうど連中が舟を使ったってえのも海軍を任されているわしには都合のいいことだったよ。だから、わしと信吉が口をつぐんでいれば誰も知らないままで終わるのさ」

「とおっしゃいますと……」

勝は答えるかわりにニッコリ笑った。

「新政府に逆らう連中を捕まえたってきりはねえのさ。それより、いかに民が満足する政治をやるかが問題だよ。あんたの亭主の気持ちだってわからんことはない。先年、新たにポリスが三千人雇われたのだが、これが全員、薩摩の連中さな。なかにはずいぶんうさん臭げな輩《やから》もいたようだ。あいつらが一大勢力となって幅をきかせているんだから、あんたの亭主でなくても一泡吹かせてやりたいと考えるぜ。それにさ……」

勝は持っていたステッキで、床を二、三度コツコツと叩いた。

「わしだって、いついまの政府にさからいたくなるかわかりゃしねえんだからな」

信吉がハッとなって、勝の顔を見た。その信吉を見て、

「あの線路にしたってよ、海なんざ埋め立てる必要があったのかどうか。あそこらあたりはそりゃあのんびりして、景色のいいところだったのによ」

勝はそういって、遠くを見つめるような目をした。

お延もまた、いま勝が思い浮かべている景色が見えるような気がした。海苔舟が点在す

る昼下がりの海、月の光に照らされた海、浜辺の潮干狩り……。芝の子供たちにとって海はもっとも懐かしく、身近なものであった。

「ところで、お延さんといったな、あんた、ここにいる信吉がどういう奴かは知らねえんだろ」

「えっ……？」

「信吉の爺さんは、あんたの爺さんと同じ頃に、江戸の町奉行をつとめていたんだよ」

「とおっしゃいますと、まさか、遠山さまの……」

かつての北町奉行遠山金四郎の世評は、このところとみに高まっていることをお延は耳にしていた。どこかの講釈師が遠山の裁きを面白おかしく脚色して、語り始めているらしい。なんでも遠山さまの背中には立派な桜の彫り物があって、下世話の人情にもよく通じたお方だったとも聞いている。お延は耀蔵のことがあるため、そうした噂を聞くたびになんだか肩身の狭い思いをしたものだった。しかし、その遠山金四郎はすでに亡くなったはずではないか。

「そうさな、遠山金四郎の孫だよ。よく似てきたよ。顔ばかりじゃなく、若けえときの身すぎ世すぎまで」

勝がそういうと、信吉はひどく照れた。

「まさか、おめえ、彫り物までは入れてないだろうな。遠山桜なんざ」

「そんな、安房守さま、おからかいを……」

信吉はそういうと、二の腕をぐっとまくって見せた。逞しいといえるほどではなかったが、いかにも機敏な少年らしくよく締まった腕で、傷ひとつも見当たらなかった。

信吉とお延は、鉄道会所から出て、新橋駅の前に立った。左右対称の堂々たるレンガ造りの建物である。すでに夕暮れが迫っていて、人通りもだいぶ少なくなっていた。

お延は信吉を見た。小柄なお延よりもかなり背丈は低いはずなのに、なんとなく自分よりも大きく見えた。

「じゃあ、これでといいたいところだが、もうひとつ用件が残っているんだ」

「なにが？」

「ほら、そこにいる爺さん……」

お延は信吉の視線に促されて後ろを振り向いた。そこにはユラユラと揺れるように立っている耀蔵がいた。袴の下半分には砂がこびりついていて、髷もだいぶゆがんでしまっている。鼻の上の腫れ物が今日はひときわ大きく見える。唇の端が緑に染まっているのは、またどこかで草を食んだのだろう。薄気味悪さとともに、どこかみじめたらしさすら感じられた。

「実は今年の春、目黒の本妙寺にあるオイラの爺さんの墓のわきの桜の木が、何者かに切り倒されてたのよ。そいで、さっき、『オイラの爺さんの桜の木を切ってくれてありがとうよ』って挨拶してみたのさ。やっぱり鳥居甲斐守さまのしわざだったようだ……」

耀蔵は信吉を睨みつけていった。

「あのとき遠山の奴がわしのやることに横から口をはさむようなことをしなかったら……老中の阿部などと組んで、こざかしい振る舞いをしなかったら……いまごろは幕府も安泰だったのだ」

耀蔵の失脚の原因は、いったん罷免された老中の水野忠邦がふたたび復権したことにあった。耀蔵はかつての上司の水野が天保の改革の失敗で落ち目になったとみるや、掌を返すように裏切って、反水野側へまわっていたのである。復権した水野が、耀蔵を許すわけはなかった。

だが、それ以前に、老中の阿部正弘や遠山金四郎が耀蔵追い落としに動いたこともあって、恨みの矛先は水野よりも阿部と遠山に向けられたようだった。

「そいつはどうかな。幕府のことはともかく、おめえさんのやり方じゃ、失脚するのは目に見えていたはずだぜ」

「黙れ、小僧」

耀蔵の目が気味悪く輝き出している。お延は腰の刀を抜くのではないかと気が気でなかった。老いたとはいえ、若い頃は剣もかなりの使い手であったと聞いている。耀蔵が揺れながら近づいてきて、信吉の目の前に立ちはだかった。信吉はと見ると、小さい目をさらに平たくして笑顔で耀蔵の動きを眺めていたが、いつのまにか腰が次の動きにそなえて下りていた。

「こいつ、こらしめてやるわ」

そういって耀蔵は突然、こぶしを振り上げた。

「あっ、危ない。信さん」

お延が叫んだ。

耀蔵がこぶしを振り下ろすと、信吉は後ろにサッと下がった。

「こやつ、おとなしくせいっ」

耀蔵はさらにこぶしを振るった。しかし、それも信吉はすばやくかわした。

七十七歳の老人と、小柄な少年との、それは奇妙な格闘だった。鈍い動きで腕を頭の上にあげては振り下ろす老人。それをはしっこくかわして飛び回る少年……。お延はなんだか下手な人形浄瑠璃でも見ている気がした。

この喧嘩に気づいた人たちがまたたく間にまわりを取り囲んだ。大人同士の、しかも刃物を持った喧嘩ではないため、自分に危害がかかる恐れもないことを見て取り、図々しいくらい近くに寄ってくるものもいる。

「おっ、爺さん、頑張れよ」

「小僧、負けるな」

勝手な声援まで飛びかい出した。

やがて、耀蔵がふいにギャッという声を上げた。追い詰めた信吉をぶちのめそうと、思い切って振り下ろしたこぶしが、鉄道会所のレンガ塀に突き当たり、そのはずみで顔までも壁に激突して、横ざまにひっくり返ったのだった。

お延は一瞬、迷ったが、

「お爺さま、お怪我は？」

と歩み寄った。

「ええい、うるさい。寄るな」

耀蔵が鼻をおさえながら怒鳴った。指の間から血がにじんでいる。

それを見た信吉が軽く笑って、こういったのだった。

「これにて一件落着……ってとこかな」


新太郎は例の失敗によってだいぶうちのめされたようだった。そもそもあの日は、夜もかなり遅くなってから家に戻ってきたのだが、どこかでだいぶ酒を飲んできたらしく、寝たふりをしていたお延の枕元に座って、こんなことをくどくどと語った。

「お延、おれはいまの境遇からもっと這い上がろうとしたが、どうも失敗に終わったようだ。薩長の天下はまだ続きそうだ。おれはもう諦めた。危ない橋は渡らん。出世も金も望みは薄いかも知れないが、辛抱してくれ。なんとか家族だけでも幸せにやっていくことにしよう……」

お延はまわりくどく、だらだらと続いたこのような呟きに、目をつむりながら、

（もちろん構いませんよ、お金も出世も結構ですから）

と胸の中で答えていた。

その後しばらく新太郎は例の一件の追及に脅えていたようだったが、そんな動きもないらしく、やがて以前と変わらない日常に戻っていた。

耀蔵の方は、あの日から急に足腰の衰えがひどくなっていた。往診も断りがちになり、遠出もしなくなっていた。その分、近所だけはまめに歩き回るようになり、睨みつけるようにして店先やら窓の中を覗き込んだりするため、お延は近所のおかみさんからも厳しい厭味をいわれたりした。

耀蔵は例の一件については何も語りはしなかった。自分の失態が明らかになるため、お延の行動に不審なところがあってもそれを問い質すことはしにくいらしかった。そのかわり、耀蔵はお延の不義の噂をばら蒔いた。これには新太郎ばかりか、舅や姑も不安をきたしたらしいが、ある日、疑念はいちどきに氷解した。不義の相手と指摘した遠山金四郎の孫が耀蔵の見舞いにやってきたからである。いくらませた口をきくといっても、どう見て

も十歳ほどの少年とお延とでは、不義もなにもあったものではない。これで、

「あの人は昔から、ああいう馬鹿げた卑劣な手で、まわりの人たちを落とし入れてきたのだろう。まだ懲りないのか」

と、家族の信用はますます失墜した。

もっともお延だけは、心ひそかに、

（お爺さまはなかなか鋭く女心を見抜くところがあるわ）

と、思っていた。不義とまではいかなくても、信吉のことを考えると、不思議なときめきを感じる自分に、いぶかしささえ抱いていたからである。

もはや、鳥居家の思惑とは何の関係もなく、世間は目まぐるしい早さで変化、いや開化していった。開業式を終えた鉄道は、ますますの盛況を見せていたし、線路は東海道に沿って遥か大阪まで延びていくらしい。山に穴を開け、トンネルというものまでつくられるという。耀蔵があれほど嫌った断髪ももはや珍しいものではなくなって、明治六年の三月には断髪を促進するべく天皇自らがザンギリ頭を実践していた。

耀蔵が獣の股の臭いだと誹謗した牛肉も急速に巷に浸透していた。実はお延も新太郎と実家の両親とで牛鍋屋にいって、すでにその美味を堪能していた。もちろん耀蔵には内緒であったが。また、新太郎は勤めの仲間とともにコーヒーという飲み物も味わってきたのだという。苦みはあるが、甘くて大変おいしいものだそうで、お延は近いうちに自分もぜ

ひ飲んでみたいと思っていた。そんなふうに、「文明開化」とやらは否応なしに鳥居家の中にも入り込んできていたのである。

もしも耀蔵がそれを目のあたりにすることがあれば、またも一悶着くらいはあっただろうが、すでに家の中でも囲いの中へ追いこまれていた。耀蔵の存在は無視しようと思えばできるものになっており、鳥居の家の人ですら、妖怪の怖さや執念深さを忘れつつあったのである。

だが、お延は相変わらず耀蔵の相手をつとめていた。散歩の際には手を貸しもしたし、薬を飲む手伝いをしてあげてもいた。その労を、耀蔵はわざとお延の足を踏むことと、粉薬を鼻息で吹きとばすことで報いていたのであるが。

年が替わり、春あたりから耀蔵のできものはますますひどくなっていた。顔にも首のつけねにも、そして胸のあたりにまで吹き出してきていた。耀蔵はそれらのひとつずつに黒い膏薬を塗るので、遠目に見ると顔というよりは苔がむした岩のような印象であった。姑の節などはそれを見て、

「あれは身体の奥にあった業がわき出てきているのですよ」

と、嬉しそうにひどいことをいった。

足元が覚束なくなっても、口だけはいつまでも達者であった。お延は遠山の孫とはその後も会っているのか、と厭味たらしく何度も尋ねられたし、字のまずさや学問のなさをそ

のつど指摘され続けた。それに対して、お延は一度だけ復讐を試みたことがあった。そのときお延はつかいものの黒い箱に風呂敷をつけて、耀蔵の枕元でかぶってみせたのである。耀蔵はギョッとなって、

「お延、それはなんじゃ」

「新太郎さんが借りてきたもので、写真機というものだそうです。これでお爺さまのお写真を撮ってさしあげましょうか？」

「こら、よせ。やめるんだ。無礼者」

　耀蔵の嫌がる様子はお延が想像した以上で、むしろ激しい脅えを示したのであった。

「やめてくれ、何をするんだ。魂を抜かれるではないか」

　お延は適当に切り上げ、家の隅にいってひとしきり腹を抱えた。

　夏の或る日——。耀蔵はすでに床から立つことも少なくなっていたが、昼寝のときに夢の中でひどくうなされたことがあった。耀蔵はうわごとでこういっていた。

「母上、耀蔵は養子に出されるのでありますか。母上……」

　お延は耀蔵が幕府の大学頭、林述斎の子で、鳥居家に養子に出されたことは聞いていた。が、それは確か二十歳をだいぶ過ぎてからのはずであった。それなのに、耀蔵の「母上」と呼ぶ声は、ひどくせっぱつまって、子供じみてさえいて、お延は意外な気がした。

　それからお延は背中におぶっていた四月に誕生していた長男の遥太郎の小さな手を握っ

た。なぜか、その子のことを心ゆくまで慈しんであげなければと思った。

天保の妖怪といわれた鳥居耀蔵が、その人物を知る人には意外なくらいひっそりと七十八歳の数奇な生涯を終えたのは、それからまもなくのことである。

編者解説

細谷正充

岡本綺堂の『半七捕物帳』によって、捕物帳というジャンルが生まれた。以後、主に岡っ引や同心を主人公とした捕物帳が、連綿と書き継がれて現在に至っている。ひとつのジャンルが衰退せずに読まれていることは、慶賀すべきことであろう。だがそれゆえに、過去を舞台にしたミステリのほとんどが、捕物帳の形で発表されることになる。通常の捕物帳とは違う、いわゆる時代ミステリは、ごく少数に留まっていた。

しかし近年になって、ついに時代ミステリの時代が来たようだ。米澤穂信の『黒牢城』、伊吹亜門の諸作、羽生飛鳥の「平家物語推理抄」シリーズ、平谷美樹の『虎と十字架 南部藩虎騒動』、永井紗耶子の『華に影 令嬢は帝都に謎を追う』、岡田秀文の「月輪《がちりん》龍太郎」シリーズ、松井今朝子の『壺中の回廊』『芙蓉の干城《たて》』、鳴神響一の『猿島六人殺し 多田文治郎推理帖』、田中啓文の『信長島の惨劇』、獅子宮敏彦の『豊臣探偵奇譚』、中島要の『神奈川宿 雷屋《いかずちや》』、戸南浩平の『木足《もくそく》の猿』『サムライ・シェリフ』……。いささか前の作品になるが、諸田玲子の『王朝まやかし草紙』や、幡大介の『猫間《ねこま》地獄のわらべ歌』『股旅探偵 上州呪い村』も見逃せない。とにかくミステリ作家、歴史時代小説作家を問わず、多数の作家が時代ミステリを上梓しているのだ。

さらに近年の時代ミステリには、ふたつの特徴がある。ひとつは近代を舞台にした作品の増加。もうひとつが、以前の時代ミステリより、深く歴史にコミットした作品の増加だ。その意味では、時代ミステリというより、歴史時代ミステリと呼んだ方がいいかもしれない。だが仔細に眺めれば、昔から歴史上の人物や史実を使った時代ミステリは存在する。本書『史実は謎を呼ぶ』は、その点を踏まえて編纂した、時代ミステリ・アンソロジーだ。戦前の名作から現代の人気作家のデビュー作まで、多彩な作品を並べてみた。

「明智光秀の密書」井沢元彦

作者は、優れた時代ミステリの書き手である。織田信長を探偵役にしたシリーズもいい作品が多いのだが、ここでは単発作品を選んだ。題材は羽柴秀吉の〝中国大返し〟だ。

織田信長が明智光秀に弑された本能寺の変が起きたとき、秀吉は備中で高松城を攻略中だった。だが、光秀が毛利に送った密使を捕え、主君の死を知る。すぐさま毛利と和睦した秀吉は、強行軍で京へと引き返す。そして光秀を討ち、天下人の道を切り拓いた。

というのが一般的に知られる歴史の流れである。ただし秀吉の行動が、あまりにも鮮やかだったため、本能寺の変の黒幕説を始め、さまざまな説が生まれている。本作はその歴史の転換点を、なんと暗号ミステリにしてのけたのだ。秀吉の軍師の黒田官兵衛や、毛利の外交僧である安国寺恵瓊を悩ませる、光秀の密書の暗号が、実によく考え抜かれている。暗号ミステリの収穫といっていい。しかも物語そのものが、たった一行で周知の歴史へと塗り替えられる。冒頭を飾るに相応しい逸品だ。

「功臣の末路」上田秀人

江戸城では七度も刃傷沙汰が起きている。そのひとつが貞享元年（一六八四年）、若年寄の稲葉正休が大老の堀田正俊を刺殺した事件だ。正俊を刺した正休は、その場で老中たちに滅多斬りにされ死亡。両人が亡くなったことで、事件の動機などは今も不明なままだ。

その真相を追うのが、六代将軍になった徳川家宣の腹心の新井白石だ。かつて事件の余波を受けた白石。友人との会話で事件のことを思い出すと、うやむやの内に片付けられたことに疑問を抱き、あらためて調査を始める。白石を探偵役にして、過去の事件の謎に挑ませるという設定が抜群にいい。徳川家の秘事へと繋がっていく真相もユニークなもの。史実の裏に、虚構の歴史を屹立させる、作者の手腕に脱帽だ。

「忠臣蔵の密室」田中啓文

赤穂四十七士が、吉良邸に討ち入り本懐を遂げるまでの経緯を、詳しく述べる必要はあるまい。あまりにも有名なのだから。しかし、これほどとんでもない「忠臣蔵」があっただろうか。吉良邸に討ち入った四十七士が、炭小屋にいる主君の仇の吉良上野介を見つけるまでは、従来の流れを踏まえている。しかし肝心の上野介は、何者かによって殺されていた。おまけに、炭小屋の周囲の雪の上には、探しに入った三人以外の足跡がない。雪の密室だ。自分たちが上野介を討ったことにした内蔵助だが、誰が仇を殺したのだろう。
この強烈な謎を解くのが、内蔵助の妻のりくだというから仰天する。これまた意外な探偵役だ。密かに届けられた息子の主税《ちから》の文を読み、推理をするりく。いや、事件の真相にも驚いたが、最後の「エピローグ2」には啞然茫然。ミステリ・ファンなら、絶句するか爆笑するだろう。

「殺された天一坊」浜尾四郎

浜尾四郎の代表作は何か。長篇なら『鉄鎖殺人事件』、そして短篇なら本作といっていい。華族階級で、検事や弁護士をしていた作者が、幾つかの短篇で取り上げたテーマが、法と正義の問題であった。本作は、そんな短篇群の頂点に位置している。作中の語り手は、はっきりと書かれていないが、南町奉行・大岡越前の身近に仕えている人物。彼の視点で、〝大岡裁き〟のエピソードに疑問を呈され、自分の裁きに自信を失った越前の苦悩が見つめられている。そして『大岡政談』の中でも有名な、将軍家ご落胤騒動「天一坊事件」で、新たな裁きの物差しを手に入れた越前の姿を読者に突きつけるのだ。ここから、法と正義の問題が、浮かび上がってくるのである。

「『解体新書』異聞」小林久三

蘭方医の杉田玄白や前野良沢たちが翻訳した『解体新書』のことは、よく知られている。しかし『解体新書』より早く、刑死体を腑分け（解剖）し、その所見をまとめた『解屍篇』が出版されていることをご存じだろうか。この本の著者こそ、河口信任だ。本作には、その信任が、古河藩の蘭方医の権威として登場する。しかし彼は脇役だ。主役は信任に嫌悪感を抱く町医の田村迂斎である。

ある日、迂斎のもとに、頭を強打され昏倒した、元弟子の順平が担ぎ込まれる。訳あって順平を憎む迂斎。だが治療室で騒動が起こり、目を離した隙に、意識のないはずの順平が消えてしまった。誰かが運び出したのか。しかし、家の周りに降り積もった雪の上には足跡がなかった。翌日、河原に近い沼の茂みで、八つ裂きにされたような順平の死体が発見される。その場に現れた信任は死体を見て、「あれは腑分けだ」というのだった。

本作の読みどころは、江戸期の蘭方医を巡る状況を、敵対的な立場にいる町医の視点で描いた点にある。蘭方医や蘭学を扱った物語は多いが、このような角度から掘り下げた作品は珍しい。もちろんミステリとしての出来もいい。順平はどうやって運ばれたか。犯人は誰か。作者は謎とストーリーを巧みに組み立て、読みごたえのある時代ミステリに仕立てたのである。

「入れ札」菊池寛

二〇〇二年にフジテレビ系列の昼ドラで、菊池寛原作の『真珠夫人』が放送され、復刊された文庫も大いに売れた。大正期の通俗小説が、ここまで現代の読者に受けるとは思わなかったので、ちょっと驚いた。しかしよく考えれば、おかしくない。なぜなら菊池作品は、時代に左右されない、人間の本質を捉えているからだ。「父帰る」「忠直卿行状記」や、本作を読めば、そのことがよく理解できるのである。

国定忠治（本文では「忠次」）は、江戸後期の博徒だ。物語は捕吏に追われる忠治と乾児たちが、関所を破ったところから始まる。残った乾児は十一人。逃避行には多すぎる。そこで一緒に連れていく三人を、入れ札で選ぶことになった。ここから古参の乾児である、稲荷の九郎助の心理がクローズアップされる。なんとか三人の中に選ばれたいと願う九郎助の心の奥底を、作者は意外な展開で抉《えぐ》り出す。九郎助を「阿兄」と呼んで慕っていたはずの弥助の言葉が、人の心の醜さや切なさを強調する。切れ味鋭い名作だ。

「黒牛と妖怪」風野真知雄

本作は、一九九二年、第十七回歴史文学賞を受賞した、作者のデビュー作である。時代は明治初期。重要人物として元南町奉行の鳥居耀蔵が登場する。詳しいことは作品で語られているが、かつて江戸の庶民から、畏怖と嫌悪の対象となった人物だ。

　物語の主人公は、そんな耀蔵の孫の新太郎の妻になったお延。耀蔵の自己中心的な言動に、よく振り回されている。ある日、彼女は耀蔵の部屋の方で、とんでもない話の断片を聞く。陸蒸気が乗客もろとも消えてしまうというのだ。恐るべき陰謀が企まれているのか。たまたま知り合った信吉という利発な少年に、このことをお延は相談するのだが……。

　本作の選評で南條範夫は、「鳥居甲斐という極めて個性の強い奇矯な人物の老年がいきいきと描かれている。そのためかえって、若い新太郎の存在感が薄くなっている嫌いさえある。列車消滅事件という着想自体もはなはだ警抜である」といっている。その他にも信吉の素性や、事件を解決する方法など、読みどころは多い。作者は作家としての出発点から、とことん読者をもてなしてくれたのだ。

　時代小説のファンとミステリ・ファン。どちらのジャンルが好きな人でも、満足できる作品をセレクトしたつもりである。収録された七作を通じて、時代ミステリの魅力を感じてほしい。それが、本書を編纂した私の一番の願いである。だってこのジャンル、こんなにも面白いのだから。

本書は中公文庫オリジナルです。

本文中に、今日の人権意識に照らして不適切な語句や表現が見られますが、執筆当時の社会的・時代的背景と作品の文化的価値に鑑みて、そのままとしました。

中公文庫

史実《しじつ》は謎《なぞ》を呼《よ》ぶ
——時代《じだい》ミステリ傑作選《けっさくせん》

2024年 4 月25日　初版発行

編　者　細《ほそ》谷《や》 正《まさ》充《みつ》

発行者　安 部 順 一

発行所　中央公論新社
〒100-8152　東京都千代田区大手町1-7-1
電話　販売　03-5299-1730　編集　03-5299-1890
URL https://www.chuko.co.jp/

D T P　ハンズ・ミケ
印　刷　大日本印刷
製　本　大日本印刷

Published by CHUOKORON-SHINSHA, INC.
Printed in Japan　ISBN978-4-12-207510-8 C1193